清工筆彩繪插圖《聊齋圖說》之〈畫皮〉(一)

清工筆彩繪插圖《聊齋圖說》之〈畫皮〉（二）

清工筆彩繪插圖《聊齋圖說》之〈畫皮〉（三）

清工筆彩繪插圖《聊齋圖說》之〈晚霞〉（一）

清工筆彩繪插圖《聊齋圖說》之〈晚霞〉（二）

清工筆彩繪插圖《聊齋圖說》之〈晚霞〉（三）

當代大師馬瑞芳品讀聊齋志異

有意思的聊齋

鬼卷

馬瑞芳——著

總序

中華傳統文化經典《聊齋志異》

二十一世紀，中華傳統文化大熱，中宣部及國家相關文化部門組織實施了多個傳統文化傳承發展重點項目，我有幸參與了其中兩個。一個是中國作家協會組織實施的《中國歷史文化名人傳》叢書出版工程，組織當代一百餘位作家給在中華文化發展史上產生過重大影響的一百餘位歷史文化名人撰寫傳記；另一個是由中宣部支持指導、文化和旅遊部委託國家圖書館組織實施的《中華傳統文化百部經典》編纂專案，從文學、歷史、哲學、科技、藝術五大門類挑選百部經典作品，深入淺出地進行解讀。這兩個重點專案中，有關蒲松齡和《聊齋志異》（以下簡稱《聊齋》）的分冊都由我承擔。

到二〇一七年年底為止，我出版的關於蒲松齡和《聊齋》的書已有二十多種。常有讀者問：「您是從什麼時候開始讀《聊齋》的？」十年前，易中天教授也問過這個問題。我當時半開玩笑地回答：「我在娘胎裡就開始讀。」因為母親的嫁妝書箱裡有《聊齋》，我小時候常聽母親講《聊齋》故事。母親告訴我們七兄妹：勤奮讀書，誠信做人，敬老愛幼，會有好報；耍奸取巧，損人利己，就會遭殃。我印象最深的是《聊齋》人物細柳，她的兩個兒子好逸惡勞，細柳便用「虎媽」的方式教育他們，結果一個兒子考中了進士，一個兒子成了富商。母親總結這個《聊齋》故事說：「自在不成材，成材不自在。」母親用這十個字教育我們七兄妹，一九六五年之前把她的七個子女都送進了全國重點大學。「自在不成材，成材不自在」這十個字，我一輩子都忘不了。

因為母親的影響，我對《聊齋》有特殊的情感，而《聊齋》對傳統文化的意義是我畢生研究的動力。廣大讀者對《聊齋》的瞭解可能多來自影視傳播的內容，其實，很多看似和《聊齋》無關的內容，也和《聊齋》有著千絲萬縷的聯繫。例如二〇一七年年底，日本作家夢枕獏的《妖貓傳》在中國大紅，而《妖貓傳》就是模仿《聊齋》寫成的。《聊齋》早在江戶時代（一六〇三－一八六八）就傳入日本，在日本可謂家喻戶曉，很多日本作家——例如芥川龍之介——都學過蒲松齡。其實，在世界範圍內，不僅暢銷書作家學《聊齋》，經典作家也學《聊齋》，馬奎斯、波赫士等拉丁美洲魔幻現實主義大師把蒲松齡當作榜樣，中國的諾貝爾文學獎得主莫言也自稱是蒲松齡的傳人。我認為蒲松齡最重量級的承傳者是曹雪芹，《紅樓夢》在小說主題、哲理內蘊、詩化形式、形象描寫等方面都受到《聊齋》的影響。

《聊齋》受到古今中外文學家的青睞，絕不僅僅是因為內容獵奇。過去，人們習慣性地認為《聊齋》是談鬼說狐的閒書，其實它是中國傳統文化的重要承襲者。世界各大百科全書介紹《聊齋》時都稱它為短篇小說集，法國大百科全書卻說《聊齋》達到中國古代散文的藝術高峰。為什麼這樣說？因為《聊齋》是用文言文寫成的。文言文是古代官方和民間約定俗成的書面語言，只有熟讀詩書的人才能運用自如。用文言文寫作，不僅要講究嚴格的古漢語語法，要有豐富的辭藻和飛揚的文采，而且要能把經史子集裡的典故信手拈來。《聊齋》引用上千種經典，近萬條典故，文字不僅典雅嚴整，而且生動活潑，清新自然，富有詩意，真正把文言文寫得出神入化，讀起來賞心悅目，聽起來音韻鏗鏘。所以，它既有小說的特點，同時兼具散文的特色，對於寫作的人群來說，是不可多得的借鑑佳品。

《聊齋》在課堂上有怎樣的地位？著名作家孫犁先生說過一句很有哲理的話：「文壇上的尺寸之地，文學史上的兩三行記載，都是不容易爭來的。」而在各種文學史上，不管是社科院主編的，還是教育部主編的，《聊齋》都占了整整一章。一九六〇年，我考進山東大學中文系，我們不僅要學《聊齋》的文學史必修課，也要學好幾門《聊齋》的選修課。《聊齋》也出現在初高中[1]語文課本必讀篇目裡，初中語文課本選取了〈狼〉、〈山市〉這種《聊齋》中精金美玉般的散文，高中語文讀本選取了《聊齋》中最好的故事之一〈嬰寧〉。而以前收錄在高中語文課本裡的〈促織〉，我認為選的版本並不好，值得探討。

《聊齋》對大眾讀者有什麼啟發呢？數百年來，《聊齋》在每個時代都有大量忠實粉絲，時至今日，讀者的熱情仍然高漲，既是因為《聊齋》談狐說鬼，構建起一個撲朔迷離

1 編者註：中等教育。中國學制稱為初中、高中。台灣為國中、高中。

的瑰麗世界，令人著迷，也是因為它的故事裡充滿發人深省的人文關懷。蒲松齡在講述一個一個引人入勝的故事時，用他的視角向讀者傳遞：在荊天棘地的社會中，人如何生存？在舉步維艱的情況下，人如何發展？怎樣面對人生逆境困境，怎樣置之死地而後生？怎樣把人的潛能發揮到最大限度？怎樣對待「愛情」、「財富」、「地位」這三個永恆的人生難題？總而言之，就是人為什麼活著？人生的路怎麼走？《聊齋》人物的人生閱歷、喜怒哀樂、悲歡離合，對我們現代人仍有啟發，仍能起到借鑑作用。這也是《聊齋》被選入初中、高中、大學課本的原因。無論是少年，還是而立之年，無論是到知天命，還是步入耄耋之年，每個人都可以從《聊齋》的虛幻世界找到對現實人生的種種解答。

北京大學吳組緗教授曾說：「對於《聊齋》，我們應當一篇一篇加以分析評論。因為每一篇作品都是一個有機的藝術整體，各有自己的生命；我們必須逐篇研究，探求其內在的精神和藝術特色。」二〇一八年，我在喜馬拉雅講《聊齋》，選講百餘篇膾炙人口的名篇，保持經典的原汁原味，一篇一篇細講，裡邊一些畫龍點睛的名言，其實是早就活在老百姓的日常生活中的。現在，我把所講的內容按照鬼、狐、妖、神、人的主題編為圖書，以饗讀者。感謝喜馬拉雅價值出版事業部負責人陳恒達，天地出版社副社長陳德，天喜文化公司總編輯董曦陽，以及各位編輯的辛勞。

＊本書黑白插圖選自《詳注聊齋志異圖詠》；彩色插圖選自《聊齋圖說》，由蒲松齡故居提供，在此謹致謝忱。

序
玄幻莫測聊齋鬼

《聊齋》問世三百多年魅力不衰，鬼故事是重要因素。鬼故事為什麼比純粹的人間故事更能引起讀者的興趣？因為《聊齋》鬼雖有恐怖可怕、鬼氣森森的一面，更有美麗清新、奇幻妙絕的一面。而且《聊齋》鬼故事比人間故事更有趣、更好玩、更機智、更有深刻的內涵。

世上有沒有鬼？有鬼論者說有，無鬼論者說無。讀者看《聊齋》，卻身不由己相信有。《聊齋》令人信服地寫出了鬼的特有存在形式，寫出了各類生動精彩的鬼：有鍾情鬼、有復仇鬼、有報恩鬼、有盡顯官場醜態的鬼、有歷盡三世輪迴冤情不解的鬼，還有鬼中之鬼。《聊齋》寫靈魂出竅的步驟，寫精彩奧妙的輪迴和寓意深邃的三生。在這些奇異驚悚的描寫背後，是作者對社會和人生的哲理思考。

《聊齋》中的淒美女鬼最能牽動讀者心弦：連瑣、小謝、伍秋月、宦娘、晚霞、竇氏、梅女、魯公女、公孫九娘……她綠裙飄飄，她甩出鮮花朵朵，她騎著黑色馬駒，她彈著叮咚琴曲，她吟著優美詩篇……一個一個向讀者款款走來，走出不同個性、不同故事、不同命運。《聊齋》女鬼都是在花樣的青春年華喪失了生命，生活在陰冷黑暗的墳墓裡。

她們懼怕寒冷，懼怕黑暗，她們用詩句述說哀傷和憂愁。她們不甘沉淪，想回歸人間，到人間尋找溫暖，尋找愛情，追求光明。她們在《聊齋》書生跟前驀然出現，悠然消失，像一陣微風，像一縷輕煙。這些弱不禁風的女鬼、憂愁傷感的女鬼、以淚洗面的女鬼，引起人間書生憐香惜玉的柔情。美麗、柔弱、怕冷、憂愁愛詩，是《聊齋》女鬼俘獲人間書生和幾百年讀者的靈丹妙藥。

《聊齋》女鬼怎樣返回人世？靠跟她們打交道的正人君子。他們的浩然正氣導引女鬼，或者走出陰冷的墳墓，或者走出祟人的魅影，走向完善，重回人間。《聊齋》女鬼和《聊齋》書生有撲朔迷離、錯綜複雜的關係。有時，書生的愛情讓女鬼的白骨頓生春意；有時，女鬼跟書生心心相印卻只保持著精神戀愛；有時，即使做鬼，也不能擺脫惡勢力的迫害和吞噬……《聊齋》女鬼能起死回生，能借體還魂，能輪迴轉世，能以鬼的身分做活人妻；但如果遇到的「對手」是朝廷的屠刀，一切能給女鬼帶來重生的招數都沒用。《聊齋》女鬼離不開社會，離不開時局。

《聊齋》寫鬼，離奇古怪，五花八門，就像《聊齋自志》說的，「事或奇於斷髮之鄉」，「怪有過於飛頭之國」。但如果把鬼故事放到封建社會[2]末期特殊的背景中分析，鬼魂的遭遇，鬼魂的追求，鬼魂的倫理難題，實際上是時代生活的再現。從對生活的表現看，「鬼生」就是人生，從作者想表達的理念看，「鬼生」勝於人生。

2 編者註：本套書中，「封建社會」一詞概指有科舉考試的時代。

論者喜歡談論《聊齋》女鬼，殊不知《聊齋》男鬼同樣精彩紛呈，且有濃郁的社會品格。多篇《聊齋》故事寫到讀書人為功名魂遊。人死了，追求功名的心不死；人死了，到陰司繼續追逐功名。這是多麼可怕可笑的精神狀態？讀書人為什麼這樣倒楣？因為他們的命運掌握在表面上道貌岸然、骨子裡男盜女娼的人手裡。學府成了割學生肉的地方，考官是餓鬼轉世，前世做過畜生，這輩子成為高居人上的官員。蒲松齡在科舉路上拚搏一輩子，熟悉學府和學官，知道這裡面的內幕。他把現實生活中司空見慣的學界變形，放到陰曹地府。

鬼也可以正氣凜然，鬼也可以掀翻黑暗吏治，毛主席欣賞的席方平即如此。冥世黑暗，席方平從城隍、郡司到閻王，一反到底！下油鍋、上刀山、遭鋸解，絕不屈服。〈王六郎〉中的淹死鬼王六郎、〈水莽草〉中的水莽鬼祝生，都是善良的正人君子，跟〈考城隍〉裡的宋燾一樣，好人有好報。

《聊齋》的鬼故事像十八世紀英國流行的哥德式小說。哥德式小說以中世紀城堡、修道院或荒野、廢墟為背景，描寫恐怖、神祕、驚險、迷信事件，常有鬼魂出現，因其緊張多樣的驚險性、深刻的問題性引人注目，有「黑色性」，人稱「黑色小說」。所謂黑色性，就是把邪惡、可怕的東西作為主要描寫對象。《聊齋》中不少鬼故事常以荒野或廢舊的古宅為背景，有駭人聽聞的惡鬼登場亮相，這便帶有一定的「黑色性」，並以「黑色性」塑造了作品生命力。說〈畫皮〉是「黑色性」小說的祖宗當無大錯。〈陸判〉則在

「黑色性」之外透露如許人性的溫馨光輝。凡人跟判官交了朋友，想換頭就換頭，需要換心就換心，現代醫學解決不了的難題，《聊齋》鬼都能圓滿解決，何等快意。

若說鬼故事是蒲松齡發明創造的，當然不對。蒲松齡之前，死而復生、人鬼之戀、完整的陰司、多彩多姿的鬼魂，早被前輩作家創造出來。但蒲松齡後來居上，另闢蹊徑，善於尋找新的描寫對象，善於熔鑄新的藝術世界。他寫鬼魂對現實中達官貴人的報復或調侃，寫閻王也會死，閻王也可以溫柔善良……不怕不識貨，只怕貨比貨。把前輩作家，包括蒲松齡崇拜的干寶的鬼故事拿出來跟《聊齋》故事比一比，論多樣性、豐富性、觀瞻性，《聊齋》鬼故事都青出於藍而勝於藍。把外國作家的鬼故事擺出來跟蒲松齡的鬼故事比一比，從但丁的《神曲》到歌德筆下的魔鬼，二十世紀風行的電影中，從《幽靈西行》（*The Ghost Goes West*）、《冷酷的心》（*Corazón salvaje*）到《第六感生死戀》（*Ghost*），論人文關懷和藝術手法，《聊齋》鬼故事絕不比這些西方作家的鬼故事差。無怪乎拉丁美洲魔幻現實主義大師馬奎斯、波赫士都是蒲松齡的忠實擁戴者。

王漁洋[3]說蒲松齡「料應厭作人間語，愛聽秋墳鬼唱時」。喬羽歌詞[4]《說聊齋》「鬼也不是那鬼，怪也不是那怪，牛鬼蛇神它倒比正人君子更可愛」。閱讀《聊齋》鬼故事，可以得到很深的體會。

3 即王士禛，字子真，號阮亭，又號漁洋山人，世稱王漁洋。清初詩人、文學家、詩詞理論家。
4 編者註：喬羽，中國歌劇舞劇院院長、著名詞作家。《說聊齋》為其經典創作。

目錄

繁體版體例說明

1.《當代大師馬瑞芳品讀聊齋志異》，當篇行文提及《聊齋志異》原文時，以標楷體特別標示。

2.本套書註釋，若無特別標註，皆為原版註釋，繁體版註釋則標明「編者註」。

01 畫皮

標誌性的《聊齋》鬼故事

在《聊齋》的鬼故事中，最膾炙人口的就是〈畫皮〉。這個故事多次被搬上銀幕舞台，是《聊齋》中為數不多的淋漓盡致寫惡鬼的故事，有「黑色性」，讀起來有驚悚感。仔細琢磨，蒲松齡是透過惡鬼的故事勸世救人，傳達道德理念。王生貪戀美色，把披著美女「畫皮」的惡鬼領回家，結果被惡鬼掏走了心，他的妻子為了救他，不得不求神仙變化的髒乞丐，忍受了吃乞丐痰唾的羞辱。

二〇一〇年拍的電影《畫皮》風行全國。首映會之前，我接到某電視節目邀請，到蒲松齡故居和崔永元及《畫皮》主創人員做節目。我到淄川後，崔永元把他的筆電交給我，說：「來看看沒剪輯的《畫皮》！」將要公映的《畫皮》時長九十分鐘，小崔電腦裡的影片長一百二十分鐘，我看到九十分鐘時，不禁納悶：蒲松齡筆下的那張「畫皮」在哪兒啊？看到差不多一百分鐘時，那張皮終於出來了，不是惡鬼的美女的畫皮，是白狐狸精自我救贖的畫皮。看來這部電影只是取材於《聊齋》，內容完全另起爐灶。他們為什麼還要說改編自《聊齋》呢？就是因為《聊齋》太有名，〈畫皮〉太深入人心，電影只是要《聊齋》這張皮。

平心而論，不管是不是忠於《聊齋》，這部片子還是好看的。節目錄製前我對小崔說，這部片子距離《聊齋》原文可真夠遠的。小崔說：「我相信您能找到它們的聯繫。」我說：「我當然能找到它們的內在聯繫，我估計這片子能拿到兩億票房。」「兩億票房？」小崔很驚訝。他告訴我，製片方非常緊張，劇組會集了當紅明星，投資兩億，寧夏電影製片廠幾乎傾其所有，如果觀眾不買單，那就慘了。我一聽就笑了。蒲松齡記載過他的叔祖高超的賭博技巧，《聊齋》也曾多次寫豪賭，沒想到如今蒲松齡竟成了商業片豪賭的籌碼了。

為什麼我認為電影《畫皮》票房能達到兩億？因為，第一，電影有東方魔幻色彩，這本就是《聊齋》吸引人眼球的法寶。第二，電影懲惡揚善，符合中華民族的價值審美，本質上和《聊齋》精神相通。第三，電影用好萊塢大片模式，大漠、荒野等哥德式故事背景，神祕詭異，給人驚悚感。第四，它在人物關係上採取甲愛乙、乙愛丙、丙愛丁、丁愛甲的模式，轉著圈兒愛，這是當代年輕人喜歡看的模式。

錄完節目三個月後，我參加中國作家代表團訪問波蘭，剛到華沙，就接到崔永元的短信：「馬老師言中，《畫皮》票房直奔兩億！」半個月後，我結束訪問，回到北京，崔永元請吃飯，說《畫皮》票房直奔兩億五！一部打著《畫皮》的招牌卻完全將原著改編得面目全非的電影竟有這樣的效果！《畫皮2》問世，小崔再邀我錄節目時，我謝絕了。在市場面前，專家已經不再重要了。

〈畫皮〉

《聊齋》中的〈畫皮〉是個什麼樣的故事？透過這個故事，蒲松齡想告訴我們怎樣的人生道理呢？

太原的王生有妻子，卻喜歡拈花惹草。有天早上，他外出看到個美女踉踉蹌蹌走路，就趕上前去搭訕：「小姐，何事一大早孤零零走路？」美女說：「你不過是個路人，不能為我分憂，幹什麼尋根問底呀？」王生說：「你有什麼愁事？我替你效力！」美女悲傷地說：「父母貪財把我賣給有錢人家做小老婆，大老婆早罵晚打，我逃出來了。」王生聽了馬上就把美女領回了家。美女看到房間裡沒有別人，就問：「你沒有家眷嗎？」王生說：「這是我的書齋。」美女說：「這挺好，如果你可憐我，就保守祕密，不要洩露。」王生便把美女藏在書房裡，跟她同居了好幾天。王生的妻子陳氏知道了。陳氏可能是遵守婦德，順從丈夫，也可能已經習慣了丈夫尋花問柳。她並不吃醋，只是擔心丈夫的安全，因為根據《大清律》，誘拐婦女當處斬監候。陳氏說：「美女會不會是有錢人家的丫鬟或小老婆？你收留她會不會給你自己惹事？還是把她送走吧。」王生不聽。

有一天，王生路過集市，有個道士看到他，問：「你有沒有遇到什麼怪異的事？」王生說沒有。道士說：「你全身都是邪氣。」王生否認道，沒有的事！道士說：「哎呀，真是鬼迷心竅，世界上就是有死到臨頭還執迷不悟的！」王生有點懷疑，自己收留的美女是不是有問題？再一想，那麼漂亮的姑娘，能有什麼問題，肯定是道士想騙錢。王生回到書齋外邊，只見大門關得緊緊的，還從裡面插上了。他很納悶，找了段塌了半邊的牆跳進院子，看到書齋門也緊緊關著，心想：美女在做什麼啊？王生心裡納悶，便悄悄走到窗前，從窗縫往裡一瞧——書房裡有個猙獰的惡鬼，翠綠色的臉，牙齒像尖利的鋸齒！她鋪了張人皮在床上，手裡拿了一支彩筆描描畫畫，畫完把筆一丟，把人皮舉起來，抖衣服般抖了幾下，披在身上，立即變成了那個美女，且更加美麗了。王生嚇得魂都掉了。「**睹此狀，大懼，獸伏而出。**」

惡鬼披上人皮變美女，是中國古代小說最經典的描繪，也是世界文學寶庫少有的經典之筆。惡鬼猙獰可怕。惡鬼拿著彩筆描繪人皮，驚心動魄。惡鬼像抖衣服一樣地抖動人皮，披在身上，化成美女，電光石火一般，使人瞠目結舌。王生「獸伏而出」也意在言外，本來做的就不是正經事，所以手腳並用，野獸一樣地爬了出來。王生跑出去找到道士，跪在地上說道：「道長您得救我呀。」道士說：「這東西修煉到這個地步也很不容易，不要輕易傷害它的性命，把它轟走算了。」於是把拂塵交給王生，讓他回家掛到寢室門上。

拂塵本來是日常器具，馬尾紮成，用來趕蒼蠅、趕蚊子，撣除灰塵。但在古代神魔小說中，有高深修為的道士手中的拂塵能起到驅魔降鬼的作用。道士把拂塵交給了王生。王生回到家裡，不敢到書齋去了。他把拂塵懸掛在內室門口。剛剛過子夜，門外傳來「沙沙沙」的聲音，他知道美女也就是惡鬼來了。他不敢看，叫妻子看。美女看到門口掛的拂塵，不敢進，站在那裡咬牙切齒，待了好一會兒，離開了。又過了一會兒，美女又回來了，罵道：「道士嚇唬我，難道我已經入口的肉，還能再吐出來？」任何鬼祟，都不會輕易放過到手的肥肉，善良的人不要寄希望於邪惡自己後退，只能和它抗爭。美女罵完了，扯下寢室門口的拂塵，撕碎了，踹開門，進了王生的房間，登上王生的床，撕開王生的胸膛，把他的心掏走了。陳氏嚇得大哭大叫。丫鬟進來，用燈一照，發現王生死了，「**腔血狼藉**」，非常慘。

王生的弟弟二郎把道士請回了家。道士詢問美女的去向，大家都不知道。道士抬頭一看，說：「她跑得不遠，南院是誰家？」二郎說：「是我家。」道士說：「惡鬼就在你家，你家裡有剛來的不認識的人嗎？」二郎回去問。家人告訴他，早晨來了個老太婆，願意做僕人。道士說：「就是她！」道士走到二郎家，手裡拿把木劍，站在庭院中心喊：「作孽的東西，快還我的拂塵！」老太婆聽到這話，嚇得驚慌失措，出門想跑。道士拿著木劍追擊，手起劍落，老太婆應聲撲地，人皮「嘩啦」一聲，從身上脫落，變成青面獠牙的厲鬼，趴在地上。原來嬌弱美麗、鶯聲燕語的美女，現在「**臥嘷如豬**」，當場現形，露出惡鬼面目。道士用木劍砍下惡鬼的頭，惡鬼的身子變成一股濃煙。道士拿出個葫蘆，把濃煙吸到葫蘆裡面，裡面傳來「嗖嗖」的聲音，好像用嘴吸氣的聲音。煙被全部收進去以後，道士塞好葫蘆口，把葫蘆放到了背包裡。大家看那張人皮，眉目手足無不齊備。道士把這張人皮像捲畫軸一樣捲好，也放到了背包裡。

道士正欲告辭，陳氏拜倒在地，哭著求道士救活王生。道士說自己沒有能力救活王生。陳氏趴在地上不肯起來，跪著一邊哭，一邊苦苦哀求。道士想了一會兒，說：「我的修行比較淺，實在不能救活你的丈夫，我告訴你一個人，你去求他，他能救活你的丈夫。」陳氏問：「找什麼人？」道士說：「市場上有個瘋子，經常趴在糞土中，你去求他，如果他侮辱你，千萬不要生氣，一定照著他說的辦。」二郎也知道這個瘋子，兩人辭別道士，一起來到了市場，果然發現有這麼一個人。

「**乞人顛歌道上，鼻涕三尺，穢不可近。**」一個乞丐在市場上咿咿呀呀唱著，拖著長長的鼻涕，又臭又髒，誰都不敢接近他。陳氏一見到這乞丐，撲通跪倒，「**膝行而前**」。「膝行而前」是個誠心誠意求人的動作。乞丐一看，樂了：「**佳人愛我乎？**」陳氏告訴乞丐是怎麼回事，求他救活自己的丈夫。乞丐大笑：「**人盡夫也，活之何為？**」什麼樣的人都可以做丈夫啊，這樣一個二三其德、見異思遷的丈夫，救活他幹什麼呀！陳氏還是跪在地上苦苦哀求。因為按照封建禮教，陳氏只能從一而終，她必須救活丈夫。儘管丈夫失德，可他仍然是陳氏的終身之靠。

乞丐又說，怪事！你死了丈夫求我救活，我是閻王爺嗎？說罷便拿拐杖打陳氏，陳氏忍痛聽憑他打。這時「**市人漸集如堵**」，市面上的人看到一個美麗的少婦跪著苦苦求髒乞丐，都圍著看熱鬧。乞丐吐了一把唾沫黏痰，舉到陳氏嘴邊讓她吃下。陳氏滿臉通紅，不想吃，但想到道士囑咐：乞丐不管怎麼侮辱她都得接受。為了救活丈夫，陳氏忍著噁心，把那些髒東西一口一口全部吃了下去。陳氏覺得唾沫黏痰進了喉嚨，像一團棉花，「咯咯」響著往下走，最後停在胸間。乞丐大笑，說：「**佳人愛我哉！**」乞丐爬起來，走了。陳氏和二郎追趕到廟裡邊，前後左右，到處尋找，卻怎麼也找不著了！

這段描寫太折磨讀者的心靈了，每到這段我都不忍卒讀。陳氏本是深閨女子，幾乎不會和丈夫之外的任何男人產生聯繫，現在為了救活好色的丈夫，光天化日、眾目睽睽之下，承受了這麼長時間的羞辱，這是怎樣不可思議的精神折磨，而這一切都是那個品行不端的丈夫造成的。

陳氏找不到髒乞丐，只好回家，既悼念慘死的丈夫，又悔恨羞愧大庭廣眾之下吃了髒乞丐的痰唾，她悲痛欲絕，希望自己也馬上死去。她整理丈夫的遺體，想把血跡擦乾淨，把丈夫裂開的胸膛裹起來。陳氏整理著，鮮血淋漓，家人都很害怕，遠遠站著。陳氏一邊整理，一邊呼天搶地大哭，哭得快要暈倒，嗓子都啞了，還想嘔吐。這時，陳氏覺得胸膛那塊鬱結的痰唾突然掉出來了。她沒來得及回頭，那團髒東西已掉入丈夫的胸腔中。陳氏大驚失色，低頭一看，原來是顆人心在王生的胸膛中「突突」跳動，冒出一股股熱氣。陳氏急忙把丈夫的胸腔合起來，用力擠著，稍微一鬆勁，就看到一縷縷熱氣從胸膛裂開的縫隙中冒出來。陳氏趕快撕了絹帛，把王生的胸膛緊緊扎起來，丈夫的屍體居然有溫度了！她給丈夫蒙上被子，小心翼翼地守著，半夜再揭開被子看，王生竟然有呼吸了！等到天亮，王生復活了，說：「我好像做了個夢，就是覺得肚子有點疼。」他原來被惡鬼剖開的胸腔已經結痂，沒多久，居然完全好了。

黏痰變成獵艷者的心臟，意味深長。法國著名漢學家克羅德・羅阿說《聊齋》是全世界最美的寓言。寓言的最終目的，通常是給人以道德訓示。而〈畫皮〉給了世人兩句道德訓示，一句是要警惕披著美女外衣的惡鬼。另一句，女讀者也許會特別欣賞：凡是花心的男人，凡是見色起意的男人，都有顆像黏痰一樣骯髒不堪的心！

〈畫皮〉寫的是惡鬼披著美女畫皮害人的故事。清代《聊齋》點評家但明倫把「畫皮」的意義推而廣之，他說：「世之以妖冶惑人者，固日日鋪人皮，執彩筆而繪者也。」即世界上迷惑他人者，都像惡鬼一樣每天鋪張人皮在上邊描畫。蒲松齡在〈羅剎海市〉中提到，社會上的人為了向上爬，需要戴假面具，即「花面逢迎」，和「畫皮」異曲同工。兩個多世紀後，瑞士心理學家榮格才提出「人格面具說」——人為了求得社會認同，必須戴隱藏本來面目的面具。可見，蒲松齡對社會的認識，很有先驗性。

救活王生的是髒乞丐。他用什麼救活的？黏痰。這個細節無論怎麼琢磨，都讓人覺得蒲松齡太高明了。在惡鬼的故事中，蒲松齡寄託了深刻的思想內涵。蒲松齡的高明還在於，他創造了一種特殊的構思方法。小說虛構出瘋瘋癲癲的和尚道士、膿血淋漓的骯髒乞丐——往往是救苦救難的神仙，會給人指點迷津。當你找不到路的時候，他們會告訴你人生的路怎麼走；當你遇到困難的時候，他們會幫助你克服困難，甚至你沒有兒子，他們也會幫助你獲得個聰明的兒子。也就是說，人生很多困難，都是真人不露相的瘋僧癲道髒乞丐解決的，這樣的構思對《紅樓夢》產生了深刻影響。

在《紅樓夢》當中，這種先知先覺的神仙的具體表現，就是一再在書中出現的一僧一道。一僧一道開始出現時，是仙風道骨的茫茫大士、渺渺真人，他們把那塊無材補天的大石頭變成麻雀蛋大小的通靈寶玉，送到胎兒賈寶玉的口中，隨著賈寶玉來到人世，記錄見聞。一僧一道再次出現在人們面前時，就是癩頭和尚和跛足道人。癩頭和尚要帶香菱和林黛玉出家，給了薛寶釵冷香丸偏方，預示了三位女性的命運。甄士隱家破人亡之後，跛足道人對他唱的《好了歌》，實際是《紅樓夢》的主題詞。賈瑞迷戀王熙鳳得了重病，奄奄一息時，跛足道人送來風月寶鑑，讓他照鏡子。賈瑞堅持照正面，不照反面，最後送了命。王熙鳳和賈寶玉受到趙姨娘暗算中了邪，幾乎要死時，癩頭和尚和跛足道人趕到榮國府，拿出通靈寶玉持誦了一番，寶玉和鳳姐便轉危為安。非常明顯，《紅樓夢》裡的癩頭和尚和跛足道人和《聊齋》的瘋和尚、癲道士、髒乞丐有些淵源，他們對小說構思、對闡述人生哲理都有一定意義。

《聊齋》有的篇章最後有「異史氏曰」。〈畫皮〉的「異史氏曰」非常有哲理：「世上的人真愚蠢啊。明明是妖怪，他卻認為是美女；明明是忠告，他卻認為是欺騙。然而他貪圖別人的美色，他的妻子也將會去吃別人的痰唾並會認為是美味，善有善報，惡有惡報，只是那些又蠢又笨的人始終不覺悟吧。真是太可悲了。」

「異史氏曰」是小說家蒲松齡的天才創造，中國古代小說，不管是長篇還是短篇都沒有「異史氏曰」這一部分，蒲松齡單獨列出「異史氏曰」，也就是小說家說，起什麼作用？或對小說做評論，或對小說做補充。

「異史氏曰」是蒲松齡模仿司馬遷所為。司馬遷寫《史記》，自稱「太史公」，寫完一段歷史後，寫一段「太史公曰」，以太史公的身分評價自己寫的歷史。蒲松齡則自稱「異史氏」，對自己的小說做評論，做補充。「異史氏曰」無論從立意、撰寫，還是客觀效果上，都和司馬遷的「太史公曰」有相似的價值。具體到〈畫皮〉來說，小說本身已非常生動，惡鬼青面獠牙，心狠手辣，出場時卻是個纖弱的受欺凌的美女。惡鬼披上了美女畫皮，引誘有邪念的人，多陰險毒辣又多巧妙。上了惡鬼當的人最後失掉人生最珍貴的東西，就像王生失了心。蒲松齡似乎覺得這樣寫還沒有完全把自己的想法表達出來，所以才在「異史氏曰」說了長長一段話，「**愚哉世人，明明妖也，而以為美**」，反覆提醒讀者，要警惕披著美女畫皮的惡鬼。

02 考城隍

確立《聊齋》善惡的標準

〈考城隍〉不管在蒲松齡的手稿中還是重要的抄本中，都是《聊齋》的開篇之作。《聊齋》創造的神鬼狐妖的世界，五光十色，千奇百怪，但總和現實世界有千絲萬縷、刀割不斷的聯繫，和蒲松齡的道德觀念血脈相連。〈考城隍〉高舉仁孝、誠信的旗幟，蒲松齡提出以德才、仁孝作為選拔人才標準的觀點，透過主人公的文章確立「**有心為善，雖善不賞，無心為惡，雖惡不罰**」的賞罰規範。宋燾是孝子，寫出了有仁政見解的好文章。陰司考官看重他的德才，先派他做城隍，後又因他還有七十老母需要奉養，便讓他回人間給母親養老送終，十分通情達理。可見，不管是考生還是考官，都帶有理想主義色彩。

蒲松齡在故事開頭說，他姐夫的祖父名叫宋燾，是淄川的廩生。所謂廩生，是享受朝廷補貼的秀才。蒲松齡明明寫陰司考試的故事，卻用真實人物作為旁證。蒲松齡寫的人物是姐夫的祖父，是真人，但考城隍不一定是真事，或者說根本不可能是真事。這在文學手法上叫「以真證幻」，用真實的人證明虛幻的事。

宋燾病得很厲害，突然看到一個官差拿著公文，牽著匹額頭上有白毛的馬走來。文中「**白顛馬**」是駿馬的意思。官差請宋燾去參加考試。宋燾很奇怪，學政還沒來，怎麼馬上就要考試呢？學政是一個省主管舉人、秀才考試的官員，由朝廷委派。官差不跟宋燾解釋，只是讓他快走。宋燾用了很大力氣才上了馬，跟著公差去了。他發現走的路很生疏，不像自己平時去考試走的路。他平時走人間的路，現在的路要進入陰間，當然不熟悉，這時宋燾還沒發現自己已經死了。

他到了一個城郭，發現這地方像京城，其實，這就是陰司的枉死城。他們進入一座府衙，這裡的房子很壯麗，大堂坐著十幾個官員，都不知道是什麼人，他只認識其中一個，「**惟關壯繆可識**」，關壯繆即關羽。關羽是三國時人，從宋代開始，得到封建帝王的一再追封，宋高宗把它封為「壯繆義勇武安王」，所以世人稱呼關羽為「關壯繆」，明代萬曆皇帝又把關羽封為「三界伏魔大帝神威遠鎮天尊關聖帝君」，世稱「關帝」。關羽經常出現在《聊齋》中，管著考察官吏、清理文場的事務，他和張飛在《聊齋》中可以處理考場舞弊。這當然是蒲松齡的幻想筆墨。

宋燾發現堂上坐了十幾個官，除關羽之外，其餘都不認識。下面擺著小桌子和凳子，已經有個秀才坐在那兒。宋燾和他並肩坐下，桌上有紙有筆，一會兒發下試題來了，題目是「**一人二人，有心無心**」，兩人按照題目要求寫完之後，交到考官手裡。宋燾的文章寫道：「**有心為善，雖善不賞，無心為惡，雖惡不罰。**」這很有哲理。有心為善，是本能地

〈考城隍〉

誠心誠意做好事，做了好事，求仁得仁，也就不再需要獎賞；無心為惡，不過是過錯，所以不需要懲罰。周先慎教授把這十六個字翻譯成白話：有心為善是為大善，大善不必獎賞；無心為惡是為小惡，小惡可以寬容。這樣的賞罰，不賞不罰，都是實事求是。

考官傳看了宋燾的文章，稱讚不已，把他叫上來說：「河南缺個城隍，可以由你擔任。」宋燾這才恍然大悟，原來自己已經死了，現在任命的是陰司官員。他一邊磕頭，一邊哭著向考官彙報：「你們給我的任命，我非常榮幸，本不應推辭，但是我七十歲的老母親沒人奉養，請允許我為母親養老送終後，再來聽從你們錄用。」上面有個帝王模樣的人，下令查一下宋燾母親的壽命。有個長鬍子的陰司官吏，拿過冊子翻閱了一下，說：「宋燾的母親還有九年壽命。」考官們躊躇起來，拿不定主意，是讓宋燾現在就去上任，也就是讓他做鬼，還是讓他返回陽世奉養母親？這時關帝說，乾脆先讓張生代替他做城隍，九年之後，宋燾再來取代他。然後他對宋燾說：「你本應馬上就到河南去做城隍，因為你孝敬母親的仁孝之心，我們給你九年假期，到時候再來召你。」考官又勉勵了那個秀才幾句話。兩人行了大禮下來。秀才和宋燾告別，他說自己是長山縣人，姓張。張秀才口頭吟詩和宋燾作別。全詩宋燾已記不清楚，只記得有兩句「**有花有酒春常在，無燭無燈夜自明**」。兩句詩的意思是：陰司雖然陰冷，但遇到新朋友也會感到溫暖。黑暗的地府還是講天理、明是非的。也就是說，只要有嚮往光明的心，陰司也會有溫暖，這很有理想主義色彩。

宋燾騎著白顛馬回到家，好像剛剛從夢中驚醒，其實他已經死了三天。他的母親聽到棺材裡兒子的呻吟，便讓人把他扶了出來。他半天之後才能說話。一個人剛剛從陰司返回陽世還不能說話，描寫合理、生動、形象，也不知道蒲松齡是怎麼琢磨出來的。

宋燾派人打聽淄川附近的長山縣有沒有一個姓張的秀才，結果確有此人，且在宋燾死的那一天死了。宋燾兢兢業業孝敬母親，九年後，他的母親果然去世了。他妥善地處理了母親的喪事，沐浴更衣，進入房間後就死了。他的岳父住在淄川城西門之內，這天忽然看到宋燾騎著裝飾精美的高頭大馬，後面跟著好多人到他家來。宋燾向岳父行禮拜別後離開。大家很奇怪，不知道他已經做了城隍。岳父趕快派人去宋家，才知道宋燾已經去世。

〈考城隍〉只能算《聊齋》的二流作品，但這篇作品帶有「開宗明義」的性質，不管是仁孝之心，還是鬼狐神妖的藝術構思，都屬《聊齋》的首創。

故事寫陰間考試，陰司考官選拔人才講究德才兼備。蒲松齡十九歲在山東學政施閏章的賞識下，中了山東省第一名秀才，自那之後，他開始信心滿滿地參加科舉考試，希望以真才實學博取更高的功名。所以，在二十幾歲時，他認為科舉考試還是公正的，考官還是愛惜人才的。〈考城隍〉寫陰司選拔官吏，實際上反映了蒲松齡陽世的期望。在經歷了不斷的人生挫折後，蒲松齡對科舉考試的弊病漸漸有了深刻的體會，他後來寫科舉的作品就不是這樣的了。

03 聶小倩
倩女幽魂的道德救贖

可能因為張國榮和王祖賢演過電影《倩女幽魂》，聶小倩便成了《聊齋》中最有觀眾緣的女鬼。聶小倩是美麗善良的女鬼，但她在小說開始時跟披著美女畫皮的惡鬼是同類角色，她用美色害死不止一人。蒲松齡讓她經過道德修煉，從害人艷鬼變成了活人賢妻。

為什麼同樣是害人的鬼，〈畫皮〉的惡鬼被道士徹底消滅，把那張皮像畫一樣捲起來拿走，聶小倩卻花好月圓，結婚生子，而且兩個兒子都做了官？那是因為聶小倩遇到的不是見了美女邁不動腿的王生，不是那個後來用痰唾再造了一顆心的登徒子，而是鐵骨剛腸的寧采臣。聶小倩說寧采臣「**此漢當是鐵石**」。什麼意思？堂堂男子漢大丈夫，美色不能誘，金錢不動心，光明磊落、意志堅定，像鐵打鋼鑄，像有稜角的岩石。寧采臣這個剛腸男兒不僅不怕鬼的蠱惑，還靠浩然正氣感化了女鬼。

在寧采臣的感化下，聶小倩一心向善，一步一步擺脫惡鬼的控制，一點一點淡化鬼的屬性，走出邪惡，走出陰冷，走向真善美，從害人鬼變賢惠妻。人們不再把她當成鬼，反而把她當成仙。這個愛情故事，不是傳統的一見鍾情、才子佳人模式，而有更豐富的內涵。人物性格不是一成不變，而是性格隨環境改變，再改變命運。

在這個愛情故事中，男的是人中賢，女的是鬼中仙，他們中間還有個代表正義的人物——幫助他們擺脫惡鬼的劍客。小說既有鬼，又有妖，還有愛情，一會兒妖氣森森，一會兒刀光劍影，一會兒正氣凜然，一會兒俠肝義膽，一會兒纏綿悱惻，波瀾起伏，妙趣橫生。蒲松齡給現代編導準備好現成的戲劇衝突，豐富的藝術信息。無怪聶小倩最受當代編導的喜愛，一次次被搬上銀幕。

篇名為〈聶小倩〉，蒲松齡首先鄭重推出的卻是男主角：「**寧采臣，浙人，性慷爽，廉隅自重，每對人言：『生平無二色。』**」這幾句話，包含三層深刻內容。第一，寧采臣是浙江人，所以他的故事在金華發生。第二，他為人慷慨爽快，有稜角，品行端方。第三，他不和妻子之外的任何女人發生情色關係。這是特別重要的一點。在那個時代，男人可以娶妾嫖妓，尋花問柳，而寧采臣不貪女色，為人嚴謹。寧采臣的個性是整個小說的支點。文藝理論家喜歡說「性格決定命運」，寧采臣的性格決定了他的命運，也決定了聶小倩的命運。

窮苦讀書人住不起旅店，常把寺院作為臨時旅店。蒲松齡青年時代曾在淄川著名的寺院青雲寺苦讀。四十年前我專門勘察過蒲松齡當年讀書的寺院。對著參天松樹，我想，三百多年前，蒲松齡就是在這兒青燈黃卷，日夜攻讀。蒲松齡對寺院太熟悉了，怪不得《聊齋》故事常在寺院發生。

〈聶小倩〉開頭寫寧采臣來到金華寺院，看到「**殿塔壯麗，然蓬蒿沒人**」，「**又顧殿東隅，修竹拱把，階下有巨池，野藕已花**」。信筆點染，頗有詩意。一人高的蓬蒿，兩手才能合握的綠竹，寂寞開放的荷花，寥寥幾筆，野寺的寂寞荒涼像在眼前。寧采臣喜歡這幽靜的地方。寺院荒廢已久，沒有和尚，有個人已經在這兒住下，寧采臣以為他是來參加考試的讀書人，聊起來得知他叫燕赤霞，陝西人，自然不能參加浙江的科舉考試了。寧采臣找間空房住下，用破草席作床，支塊破板作桌子。

《聊齋》筆墨極為經濟，寧采臣剛剛安頓下來，聶小倩便巧妙出場。當天晚上月亮很亮，寧采臣難以入睡，聽到房間北邊有人小聲說話，他往窗外一看，一個四十多歲的婦人和一個駝背龍鍾的老嫗，婦人問：「小倩為什麼這麼長時間還不來？」老嫗說：「大概快來了。」婦人問：「她沒有向你發牢騷嗎？」老嫗說沒有，只是看樣子好像不太高興。婦人又說：「這丫頭不宜給她好臉色瞧。」話沒說完，有個十七八歲的少女來了。寧采臣在朦朧的月光下看出她非常漂亮。老嫗說：「背地不要說人，我們兩個正談論你呢，鬼丫頭悄沒聲息地來了，幸虧沒說你的壞話。」老嫗又說：「小娘子長得這麼端莊美麗，像是畫上的美人，老身如果是男人，魂都給你勾走啦。」少女說：「姥姥不誇獎我，還會有誰誇獎？」

讀《聊齋》一定要好好讀原文，因為《聊齋》原文是精彩的古漢語典範：

婦曰：「小倩何久不來？」媼云：「殆好至矣。」婦曰：「將無向姥姥有怨言否？」曰：「不聞，但意似蹙蹙。」婦曰：「婢子不宜好相識！」言未已，有一十七八女子來，彷彿艷絕。媼笑曰：「背地不言人，我兩個正談道，小妖婢悄來無跡響，幸不訾著短處。」又曰：「小娘子端好，是畫中人，遮莫老身是男子，也被攝魂去。」女曰：「姥姥不相譽，更阿誰道好？」

這段話常被研究者引用來論述《聊齋》的語言成就。三個女性對話，當然都是鬼，三言兩語就活畫人物神采。妖婦驕橫，妖老太婆圓滑，小倩溫柔。蒲松齡不僅這段對話寫得好，還用背面敷粉的手段，從寧采臣眼裡寫出聶小倩的美麗，用四個字「**彷彿艷絕**」——因為是在月光下，只能是朦朦朧朧看到她漂亮。這段對話實際上交代了聶小倩的處境：她因為替惡鬼引誘人間男子而羞愧不安。妖婦，也可能就是控制聶小倩的夜叉，察覺到她的動向，所以問妖老太婆小倩有沒有怨言。妖老太婆說她沒什麼怨言，但是愁眉苦臉。聶小倩像畫上的美人，但受惡鬼驅使，誘惑殺害人間男子，已害死多個意志不堅定的凡間男子，直到遇到寧采臣。

寧采臣剛要朦朧睡去，忽然發覺有人進了房間，起來看，原來就是北院那位美麗的少女小倩！寧采臣問小倩有什麼事？小倩笑著說：「月夜難以入睡，來跟您親熱。」寧采臣板起面孔說：「你應當提防別人議論，我也懼怕他人閒話，一步走錯，就會喪失廉恥。」小倩說：「黑天半夜，沒人知道。」寧采臣訓斥小倩道：「快走！不然，我喊南邊房間的書生啦。」小倩退出去，一會兒又回來了，拿錠黃金放到寧采臣的褥子上。寧采臣撿起黃金丟到院子裡，說：「不義之財，髒了我的口袋！」小倩慚愧地離開，說：「這漢子真是鐵石一般。」

第二天早上，有個蘭溪書生帶僕人來趕考，住在寺院。晚上，書生死了，屍體腳心有個小孔，像錐子扎的，鮮血從小孔洇出。又過了一夜，他的僕人也死了，症狀跟主人一樣。傍晚，燕赤霞回到寺裡，寧采臣告訴他寺裡的怪事，燕赤霞猜想是鬼作怪。寧采臣生性耿直，對這事不在意，也不害怕。

半夜，小倩又來了，她對寧采臣說：「我見過的人多了，從來沒遇到過像你這樣剛強耿直的人，你真是聖賢，小女子不敢欺騙。我叫聶小倩，十八歲死的，葬在寺外邊，被妖物威脅著幹下賤勾當，厚著臉皮勾引人，我實在不願意。現在寺裡沒有我可以害死的人了，恐怕他們要派夜叉來收拾你了。」寧采臣請教怎麼能逃脫。聶小倩說：「你跟燕赤霞住在同一個屋子就可以免除災禍。」寧采臣問：「你為什麼不迷惑燕赤霞？」小倩說：「他是奇人，我不敢靠近他。」寧采臣又問：「你是怎麼迷惑人的？」小倩說：「哪個人跟我親熱，我就用錐子扎他的腳心。他昏迷了，我就吸了他的血給妖精喝；如果他不受我的美色誘惑，我就用金子誘惑他。其實那不是真金子，而是羅剎惡鬼的骨頭，接受金子的人，心肝就被妖精截取了。這兩個辦法，因人而異，投其所好。」

小說開頭的聶小倩多麼可怕，多麼血腥！聶小倩這兩手真有些現實性和普遍性。現今某些被推上審判台的高官，某些曾為社會做出貢獻，最後卻成反貪對象的人，無一例外，都過不了這兩關：一是金錢關，二是美色關。而封建時代的讀書人寧采臣，提前三百多年，用自己的「鐵石心腸」給如何拒絕腐蝕，做出了榜樣。

寧采臣感謝小倩，並問清楚夜叉是明天晚上來。小倩哭著說：「我墜落苦海。郎君義氣衝雲天，一定能挽救生靈脫離苦難。假如郎君肯收拾我的遺骨，運回去安葬，就是給我第二次生命。」寧采臣毅然答應，問小倩埋在什麼地方。小倩說：「白楊樹上有烏鴉做窩的地方就是。」說完出門，飄然不見。

第二天，寧采臣早早準備酒菜，邀請燕赤霞喝酒，要燕赤霞到自己這邊住。燕赤霞說自己喜歡安靜，還是願意一個人住。寧采臣不聽，硬把燕赤霞的棉被拖到自己房間，燕赤霞只好把床拖過來，囑咐寧采臣，我知道你是男子漢大丈夫，我傾慕你的風範，我有些事，難以明白告訴你，希望你不要隨便翻動我的箱子和被褥。寧采臣表示一定照辦，不久，各自睡下。

燕赤霞把一只箱子放到窗台上，剛躺下，就鼾聲如雷，寧采臣卻睡不著。一更時分，窗外隱隱有人影，不一會兒，走近窗前窺視，黑暗中，嚇人的眼睛一閃一閃。寧采臣很害怕，剛想招呼燕赤霞，忽然有東西從燕赤霞的箱子裡閃電一般飛出，像一匹光亮的白絹，飛快地向外射去，撞斷窗上的，又飛快地收回。燕赤霞察覺了，起身下床，寧采臣假裝睡覺觀察他。只見燕赤霞捧起箱子查看，拿出一樣東西，對著月光看一看，嗅一嗅。那東西

「白光晶瑩」，有二寸長，韭菜葉那麼寬。燕赤霞看完，把它包了好幾層，仍放到破箱子裡，自言自語，什麼老怪物這麼大膽，竟然弄壞了我的箱子，然後，重新躺下睡覺。

寧采臣很奇怪，起來問燕赤霞，並告訴燕赤霞自己剛才看到的情景。燕赤霞說：「既然咱們相知友愛，我哪敢隱瞞？我是個劍客，假如我的劍不是碰到窗櫺上，妖怪應當立即被殺死。雖然這樣，它也受傷了。」寧采臣問：「包起來的是什麼？」燕赤霞說：「是劍。剛才我嗅了一下，有妖氣。」寧采臣想看，燕赤霞便慷慨地拿出來給他看，原來是把螢光閃閃的小劍。於是，寧采臣更加敬重燕赤霞。

第二天，寧采臣看看窗外，有血跡。他走出寺門，見「**荒墳累累**」，墳堆中果然有棵白楊樹，鳥巢高踞樹頂。寧采臣打點行裝打算回鄉。燕赤霞為他設宴送行，他將裝寶劍的破皮袋送給寧采臣，說：「這是我的劍袋，你珍藏好它，妖魔鬼怪都不敢靠近你。」寧采臣想跟燕赤霞學劍術。燕赤霞說：「像你這樣講究信義、性格剛直的人，本來可以學劍術，但是你畢竟還屬於富貴場中，不是這條道上的人哪。」燕赤霞是劍客，有預見性，他的話預言寧采臣將來要做官。

寧采臣假托說妹妹埋葬在這裡，把聶小倩的遺骨挖掘出來，用衣被包好，租船回家了。寧采臣的書齋緊靠荒野，他把聶小倩的墳墓建在書齋外，埋好後，他祭奠說：「可憐你的魂魄孤苦伶仃，我把你安葬在我的書齋旁，你的歌吟悲哭我都能聽到，你不會再受到凶鬼的欺凌。這裡有一杯水酒，雖然不很甜美清醇，還請不要嫌棄。」

〈聶小倩〉

祭奠完，寧采臣轉身想回家，身後有人招呼道：「請慢點兒，等我一起走！」聶小倩白日現身，歡天喜地地對寧采臣說：「您真講信義，我就是為您再死十次，也不能報答您的恩情。請帶我回家拜見公公婆婆，就是給您做小妾、丫鬟，我也不後悔！」寧采臣仔細看白天出來的聶小倩：肌膚白裡透紅好像清晨的霞光，三寸金蓮翹起如同細細的筍，樣貌比夜裡看更加美麗婉約，嬌艷無比。寧采臣動心沒有？我覺得他有點兒動心。因為蒲松齡是從寧采臣的視角，以讚賞的口吻寫聶小倩的面貌。

寧采臣的妻子長期生病，需要有人幫助母親承擔家務。所以寧采臣沒有馬上拒絕聶小倩，更沒有訓斥她，但他也沒答應聶小倩。寧采臣講究禮儀，他能不能納妾，能不能收留聶小倩，得稟告母親。母親怎麼說，他就怎麼辦。他把聶小倩帶到書房。這是什麼意思？這意味著他可以接受，但還得母親拍板。寧采臣讓小倩等一會兒，先進去向母親報告。母親聽了，十分驚奇。寧采臣妻子患病，母親告誡寧采臣不要說給妻子聽，怕嚇壞她。說話間，小倩進來朝著寧母跪拜行禮。寧采臣說：「這就是小倩。」

蒲松齡寫聶小倩如何進入母親房間，母親如何表現，極講究分寸且十分生動。聶小倩「翩然入」，三個字，母親「驚顧不遑」，四個字。「翩然」既是描繪聶小倩體態輕盈，也暗示這是鬼魂；「驚顧」是害怕地看，「不遑」是既想看，又不敢看，不敢看還得看。母親白日見鬼，驚慌得手足無措，很害怕，也很緊張。小倩對母親說：「孩兒飄然一身，遠離父母兄弟，公子庇護我，像雨露滋潤枯草。我情願做他的小妾，報答他的恩情。」母親見小倩長得綽約柔弱，十分可愛，才敢跟她對話，她說：「小娘子願意照顧我的兒子，老身很高興。只是我這輩子只有這一個兒子，還要靠他傳宗接代，實在不敢讓他娶鬼做妻子。」母親委婉又毫不通融地拒絕了。聶小倩馬上聰明地轉換立場，說道：「孩兒別無他意。我是九泉下的人，既然沒得到老母親信任，請允許我先把您兒子當哥哥對待，允許我承歡母親膝下，早晚侍奉嫂子和母親，可以嗎？」母親憐愛小倩心誠，便答應了。小倩還想拜見嫂子，母親推說嫂子生病，沒有讓小倩見。拜見完母親，小倩馬上走進廚房，替母親做飯，前前後後，穿門入戶，一個勁兒忙活，好像她早就熟悉了這個家。

聶小倩什麼出身？蒲松齡沒有正面交代。但我們從蛛絲馬跡可以看出，她是讀書人家出身，有良好的文化教養。她喜歡讀佛經，擅長畫梅花，這都不是一般市井或農家女孩能有的修養，只有官宦人家或讀書人家的千金小姐才有這樣的修養。而進了寧家後，生前的千金小姐聶小倩馬上像粗使丫鬟般幹起家務活，完全接下了寧母的辛勞。

聶小倩從此能在寧家立足嗎？仍有困難。白天倒也罷了，聶小倩在勞碌中找到了自己的價值，似乎與常人無異。真正的考驗或者說非常令人難熬的考驗在晚上，寧母對於把一個女鬼留宿家中很是害怕，「辭使歸寢，不為設床褥」，意思是：你回墳墓去吧，這兒沒你的床。老太太對聶小倩有點兒過分，但又可以理解，有哪個女人有膽量和鬼住在同一個房間？小倩看透了寧母的心思，馬上離開寧母的房間。她還是不想回到墳墓，經過寧采臣的書齋想進去，又退了回來，她在書齋外徘徊，好像書齋裡有什麼東西讓她害怕。寧采臣招呼小倩，小倩說：「書齋裡劍氣逼人。你帶我回來的路上我一直沒有跟你見面，就是因為它的緣故。」寧采臣恍然大悟：原來小倩怕燕赤霞的劍袋！他把劍袋取下掛到別的房間，小倩才進入書齋，在靠近燈光處坐下。坐了好一會兒，小倩一言不發，沉悶好久，才問：「你夜裡讀書嗎？我小時讀過《楞嚴經》，現在大半都不記得了，請借給我一卷，夜裡閒暇時，再向哥哥請教。」寧采臣答應了。

小倩坐到二更時分，還不說走，寧采臣便催她離去。小倩愁容滿面地說：「我是他鄉孤魂，害怕荒涼的墓穴。」寧采臣說：「書齋沒有其他床鋪，兄妹也該避嫌。」小倩緊皺眉頭，像要哭，想抬腳離開，卻挪不動步，磨蹭好一陣子才走出房門，下了台階就不見了。寧采臣可憐小倩，想把她留下，另鋪張床給她住，可又怕母親責備。這一段描寫，一男一女，一人一鬼，寫得都很出色。寧采臣仍堅持他生平無二色，雖然妻子病著，自己在書房用功，也不對美麗的聶小倩動心。聶小倩也絕不動勾引寧采臣的心思。

小倩每天早上都來向寧母請安，捧盆端水，侍候寧母梳洗，操持各種家務，沒有一件事不是千方百計琢磨著按寧母的心思辦；傍晚時分向寧母告別，總是經過寧采臣的書齋，在燈下讀一陣子佛經，覺得寧采臣快要上床時，才淒涼地離去。白天，聶小倩像正常人，享受親情，靠近生的希望；夜晚，卻不得不當孤魂野鬼，何等淒涼無奈。但她堅持了下來，她相信總有一天會感動上天。

聶小倩像璞玉經過琢磨，光彩漸露：她勤勞善良、任勞任怨；她察言觀色、善於辭令。對寧母，像對親生母親一樣孝敬、依戀；對寧采臣，既像對長兄一樣恭敬，又如小鳥依人般親切。功夫不負有心人。先前，因為寧采臣妻子長期臥病在床，寧母要承擔家務，辛苦得不得了，小倩來後，寧母很安逸，打心裡感激小倩。寧母和小倩一天天熟悉，感情漸漸深厚，對小倩像親生女兒一般，晚上不忍心讓小倩再回墓穴，讓她留下跟自己同睡同起。寧家母子對聶小倩極為溺愛，忌諱說小倩是鬼。

不久，聶小倩的機會來了。寧采臣妻子病故，寧母很想讓兒子娶小倩，但又擔心小倩是鬼。聶小倩這個無比精明的小女鬼，對症下藥，給寧母做說服工作。她告訴寧母，公子命中注定有三個光宗耀祖的好兒子，上天不會因為他娶鬼妻就不給他了。寧母相信了小倩的話，跟兒子商量迎娶小倩，寧采臣很高興。寧家大擺筵席告訴親戚朋友，眾人聽說寧采臣娶了鬼妻，都想看看鬼妻是什麼樣的。聶小倩爽快地盛裝出來見客，滿堂賓客都瞪大眼睛，絲毫不懷疑小倩是鬼，反而認為她是天仙。遠近親戚都拿了禮物來祝賀，爭相拜識小倩。聶小倩擅長畫梅花，大家都以得到她畫的梅花為榮。

已經花好月圓，但小說還沒結束。小說家的線索必須線線有著落，驅使聶小倩作惡的夜叉還得出來「表演」。有一天，小倩問寧采臣：「燕赤霞的劍袋在什麼地方？」寧采臣說：「因為你害怕，所以我藏到別的地方了。」小倩說：「我接受很久活人的氣息，不再怕這劍袋，該把它掛在床頭。這三天我總心驚肉跳，可能金華的妖物會找到這兒。」寧采臣把劍袋取來，小倩反覆查看說：「這是劍俠用來盛人頭的，破敗到這種程度，還不知道殺過多少人。」

聶小倩讓寧采臣把劍袋掛在門口。夜晚，小倩讓寧采臣不要睡覺，兩人等著。突然，院子裡落下一個像飛鳥一樣的東西，寧采臣一看，果然來了個夜叉，賊亮的眼睛，血紅的長舌，目光閃閃，揮舞著利爪。它在門口徘徊許久，靠近劍袋後用爪子摘下，想撕碎劍袋。劍袋忽然「嗶啦」一聲，變得像兩只竹筐那樣大，恍惚中有個鬼物探出半個身子，將夜叉揪進劍袋，接著院子裡便恢復寂靜，劍袋也變回到原來的大小。寧采臣震驚至極，小倩出來，十分高興地說：「沒事了！」兩人一起看那劍袋，裡面不過一斗清水而已。然後，就是童話故事的結尾：從此，兩人過上了幸福的生活。

結尾是不是有點兒庸俗？寧采臣幾年後進士及第，做了官，聶小倩生了兩個兒子，寧采臣納妾後又生了一個，三個兒子都做了名聲很好的官。這是蒲松齡為他心愛的《聊齋》人物安排的常有結局。有道德的男性得做官，得多子多福。有道德的女性，既得有好丈夫，還會有好兒子。從蒲松齡窮秀才的身分和思想追求來看，這就算對寧采臣和聶小倩的最高獎勵了。

〈聶小倩〉是人鬼戀，古代小說家早就寫過人鬼戀的故事，連貴為皇帝的魏文帝曹丕都寫過這樣的故事。戲法人人會變，各有巧妙不同。蒲松齡寫人鬼戀就是跟傳統作家不一樣。男子漢大丈夫，不僅不怕鬼，還能把美麗的女鬼帶回家。男子漢大丈夫，即使跟鬼打交道，也會出現「疾風知勁草」、「歲寒而知松柏之後凋也」的事。你能說《聊齋》人鬼戀故事不好玩兒?!惡鬼以女色、黃金誘人以吸其血，對今天的社會仍然有寓言性、象徵性的意義。劍俠出現，又讓《聊齋》故事帶點兒唐傳奇的影子。遺憾的是，二十一世紀根據〈聶小倩〉改編的影視故事，有一部以紀念張國榮為標榜，劍俠燕赤霞糾纏到聶小倩寧采臣的愛情裡，形成「新三角」，莫名其妙。

《聊齋》最有神采的女鬼聶小倩，她的神采不在於她多麼漂亮，而在於道德修煉。當初聶小倩在妖物脅迫下，投人所好，以美色、金錢迷惑年輕男子，是惡的、醜的、可憎的，就像她自己說的，是「**靨盡賤務，腆顏向人**」。她受正人君子寧采臣感化，棄暗投明，跟寧采臣回家，近朱者赤，像璞玉經過雕琢，光彩顯露。在道德修煉中，聶小倩的「鬼性」漸漸消失，「人性」被漸漸喚起。蒲松齡巧妙地用兩個細節寫聶小倩的「人性」復活和「鬼性」消失：第一個細節是，聶小倩從剛來時不食人間煙火，漸漸地能喝點稀粥，到後來跟常人吃飯差不多；第二個細節是，聶小倩從懼怕燕赤霞的劍袋，到主動提出把劍袋掛到臥室，跟懼怕劍袋的惡鬼徹底劃清界線。女鬼聶小倩的「人性」日漸表露，「鬼性」日漸湮沒，終於脫胎換骨，迎來嶄新人生。小說開頭寫聶小倩的美，是女鬼害人之美。結尾聶小倩仍然美，也仍然是鬼，人們卻認為她是仙。從鬼到仙，從惡到善，一念之差。只要一心向善，邪鬼也可以改造成活人賢妻，這是〈聶小倩〉給我們的啟示。

04 連瑣
蒲松齡夢中情人的昇華

連瑣是《聊齋》中最著名也最可愛的淒美女鬼。她的身姿像楊柳迎風，聲音像黃鸝啼鳴；她酷愛唐詩，特別是《連昌宮詞》；她喜歡寫詩，構思起詩來像賈島一樣苦吟；她像詩評家，能評論詩好在什麼地方；她像書法家，字態端媚；她聲音嬌美，擅長音樂，會彈琵琶，能作曲，懂得下圍棋；她異常膽小，非常怕人，羞怯嬌憨。蒲松齡給這位女鬼取的名字特別有詩意。「連瑣」的意思是「玉聲珂珂」，是美玉輕輕柔柔的敲擊聲，可以叫人聯想起美女吟詩的聲音。

〈連瑣〉寫出了《聊齋》女鬼的迷人風采，寫出了女鬼對生命的渴望，寫出了女鬼復活的神奇過程。女鬼連瑣身上有蒲松齡夢中情人顧青霞的影子。蒲松齡把心中的女神變形寫進好幾篇小說，我研究蒲松齡四十年，費了九牛二虎之力，終於弄明白這個問題。顧青霞對美妙的《聊齋》愛情故事、對創造詩化的神鬼狐妖形象有重要影響。連瑣、連城、宦娘、嬌娜、白秋練身上，都有顧青霞的影子，而女鬼連瑣表現得最明顯、最充分。

楊于畏遇到女鬼連瑣時，沒有任何恐怖氣氛，倒像以詩會友。楊于畏的書齋在泗水旁的荒郊野外，書齋院牆外有許多古墓。夜晚聽到白楊樹嘩啦啦作響，像大海的波濤聲。楊于畏獨對孤燈，本已淒涼，忽聽到牆外有人吟詩：「**玄夜淒風卻倒吹，流螢惹草復沾幃。**」吟詩聲細柔委婉，像女子的聲音，兩句詩反覆吟來吟去，憂傷、淒楚。楊于畏很納悶。第二天看牆外，沒有人的蹤跡，只有一條紫色飄帶，丟在荊棘裡。他恍然醒悟：吟詩的是女鬼！她吟的兩句詩其實是對自己存在狀態的生動描繪：在黑暗的夜晚，冰冷的風，吹呀，吹呀，飛動的螢火蟲兒沾惹著草，又飛到衣襟上。太荒涼，太寂寞了。明知對方是鬼，楊于畏仍十分仰慕。看來，柔曼的吟詩聲引起了他對吟詩者形體的聯想，淒苦的詩句觸動了風雅男子心靈最柔軟的角落。

第二天夜裡，楊于畏預先趴在牆頭等待，初入夜時，只見一個苗條女子腳步輕盈地從草叢走出，手扶小樹，低頭哀婉地吟詩，還是前一天那兩句。女詩人好像想作首七絕，卻只想起前兩句，怎麼也續不上後兩句，只好反覆苦吟。楊于畏咳嗽一聲，女鬼急忙躲進荒草，湮然而滅。楊于畏耐心等她再出來吟詩，女鬼剛剛吟完那兩句詩，他就隔牆續上兩句：「**幽情苦緒何人見？翠袖單寒月上時。**」意思是：你隱秘的感情和悲苦的情緒誰看得見？只有剛剛升起的月亮照著綠裙飄飄的苗條淑女。楊于畏不僅表達了對女鬼的愛戀之情，還幫她完成了總也完不成的絕句。楊于畏續完詩，牆外安靜了好久。他回到房間，剛坐下，一個美麗的女子便進門來對他行禮，說：「先生原來是風雅人士，小女子竟然躲著先生。」

楊于畏很高興，拉女子坐下，只見她瘦瘦的，怯生生的，肌膚上好像凝聚著一層冷氣，身體單薄得似乎承受不住衣服的重量。後來他知道了她的名字，叫連瑣。

楊于畏問：「你住在什麼地方？為什麼長期寄居在這裡？」

連瑣說：「我是隴西人，隨父親流落到此，十七歲時暴病而死，二十多年了，九泉之下，荒野之中，孤獨寂寞，像失群的孤雁。我用詩寄託幽恨，想了很久，總寫不出後兩句，幸虧先生代為續成。我得以含笑九泉。」多可愛的女鬼！以詩為命。

楊于畏把連瑣匆忙中丟掉的紫色飄帶還給她。她去翻案上的圖書，看到《連昌宮詞》，感嘆：「我活著的時候最愛讀這書。現在看起來，像做夢似的。」兩人談詩論文十分投機。

前人小說寫女鬼出現後的常有模式是祟人、傷害人。女鬼跟人間男子上床，她們不僅取得歡樂，還從人間男人身上攝取精氣，獲得復生，而人間男子因此喪命。連瑣跟傳統祟人女鬼不同，當楊于畏要求跟她上床時，連瑣坦率地告訴他：「我是沉淪陰世的枯骨，不比陽世間的人，如果你跟我發生肉體接觸，會減少你的壽數。」楊于畏只好同意不和連瑣上床，但他還是忍不住把手伸到連瑣胸前撫摸。他又低頭看她的小腳，連瑣低頭笑著說：「這個狂生太能糾纏人啦。」

連瑣聰明可愛，善解人意，她跟楊于畏談詩論詞，是個有見解的詩友。連瑣是陰世遊魂，白天不能待在楊于畏身邊，他們便以夜晚為白天。每天晚上，只要楊于畏聽到窗外輕輕柔柔的吟詩聲，一會兒工夫，連瑣就進來了。她囑咐楊于畏：「你要保密。我膽小，怕遇到惡人欺負。」楊于畏答應了。

〈連瑣〉

連瑣的字寫得像她的人一樣端莊秀麗。她是個懂鑑賞學的詩評家，選了百首宮體詩抄錄下來，再用柔曼的聲音朗讀；她還懂音樂，會彈琵琶，每天夜裡教楊于畏下圍棋。她會作曲，作完後再親手彈出，她彈「蕉窗零雨」，像冷雨敲窗，秋雨泠泠，跟「玄夜淒風」一樣，是連瑣對喪失生命的哀嘆。這哀傷到無以復加，酸惻得動人胸臆的曲子，楊于畏不忍聽，連瑣就彈「曉苑鶯聲」，琴聲像紅日初升，黃鶯啼囀，這是連瑣對年輕生命的吟誦。楊于畏立時覺得心懷暢適。兩個情竇初開的年輕人，一起讀詩、寫字、下棋、彈琴，通宵達旦，直到「窗上有曙色」。天快亮了，按照傳統，鬼魂白天該返回墳墓，連瑣這才很不情願地慌慌張張「遁去」，沉入黑暗，沉入陰冷……。

連瑣公開拒絕害人，以「文友」身分跟楊于畏交往，兩人都是風雅的。連瑣多才多藝，她的聰慧嫵媚，使楊于畏獲得超越肉體享受的歡愉——精神的歡愉。在古代小說裡，這樣妙趣橫生地寫紅顏知己，寫閨房之樂又不寫性愛，實在少見。連瑣跟楊于畏相處，既像「剪燭西窗」的賢惠妻子，更像志同道合的好朋友。兩人的感情在我看來甚至超過張敞畫眉般的夫婦情愛。

〈連瑣〉寫人鬼之戀，寫生命的憂傷，寫女鬼敏銳的感情觸覺，尖銳而莫名的痛苦，悵惘生命的痛苦。女鬼對美好生活的無望期待，感動著讀者。這些弱不禁風、憂愁傷感、以淚洗面的女鬼，總會引起人間書生憐香惜玉的柔情，使之為她們負弩前驅，幫她們脫離苦海。所以我總結，美麗、柔弱、懼冷、憂愁、愛詩，所謂「美弱冷愁詩」是《聊齋》女鬼俘獲人間書生的「尚方寶劍」。蒲松齡之前的作家寫女鬼，誰都沒寫到這份兒上。連瑣除了有這些特點，還善解人意、多才多藝、聰慧嫵媚，楊于畏有這樣的紅顏知己，享受閨房之樂，真是少見。

有一天，薛生來拜訪楊于畏，楊于畏在睡午覺，薛生看楊于畏的房間，有琵琶、圍棋，他納悶：這都不是楊于畏擅長的。他又翻到宮詞，看到抄寫的字跡端正雋秀，越發懷疑楊于畏肯定和什麼女人發生糾葛了！

楊于畏醒了，薛生問：「你這圍棋、琵琶，哪兒來的？」楊于畏說是置辦來想學。薛生又問：「這《連昌宮詞》呢？」楊于畏說是向朋友借的。薛生拿起詩卷翻來覆去地看，看到最後一頁有行小字：某月某日連瑣書。薛生說：「連瑣是姑娘的小名，你怎麼欺騙我？」

楊于畏很難為情。薛生苦苦追問。楊于畏不肯告訴他，他就拿起詩卷說：「你不告訴我，我就拿走啦！」楊于畏只好說明真相。薛生要求見連瑣一面，楊于畏說：「連瑣早就叮囑過，對她的事要保密。」可薛生非見不可，楊于畏沒辦法，只好答應。

半夜，連瑣來了。楊于畏把薛生想見她的意思說了。連瑣生氣地說：「我怎麼囑咐你的？你竟喋喋不休告訴旁人！」楊于畏把自己不得已答應朋友的實情告訴她，連瑣傷心地說：「我跟你的緣分盡啦！」楊于畏百般安慰勸解。連瑣始終很不高興，起來告別，說：「我還是暫時避一避吧。」有趣不有趣？通常都是人怕鬼，女鬼連瑣卻怕人。

第二天薛生來了，楊于畏代連瑣致意，說連瑣不樂意見生人。薛生懷疑楊于畏故意推托。傍晚約了兩個同窗朋友來，逗留在楊于畏的書齋，很長時間都不走，故意阻撓楊于畏跟連瑣約會，整夜在楊于畏的書齋大叫大嚷。楊于畏在心裡多次向他們翻白眼，可又對他們無可奈何。眾人連續鬧了幾夜，見連瑣總不出現，想離開。他們的喧鬧聲剛剛平靜下來，忽然傳來吟詩聲，柔美清幽、淒婉欲絕。薛生在那兒凝神細聽，和他同來的武秀才王某很不耐煩，撿了塊大石頭丟到窗外，大聲叫道：「裝腔作勢不見客人，念的什麼好句子？哭哭啼啼，實在教人悶殺！」

吟詩聲馬上停止了，大家抱怨王生魯莽。楊于畏橫眉怒目指責王生。第二天，薛生等人都離去了，楊于畏獨宿書齋，盼望連瑣再來，卻一點兒動靜都沒有。又過兩天，連瑣忽然來了，哭著對楊于畏說：「你帶些粗暴的客人來，幾乎嚇死我啦。」楊于畏一個勁兒謝罪，連瑣急忙走出門說：「我早就說我跟你的緣分已盡，分手吧。」

戀愛中的青年男女常會「分手」，人鬼戀中竟也出現有趣的「分手」！連瑣跟楊于畏分手，要的是兩個人的自由天地，是楊于畏的朋友對他們隱私的尊重。連瑣雖是「夜台枯骨」，但她的自尊、自重、自愛，一點兒不比人間女子差。這正是女鬼連瑣在讀者中特別有人緣的緣故。

連瑣跟楊于畏分手的原因是朋友，促成兩人最後結合的還是朋友。連瑣一個月都不露面，楊于畏思念她，瘦成一把骨頭。有天晚上，楊于畏正一個人喝悶酒，忽然，連瑣掀開簾子進來了。楊于畏高興地說：「你原諒我了？」連瑣淚流不止，低著頭一句話也不說。楊于畏急切地詢問，連瑣欲言又止，最後終於說：「賭氣離開你，現在又有急事來求，實在不好意思。」楊于畏再三追問，連瑣才說：「不知是哪兒來的一個骯髒衙役，逼我給他做小老婆。我想到我清白人家出身，怎能委屈自己服侍卑賤鬼卒？可是我一個弱女子，哪能抗拒？你如果把我當成妻妾看待，一定不會聽任我獨自掙扎。」楊于畏氣得要死，但想到人鬼不是一條道，有勁兒沒法使，怎麼辦呢？連瑣便說：「你明天晚上早點睡，我趁你做夢時邀請你。」二人交談，坐到天明。連瑣臨走時叮囑楊于畏：白天不要睡覺，等夜間約會。楊于畏答應了。

楊于畏在午後喝了點兒酒，趁醉上床，蓋上衣服躺下。不知睡了多久，連瑣來了，給了他把佩刀，拉著他的手領他來到一個院子。剛關上門想說話，就聽到有人砸門。連瑣驚慌地說：「仇人來了！」楊于畏開門跑出去，看見門口站著一個紅帽青衣、長一嘴像刺蝟毛一樣鬍鬚的鬼卒。楊于畏怒斥他欺負連瑣。鬼卒橫眉立眼，凶惡謾罵。楊于畏大怒，直奔鬼卒。鬼卒拿石頭打楊于畏，石塊像驟雨般打來。有塊石頭打中楊于畏的手腕，他握不住刀了。危急時候，楊于畏遠遠看到一個人，腰佩弓箭在野外打獵，仔細一看，是武秀才王生。楊于畏大聲呼救，王生彎弓射箭，射中鬼卒的腿，再射一箭，鬼卒就死了。

楊于畏感謝王生及時救助。王生問楊于畏是怎麼回事？楊于畏便把實情告訴他。王生慶幸，上次得罪連瑣的罪過因此可贖，便跟楊于畏一起走進連瑣的住處。連瑣見王生進來，又羞又怕，渾身發抖，遠遠站著，一聲不敢吭。連瑣的桌上有把小刀，只有一尺多長，上邊裝飾著金玉，從刀匣中抽出來，光芒四射，能照見人影。王生一見，嘆賞不已，愛不釋手。他和楊于畏說了幾句話，看到連瑣那麼害羞，那麼害怕，實在可憐，就告辭出來。楊于畏與王生分手，自己回家去，跳過牆頭時，摔倒在地，醒了過來，側耳一聽，村裡雄雞報曉聲音已然響成一片。他的手腕疼極了，天亮一看，皮肉又紅又腫。中午，王生來了，說夜裡做個怪夢。楊于畏問：「沒有夢到射箭嗎？」王生奇怪：楊于畏怎麼先知先覺？楊于畏伸出手讓王生看，告訴王生他和連瑣之間發生了什麼事。王生想起夢中所見的連瑣，恨不能真的見一見，王生慶幸有功於連瑣，便請楊于畏引見。

人借助夢境進入鬼的世界，跟鬼打交道，是六朝作家常用的手法。數人同夢，也是唐傳奇的構思模式，蒲松齡採取「拿來主義」，為我所用。短篇小說的故事應該盡量簡練，小說家如果在短篇小說中加進某個人物，總會有他出現的必要性、必然性，王生就是如此。他由薛生引來，成了無意中棒打鴛鴦的莽漢，最終與楊于畏進入同一夢境，對危難中的連瑣拔刀相助，把橫行不法的惡鬼殺了。如果這個愛情故事沒有似乎多餘的王生，故事就很難往下發展，也沒這麼好看、這麼有味了。

到了夜間，連瑣來致謝。楊于畏說應當歸功於王生，並轉達王生求見的誠懇願望。連瑣說：「他對我的恩德，我永遠不會忘記。但是他雄赳赳的樣子，我實在太害怕了。我看出他愛我的佩刀，這刀是我父親去廣西時用一百兩銀子買的，我很愛這把刀，一直保存著，所以纏著金絲，鑲上明珠。父親可憐我早死，用這把刀殉葬。現在我願意割愛，把刀送給壯士，他看到刀就像看到我一樣。」

小說構思多巧妙。喜歡吟詩彈琵琶的文弱風雅女子竟有寶刀！還是父親給女兒的陪葬！寶刀送武秀才，得其所哉。柔弱的小女鬼害怕人間雄赳赳的武生，卻把給自己陪葬的寶刀送給他，感謝他夢中救助。蒲松齡的小說出現一把寶刀，也用得如此「雙效益」，既推動情節，又描寫人物，還合情合理地「擺平」人物關係，蒲松齡這位短篇小說巨匠太高明了。

第二天，楊于畏向王生說明連瑣的意思，王生很高興。晚上，連瑣果然把刀帶來了，對楊于畏說：「請告訴他好好珍重，這把刀不是中華鑄造。」看來這還是把進口寶刀。

從此，連瑣和楊于畏來往如初。過了幾個月，連瑣忽然在燈下對楊于畏笑，好像有話要說，臉紅了好幾次，還是不好意思說。楊于畏抱住她問她有什麼話要說。連瑣說：「承蒙你這麼長時間的眷愛，我接受活人元氣，經常吃人間食物，白骨有了生機，只需要活人的一點精血，就可以復活了。」楊于畏笑道：「以前是你自己不肯，哪兒是我吝惜這精血？」

連瑣說：「你跟我交歡後，必定會生一場二十幾天的大病，但可以用藥治癒。」小說雖然敘述了兩人男歡女愛，卻是為了寫楊于畏為愛情獻身的義氣和犧牲精神。然後連瑣說：「還需要你的幾滴鮮血，你能為愛忍受疼痛嗎？」楊于畏取來利刃，刺破手臂，連瑣躺到床上，楊于畏把鮮血滴到她的肚臍中。連瑣起身說：「我不會再來了。請記住一百天後，看到我的墳前有青鳥在樹頂鳴叫，就趕快掘墓。」青鳥是傳說中給西王母送信的。楊于畏表示一定認真照辦。連瑣出門時又叮囑：「千萬記清楚時辰，不要忘記，早了晚了都不行。」說完就走了。

過了十幾天，楊于畏果然病了，腹脹欲死。醫生用了藥，楊于畏排下許多污泥似的糞便。經過精心調養，他的病好了。楊于畏度日如年等到第一百天，派家人拿著鐵鍬準備掘墓。太陽落山時，果然看見連瑣墳頭有一對青鳥在啼鳴，楊于畏興奮地說可以啦。大家動手斬除荊棘，挖開墳墓，只見連瑣的面貌好像活著似的，撫摸一下，皮膚竟是溫的！家人給她蓋上衣服抬回來，放到暖和的地方，連瑣漸漸有了呼吸，只是氣息很弱，如游絲一般。家人慢慢地讓她喝點兒稀粥，到了半夜，連瑣甦醒了，對楊于畏說，二十多年，像一場大夢。

是連瑣在做夢嗎？不。是古今中外億萬讀者身不由己，被窮秀才蒲松齡牽著鼻子，做了個愛情起死回生的白日夢。女鬼復活，是根本不可能的事，而天才作家寫得煞有介事，還很有層次。「血滴臍中」像不像現代白血病患者接受異體骨髓移植？百日等待，像不像等特效藥發揮作用，甚至像度過排異過程？《聊齋》歌頌了愛情「起死人而肉白骨」的力量。一個人鬼相戀的故事寫得曲折起伏、妙趣橫生。小說的結尾也不像有的《聊齋》小說那樣讓男女主人公又金榜題名，又多子多福，只是說二十餘年如一夢。這樣的結尾太妙了，《聊齋》點評家一致叫好，大文學家王士禛說「結盡而不盡，甚妙」。

在人鬼戀中，美麗、柔弱、怕冷、憂愁、愛詩的《聊齋》女鬼引起人間風雅而義氣的書生關注，書生進而和她們共涉愛河，幫她們逃離陰冷的冥世，花好月圓。連瑣是最典型的代表，而連瑣又可以稱得上是女鬼版顧青霞。蒲松齡是窮苦的、地位低下的秀才。他為什麼能寫那麼多愛情小說？蒲松齡的夢中情人、揚州佳麗顧青霞對他的影響不可低估。

蒲松齡三十一歲時，曾到江蘇給寶應知縣孫蕙做幕賓，孫蕙和蒲松齡是同鄉。蒲松齡到寶應後，認識了揚州姑娘顧青霞，此後，蒲松齡在幾十年中寫顧青霞的詩詞多達三十幾首，是他寫妻子的詩的好幾倍。一九八〇年代，我對蒲松齡南遊歸來後寫的詩的手抄本——《聊齋》詩集《聊齋偶存草》反覆推敲，後來又看了蒲松齡很多其他的詩，得出這樣的結論：雖然顧青霞最終嫁給孫蕙做小妾，但她和蒲松齡的情感交往卻在她從青樓從良之前。也就是說，顧青霞和蒲松齡的感情早於和她的丈夫。《聊齋偶存草》裡有一組《贈妓》詩，提供的信息是：顧青霞在宴會上對蒲松齡特別熱情，引起知縣孫蕙妒忌。孫蕙生日，請當地的歌姬演唱，顧青霞也來了。彼時她不過十五歲左右，挽著高高的鳳髻，穿著天上雲錦樣的服裝，頭戴夜明珠，插著華麗的金釵，鞋子上有美麗的繡花，紫裙飄飄，香氣陣陣，表情嬌憨，像從天台來的仙女。她擅長彈琵琶，能歌善舞，在「紅樓」，也就是聲色之鄉是頗有聲價的歌姬。這時，顧青霞是「自由人」，可以「人盡夫」。封建時代的讀書人蒲松齡，可以尋花問柳，可以納妾。蒲松齡剛過三十歲，客居外地，對美貌才女產生好感完全正常。

蒲松齡對顧青霞艷羨愛憐，顧青霞對蒲松齡眉目傳情，就像詩歌寫的那樣：「燈前色授魂相與，醉眼橫波嬌欲流。」顧青霞對蒲松齡有意，蒲松齡也喜歡她，兩人情投意合，沒什麼大驚小怪。只不過，蒲松齡是窮幕賓，本就是為養家糊口南遊，他沒錢給青樓女子贖身，讓她做紅袖添香的小妾。而對女人「貪多嚼不爛」的孫蕙偏偏對顧青霞感興趣。最終，顧青霞或者起決定作用的妓院鴇母，選擇了孫蕙。事情明擺著：窮幕賓怎能和知縣競爭？這樣一來，嫩柳嬌花、鸝鸝黃鶯般的顧青霞移進知縣後衙，對窮幕賓永遠關上戀情之門。

我曾到寶應看過孫蕙當年住的樓房，在主臥之外，有好多小房間，是孫蕙的所謂十二金釵住的地方，顧青霞只是「十二金釵」之一。江南佳麗顧青霞因為年紀小，有文化，會書法，擅長吟誦，剛進入寶應知縣家時頗為得寵，常到宴席上彈曲吟詩。蒲松齡在孫蕙的宴會上又有機會看到顧青霞，聽她吟詩。蒲松齡給她選了一百首宮詞，寫她吟詩情態。他稱呼顧青霞「可兒」，即可心的人兒，他認為顧青霞吟詩的情態跟唐詩宮詞一樣，是「雙絕」。蒲松齡用絕句《聽顧青霞吟詩》寫下聽她吟詩的感受：「曼聲發嬌吟，入耳沁心脾。如披三月柳，鬥酒聽黃鸝。」顧青霞拖長聲調，嬌滴滴地吟詩，聽起來像清泉一樣滋潤著蒲松齡的心脾。聽她吟詩好像春風楊柳飄拂時，一邊喝酒一邊聽黃鸝歌唱。這是蒲松齡對顧青霞的詩意化描繪，顧青霞講吳儂軟語，聲音好聽，形態美妙，恍若小鳥依人。

蒲松齡在寶應只待了一年就回到家鄉，準備參加科舉考試，他還是想當官。三年後，康熙十四年（一六七五），孫蕙進京擔任給事中，成了言官，把顧青霞留在淄川。不到二十歲的揚州佳麗受喜新厭舊的孫蕙冷落，孤零零待在語言不通、習慣不同的偏僻山村，很不舒心。孫蕙所在的山村我也拜訪過，那地方非常偏僻。蒲松齡同情顧青霞，寫過組詩九首《閨情呈孫給諫》。所謂閨情，就是代孫蕙沒帶到身邊的佳人顧青霞抒寫，希望孫蕙能關注愛撫顧青霞。字裡行間流露出蒲松齡對顧青霞的喜愛、讚賞。顧青霞受孫蕙身邊其他女人的嫉妒和陷害，很是痛苦。而蒲松齡則真心實意地同情和愛憐她。蒲松齡寫了多首艷詞《西施三疊．戲簡孫給諫》等，用春風吹拂似的濃艷筆墨把顧青霞的美麗、可愛、嬌痴，寫得活靈活現，如：「笑處嫣然，嬌痴尤甚，貪耍曉妝殘。晴窗下，輕舒玉腕，仿寫雲煙。聽吟聲嚦嚦，玉碎珠圓，慧意早辨媸妍，唐人百首，獨愛龍標《西宮春怨》一篇。萬喚才能至，莊容佇立，斜睨畫簾。時教吟詩向客，音未響，羞暈上朱顏。憶得顫顫如花，亭亭似柳，嘿嘿情無限。」在蒲松齡筆下，顧青霞美麗的短髮披在秀美的肩膀上，像海棠剛睡醒，嫩柳剛入眠，走起來像飛燕凌空，嫣然一笑，嬌痴之至。她默寫唐詩，雲霞滿紙；吟誦宮詞，黃鸝啼鳴。顧青霞美麗的倩影始終留存在蒲松齡的記憶中。這真叫苦戀。

《閨情呈孫給諫》等二十四首詩詞，像現在的動漫鏡頭，畫出顧青霞的一舉一動、一顰一笑，如聞其聲，如見其人。真是生動精彩的美人動態圖。研究這些詩詞時，我推測，孫蕙看後，作何感想？是因此勾起對顧青霞的憐惜，接受蒲松齡的善意勸解，善待顧青霞？還是暗生不悅並對蒲松齡產生妒意甚至反感呢？我們假設一下，孫蕙可能會說：「本給諫大人的內闈事用得著你這個窮酸秀才『鹹吃蘿蔔淡操心』？我的小老婆如花似柳、嬌憨可愛，和你蒲松齡有什麼相干？我的小老婆寂寞、苦悶、害相思，干汝甚事？用得著你寫完詩寫詞，一首又一首，連篇累牘、不厭其煩寫這麼多艷詞麗句？你是窮極無聊、吃飽了撐的，還是別有用心、想三想四？」我覺得對這些艷詩艷詞比較容易說得過去的解釋是，蒲松齡本就是顧青霞的情場「前任」。從種種跡象看，蒲松齡的這些詩詞，對他和孫蕙的關係沒起什麼好作用。

康熙二十五年（一六八六）孫蕙去世。根據蒲松齡的朋友張篤慶記載，他是縱慾過度而死。孫蕙死後，姬妾大多散去，顧青霞卻留在孫家，不到兩年就香消玉殞，終年不過三十二、三歲。蒲松齡寫下《傷顧青霞》，這首詩對我們瞭解蒲松齡的感情生活極為重要：

吟聲彷彿耳中存，無復笙歌望墓門。
燕子樓中遺剩粉，牡丹亭下吊香魂。

孫蕙去世，蒲松齡沒寫悼詩。孫蕙侍妾顧青霞去世，蒲松齡卻寫悼詩，太不尋常。這詩把蒲松齡的真情實感展示得再明白不過：顧青霞生前，蒲松齡憐惘她，提醒孫蕙關照她；顧青霞死後，蒲松齡希望和她結再生緣。《牡丹亭》寫的是「三生石上舊精魂」。蒲松齡博覽群書，他寫詩用典總恰如其分，絕不會錯用典故。

蒲松齡對顧青霞的「柏拉圖之戀」，持續了幾十年。今生不能相愛，寄希望於來生；做人不能相愛，寄希望於人鬼戀。這是多麼奇特可憐又虛無縹緲的願望？而它偏偏能實現，在哪兒實現？在《聊齋》裡。《聊齋》出現與顧青霞有關的很多描寫，可以稱為「顧青霞現象」。而連瑣和顧青霞簡直是「同卵雙胞胎」，她們至少有四個地方相似。

一是形體相似。連瑣「**瘦怯凝寒，若不勝衣**」；顧青霞「冉冉香飄繡帶斜」。

二是聲音相似。連瑣「**其聲哀楚**」「**低首哀吟**」；顧青霞：吟詩聲如黃鸝啼鳴。

三是特長相似。連瑣「**挑弄弦索（琵琶），作『蕉窗零雨』之曲**」；顧青霞「垂肩嚲袖擁琵琶」「輕鉤玉指按紅牙」。

四是愛好相似。連瑣最愛《連昌宮詞》，「**又自選宮詞百首，錄誦之**」；蒲松齡為顧青霞選宮詞百首，她最愛吟「朦朧樹色隱昭陽」。

連瑣是《聊齋》中最著名的淒美女鬼，是「顧青霞現象」的最集中表現。《聊齋》中的「顧青霞現象」是什麼現象？簡而言之：

女主角按照顧青霞原型做變形處理，男主角按照蒲松齡原型做變形處理；

男女主角之間有忠貞不渝的愛情，人鬼相戀，女鬼因愛復活，如〈連瑣〉；人鬼相戀，寄希望於來世相聚，如〈宦娘〉；男女間有《牡丹亭》那樣的三世情，如〈連城〉；

青樓戀人選擇窮書生並忠貞不渝，如〈細侯〉〈鴉頭〉。多麼豐富精彩，都是《聊齋》名篇。

照蒲松齡看來：

憑什麼小說變形「顧青霞」不能選擇窮書生、清貧相守、相愛至死？憑什麼小說變形「顧青霞」不該選擇窮秀才、心心相印、詩詞唱和？

現實中不能，小說裡難道也不能？必須能，應該能，絕對能！

《聊齋》故事男女主角愛得忠貞，愛得轟轟烈烈，用美學術語說，是蒲松齡把自己的本質力量對象化，讓小說人物為自己的願望負弩前驅。

05 小謝

兩個小鬼頭，一對並蒂花

〈小謝〉寫的是一個剛腸書生和兩個柔美女鬼相知相戀的故事。人和鬼相戀，已是天方夜譚，一個人和兩個鬼相戀豈不更是奇聞中的奇聞？〈小謝〉卻把一個鐵骨錚錚的書生和兩個嬌美小女鬼、一對並蒂花寫絕了。小女鬼小謝和秋容跟正直的書生陶三望交往，人和鬼從隔膜、抗拒到相敬、融合、相戀，一人兩鬼在跟黑暗社會的搏鬥中建立起深厚的感情。兩個小女鬼採取借體還魂的方式重回人間。

愛情有著起死人、肉白骨的力量，描寫愛情向來是古代作家的拿手好戲，而蒲松齡更是寫得絕了。因為蒲松齡那個時代的社會風氣，「二美共一夫」是封建文人的理想，也是《聊齋》故事經常採用的構思模式，這不足為奇。故事雖然有「二美共一夫」的思想桎梏，有借屍還魂的荒誕，卻更有譏諷時世的思想鋒芒及引人注目的藝術成就。小說的細節描寫一枝獨秀，豪士倩女寫得剛柔相濟、神采飛揚。傳統的鬼陰森可怕，小謝和秋容卻像平常少女一樣，頑皮可愛、重情重義。小說滿篇鬼話卻又寄託著對黑暗官場憎惡的現實內容。

陝西渭南姜部郎家常有鬼怪出來迷惑人。姜部郎遷走，只留幾個看門人，卻都莫名其妙死了。於是房子被閒置，沒人敢住。風流倜儻的書生陶三望曾在姜部郎家住過，有個丫鬟半夜找他私奔，他堅決拒絕，姜部郎因此很器重他。陶生家境貧寒，剛死了妻子，天氣悶熱，家中潮濕，就向姜部郎借房子。姜部郎因自家房子是凶宅，不同意陶生借住，陶生模仿晉人阮瞻的名篇《無鬼論》寫了一篇〈續無鬼論〉，交給姜部郎，並說：「就是有鬼，它能怎麼樣！」姜部郎這才同意把房子借給陶生住。

陶生前往姜部郎的住宅打掃。天剛黑時他放了本書在廳堂裡，等他回家取來其他物品回到姜家廳堂，那本書卻不翼而飛了。他很奇怪，仰面朝天躺在床上，靜靜等候，看到底會發生什麼事。躺了一頓飯的工夫，陶生聽到有腳步聲，斜著眼一瞅，兩個少女從內房拿出他丟的書，送還書案上，一個約二十歲，一個十七、八歲，十分漂亮。兩人猶猶豫豫站到陶生床前，你看看我，我看看你。陶生一動也不敢動。年齡大一點兒的少女蹺起一隻腳踹陶生的肚子，年紀小一點兒的捂著嘴偷偷笑。陶生心神搖蕩，好像受到誘惑，快要控制不住感情了，他立即端正心思，屏除雜念，對二女不加理睬。年紀大一點兒的少女湊近他，用左手捋他的鬍子，右手輕輕地拍他的臉頰，拍出「啪啪」的輕微響聲，年紀小的越發笑起來。陶生突然從床上跳起來，訓斥：「鬼東西，竟敢搗蛋！」兩個少女嚇得撒腿就跑，各奔東西。

陶生擔心夜晚被她們捉弄，本打算回家住，又怕被人說言而無信，於是點燈讀書。暗中見鬼影幢幢，來來回回，他正襟危坐，不看她們，一直讀到半夜，不熄燈就上床睡了。剛合上眼皮，就覺得有人用細紙捻兒捅自己的鼻子，鼻子癢極了，他大聲打噴嚏，隱隱約約聽到有人在暗處笑他。陶生什麼都不說，假裝睡著了，等她們來。一會兒工夫，一個少女用紙條捻起細捻兒，像長腳鷺鷥，慢慢地、悄悄地、毫無聲響地踮著腳走過來。陶生突然跳起來大聲呵斥，少女像一陣風，飄飄搖搖地跑了。等陶生剛剛睡下，她們又用細物捅他的耳朵，陶生終夜不堪其擾，直到雞叫天明，才寂然無聲，陶生終於能呼呼大睡了，白天一整天都沒有什麼怪事。日頭剛落，兩個少女就恍惚出現。陶生趕忙動手做夜宵，打算通宵讀書。年紀稍大點兒的少女彎著胳膊趴在書桌上，看著陶生讀書，一會兒就伸手把陶生的書本闔上了。陶生憤怒地想捉她時，她已像一股煙似的飄散了。等一小會兒，她又把陶生正在讀的書闔上，陶生便用手按住書本繼續讀。年紀小的悄悄跑到陶生身後把陶生的眼睛捂起來，不讓他看書，轉眼之間，她又跑了，站在遠處，用嘲笑的神情看著陶生。

兩個小女鬼跟陶生搗蛋，踹肚子、打臉頰、捅鼻子、用雙手把陶生眼睛捂起來不讓他看書……兩個少女是鬼，一舉一動像沒經過嚴格家教的活潑少女舉止，充滿孩子氣，無道學氣、無脂粉氣，不諳世事，率真任性。她們走路「**鶴行鷺伏**」，像小鳥一樣輕巧；她們行動「**恍惚出現**」，受到驚嚇就「**飄竄**」，現實中的人能恍惚出現嗎？能飄嗎？不能，而鬼魂可以。

《聊齋》寫鬼多麼形象生動，好像真有鬼。傳說人怕鬼，現在呢？小鬼怕人。世上本無鬼，《聊齋》偏說有，說得極圓極妙，讓人們覺得，鬼是真實存在的，而且跟人又有細微而重要的區別，她們「**恍惚出現**」，她們「**飄竄**」，字裡行間，鬼氣盎然。蒲松齡寫小謝、秋容，是少女，是靚鬼，亦鬼亦人，有靈動跳躍之美，含鬼影幢幢之意。這對可愛的小女鬼，真實得像要從紙上走下來。

陶生指著她們罵：「小鬼頭！待我捉住你們都殺掉！」女鬼一點兒也不害怕。跟兩個小女鬼打交道的陶生是有智慧、有心機的成熟男性，他向兩個女鬼挑明：「上床的事，我根本不懂，纏我沒用。」阻斷了女鬼祟人的最主要途徑——和男人上床。兩個小女鬼反倒微微一笑，轉身到廚房幹活，劈柴、點火、淘米，給陶生做飯。陶生笑了，說：「兩位姑娘這樣做，不比傻鬧瘋玩、亂蹦亂跳好得多？」一會兒，小女鬼煮的粥熟了。兩個小女鬼爭先恐後地把勺子、筷子、陶碗放到桌子上。陶生說：「感謝你們二位給我幹活兒，我怎麼報答你們呢？」小女鬼笑道：「飯裡撒上毒藥啦。」陶生說：「我跟你們二位向來沒有仇怨，你們怎麼會這樣對待我？」陶生喝完粥，還要再盛。兩個少女爭相替他盛飯，替他跑前跑後，陶生很高興，從此習以為常，有兩個小女鬼給他做飯了。

他們一天一天熟悉起來，漸漸坐到一起聊天談心。陶生問：「二位姑娘叫什麼名字？」年紀大點兒的說：「我叫喬秋容，她叫阮小謝。」陶生問：「二位從哪裡來的？」小謝笑著說：「傻小子！你連你的身子都不敢亮亮相，誰要你來問我們的家庭門第，要論嫁娶嗎？」陶生嚴肅地說：「對著美人，怎麼可能真不動情？但是，陰世的鬼氣，吹到活人身上，必定要命。假如你們不樂意住在這兒，走就是啦；樂意跟我一起住在這兒，安安逸逸地住下來就是。如果你們不愛我，我何必玷汙兩位美人兒？如果你們真愛我，又何必害死我這個輕狂的書生？」

這段對話的文言文經常被研究者引用，確實精彩。小謝說：「**痴郎！尚不敢一呈身，誰要汝問門第，做嫁娶耶？**」小女鬼開口解頤，口舌生風。陶生回答：「**相對麗質，寧獨無情？但陰冥之氣，中人必死。不樂與居者，行可耳；樂與居者，安可耳。如不見愛，何必玷兩佳人？如果見愛，何必死一狂生？**」陶生這番話包含幾層深意：第一，他說明自己並非對二位美人不動情，無奈人鬼有別；第二，勸說兩位女鬼不論是走開還是繼續住下來，都要尊重自己，尊重他人；第三，男女之間以「愛」至上，倘若無愛而苟合，是玷汙二位佳人，倘若真愛，又何必用陰冥之氣害死一個書生？陶生的話像博學者的論文，滔滔不絕，嚴密周詳，雖有點疊床架屋的味道，但把道理講得透闢精彩又動情。陶生說完這番話後，兩個少女互相看看，都被打動了，從此，她們不太捉弄陶生了，偶爾搗亂，把手伸到他懷裡，把他的褲子拉到地上，陶生也不大驚小怪。

〈小謝〉裡邊的小女鬼形象一向得到研究者高度關注，而且最關注她們和陶生搗蛋的情節。學者們一直想研究蒲松齡為什麼能寫出這麼可愛的少女形象，為什麼能夠掌握這麼多細緻入微的情節？有專家認為這是蒲松齡在富貴人家坐館，也就是做家庭教師的收穫。其實如果認真思考，這些還真不可能是蒲松齡在富貴人家坐館的收穫，因為男女有別，富貴人家的小姐甚至丫鬟怎麼可能和蒲松齡有密切接觸？但蒲松齡筆下卻能出現那麼多不同風采的少女，而且個個活靈活現。這得從他的生平找原因。

自從一九八〇年開始寫作第一部蒲松齡的傳記——就是一九八六年在人民文學出版社出版的《蒲松齡評傳》，我一直想解開這個謎底。在第四次給蒲松齡寫傳——也就是二〇一四年在作家出版社出版的《幻由人生：蒲松齡傳》時，透過研究蒲松齡的艷情詩，我基本弄清了這些生活素材的來源。《聊齋》故事中活潑可愛的少女原型來自蒲松齡難得的唯一一次南遊。

蒲松齡在康熙九年（一六七〇）到康熙十年（一六七一），他三十一歲時，在江蘇寶應給孫蕙做了一年幕賓。為什麼做一年幕賓就能觀察到那麼多的少女？因為孫蕙的特殊愛好。孫蕙的幕賓中有個人叫高瓊，又叫高魯瓊，孫蕙派他專門教寶應縣衙的女子讀書。這些女子包括孫蕙的姬妾和丫鬟，都是十幾歲的青春女性。蒲松齡的詩集《聊齋偶存草》中有多首詩寫到這個少女學堂，他大事鋪張、盡情盡致地把寶應官衙妙齡女子學詩、學文、學書法的趣事描繪了一番。從這些詩中我發現，高瓊的弟子是所謂「娃婢」，妙齡女子，她們的學堂成了地道的「裙釵學堂」。

山村窮秀才蒲松齡借此看到了縣衙內似乎不可能看到的奇特場面：一群十幾歲的美女整天聚在一起學典籍、學詩歌、學書法。她們青春靚麗，香風飄拂，環珮叮咚；她們生性活潑，嘰嘰喳喳，嘻嘻哈哈，好像曹雪芹筆下的大觀園詩會提前七、八十年在寶應縣衙預演，好像香菱「慕雅女雅集苦吟詩」提前七、八十年在寶應縣衙彩排。喜愛女色的孫蕙為人風雅，他不主張「女子無才便是德」，想在身邊營造些文化氛圍，結果少女學堂成了蒲松齡寫作的良好素材。

蒲松齡回到山東後多次寫到這個江南的少女學堂，我用白話複述幾句：「遠遠想起在寶應時沒什麼事，到高壇教書處聽燕語鶯聲。」、「美女像朵朵潔白蓮花簇擁，走路如楊柳飄拂帶著香風。」、「香霧般時髦佳麗圍了一層一層，殷勤動手剪學堂上的紅燭花燈。」多有趣。蒲松齡關注著這個特殊群體中每個人的一舉一動、一笑一顰、鬥嘴逗笑甚至吵鬧。處在「男女授受不親」時代的蒲松齡借著少女學堂大開眼界。

高壇在寶應縣衙教女弟子，意外收穫屬於蒲松齡，反映到《聊齋》故事中就成了有關「女弟子」、「女詩人」的吉光片羽，例如〈小謝〉中的兩個小女鬼。小謝和秋容表面上是調皮女鬼，骨子裡則是人間不諳世事、天真爛漫的少女，她們別出心裁的頑皮是天真個性的顯露。

《聊齋》前的小說，很少出現這樣天真可愛、稚氣十足、沒有道學氣、沒有脂粉氣的形象。《牡丹亭》中杜麗娘的丫鬟春香罵塾師陳最良「村老牛、痴老狗，一些趣也不知」，小謝和秋容比春香玩鬧得更大膽、更出格。這樣的人物，我認為應該是他從寶應官衙那些鶯聲燕語的少女中擷取的隻鱗片甲。寶應官衙的少女很可能有過「春香鬧學」式的活動，這成為縣官幕賓之間的談資，而這些活動和談資的變形，就成了《聊齋》中一系列女鬼、女仙、女妖，例如小謝和秋容。這是我的研究和推測。

蒲松齡在塑造陶生的形象時，以「剛」為主要色調，他的浩然正氣感動了兩個小女鬼，讓她們從搗蛋變成做家務。陶生說：「**兩卿此為，不勝憨跳耶？**」像長者獎勵幼者，親熱而隨和。女鬼開玩笑「飯中有毒」，足以嚇退凡夫俗子，而陶生決然服粥表示他對二女完全信任。陶生坦蕩的胸懷讓二女「**爭為奔走**」，三人關係又前進一步。但三人關係的關鍵性轉折點是陶生「正容」所說的話：「**相對麗質，寧獨無情？但陰冥之氣，中人必死。不樂與居者，行可耳；樂與居者，安可耳。如不見愛，何必玷兩佳人？如果見愛，何必死一狂生？**」一番話，深沉老練、堅忍剛毅還帶著詩意溫文和哲理的光彩。陶生和兩個小女鬼坦率交談後，他們就不再僅僅是相安無事，而是友情越來越深。

有一天，陶生抄書，沒抄完就出去辦事，回來看到小謝拿著筆在替他抄。她看見陶生，把筆一丟，瞅著他樂。陶生一看，雖然字很差，但排列得整整齊齊，陶生稱讚：「你真是個雅人！你樂意學寫字，我教你。」他把小謝摟到懷裡，拿著她的手教她寫字。秋容從外邊走進來，一見此情，臉色大變，好像很嫉妒。小謝笑著說：「小時候跟著父親學寫字，這麼長時間不寫，真像做夢一樣。」秋容不吭聲。陶生假裝沒察覺，把秋容也攬在懷裡，把筆交給她，說：「我看看，你能寫嗎？」秋容寫了幾個字，陶生說：「秋娘子寫得真好！」秋容高興起來。陶生乾脆裁出紙，寫上字作樣子，讓她們臨摹。陶生念書，她們好歹有事兒做了，可以不打擾他了。兩個少女描完紅，站到陶生桌前，聽陶生評點。秋容沒讀過書，寫的字橫七豎八，像鬼畫符，自己覺著不如小謝寫得好，很羞慚。陶生好言好語安慰她，秋容臉色才「多雲轉晴」。兩個少女從此把陶生當老師，陶生坐下，她們抓背，陶生躺下，她們捶腿，不僅不敢再欺負他，還爭相討他歡心。

過了一個月，小謝的字居然寫得端端正正，陶生讚揚了她幾句。秋容聽後立即頭上冒汗，淚水盈盈，陶生百般安慰勸解，她這才安靜下來。陶生開始教她們讀書，她們聰明異常，經常讀書到天亮。小謝又把弟弟三郎領來，拜陶生為師，三郎十五、六歲，相貌秀美，陶生讓他們各選一經來細讀。滿堂都是「咿咿唔唔」讀書的聲音。陶生在姜部郎家開起鬼學堂來了！姜部郎聽說了這事，很高興，按時給陶生送薪水。過了幾個月，秋容和三郎都會寫詩了。小謝偷偷囑咐陶生：不要教秋容，陶生一口答應；秋容也囑咐陶生：不要教小謝，陶生也一口答應。他知道兩個女鬼孩子氣的嫉妒。

陶生要去參加考試。三郎說：「這次可以托病不去考嗎？要倒楣。」陶生覺得告病是恥辱，所以堅持去考試。陶生喜歡寫詩詞諷刺時事，得罪了同縣一個有錢有勢的人。這人向學使行賄，誣蔑陶生行為放蕩，學使就把陶生關進監獄，陶生被關了很長時間。身上帶的錢都花光了，只能向其他犯人討飯，他知道自己沒活路了。忽然，有個人飄飄忽忽進了牢房，原來是秋容，她用食盒給陶生帶了些吃的。秋容說是三郎跟她一起來的，他到巡撫那兒替陶生申冤了。秋容說了幾句話就走了，其他人都看不到她。

第二天，巡撫出門，三郎攔轎喊冤。巡撫讓人把三郎押回了衙門。秋容到監獄把三郎

〈小謝〉

告狀的事告訴陶生，便轉身回去看三郎的狀告得怎麼樣了，竟三天都沒回音。陶生既愁且餓，度日如年。忽然，小謝來了，悲痛地說：「秋容從這兒回去，經過城隍祠，給黑判官抓去，逼做小妾。秋容不屈，就給關押起來。我跑了一百里路，快累死啦，在北郊還給老棘扎了腳心，痛到骨髓，恐怕不能再來了。」她把腳露出來讓陶生看，鮮血淋漓，襪子都染濕了。小謝拿出三兩銀子交給陶生，一跛一拐地消失了。

巡撫審問三郎，認為三郎跟陶生沒任何親戚關係，替他人告狀，於法不合，要打他板子。剛要動刑，三郎就倒在地上不見了。巡撫奇怪，難道鳴冤的是鬼嗎？再看三郎的狀紙，情詞真切，悲痛合情理，便提審陶生問：「三郎是你什麼人？」陶生故意說，不知道有三郎這麼個人。巡撫醒悟：鬼來申冤，說明陶生是冤枉的，便把他釋放了。

陶生回到姜部郎宅內，連個鬼影都見不到。夜深人靜，小謝來了，神色慘然地說：「三郎在巡撫那兒，被官府守護神押回陰間，閻羅因為三郎義氣，讓他投胎到富貴人家。秋容還被關在黑判官那邊，我想去找城隍老爺告狀，狀紙給壓下了，我沒法見到城隍，這可怎麼辦呢？」

陶生氣憤地說：「判官這黑老鬼怎敢如此無禮！明天我去把他的像打倒，踏成泥土，再把城隍教訓一頓，他手下的官吏霸道到這種地步，他不管，難道他只知道喝酒、睡大覺？」

兩人對面而坐，悲憤交加，不知不覺四更天將盡，秋容飄然而至，陶生、小謝又驚又喜，急忙詢問：「你怎麼給放出來了？」

秋容流著眼淚說：「我為了郎君受盡千辛萬苦。黑判官天天用刀棍逼我，今天晚上忽然放我回來，說：『我沒有別的意思，原本是因為愛你，既然你不樂意，我也沒玷汙你，麻煩你轉告陶秋曹大人不要譴責我。』」

「秋曹」是對刑部官員的稱呼，看來陰世判官已知道陶三望未來的功名了。陶生聽了滿高興，經過一番共生死，他不想再跟兩位女鬼分離了，想跟她們同床共枕，說：「今天我願為你們而死！」兩位小女鬼淒慘地說：「向來受你開導，知道些人生道理，怎麼忍心因為愛你的緣故而害你呢？」二女堅決不肯和陶生同床，但陶生跟她們十分親密，摟著脖子、貼著臉蛋兒，就像真正的夫妻似的。兩個少女因為遭受此番磨難，互相嫉妒的念頭也沒了。

如果說，在遇鬼、教鬼的情節中，陶生一直把握著三人關係的主動權，而且在同二女的關係中迸發出理性的光芒，那麼可以說，陶生受到陷害後，二女開始與惡勢力抗爭，而且在鬥爭中變幼稚為成熟，從嬉不知愁到嘗盡愁滋味。秋容為城隍黑判攝去，逼充御媵，不屈被囚；小謝為救陶生，百里奔波，棘刺足心，痛徹骨髓。二女和陶生在同陽世間魚肉百姓的惡官鬥爭中，心心相印，陶生終於不能自已，「**欲與同寢**」，「**今日願為卿死**」。陶生寧死也不辜負二女之愛，二女卻「**何忍以愛君者殺君乎**」，理智型的陶生感情衝動是出於愛，拒絕同寢的道德律令卻由本來不諳世事的女鬼講出，也是出於愛。剛者變柔，柔者變剛，人物更為豐滿。

一人兩鬼出現了真誠相愛的感情之後，《聊齋》中經常有的異人出現了，《聊齋》裡的僧道有超人的神力，擔任月老促成有情人終成眷屬。陶生便遇到了這樣的道士，道士先後幫助兩個小女鬼借體還魂。道士先寫了符交給陶生，讓她們聽到有哭女兒的聲音，就吞下符跑出去，先跑到的就可以復生。結果秋容成功地借郝氏女子的軀體還魂。她把自己的來龍去脈告訴郝家的人後，跑進陶生的書齋，直挺挺躺到陶生的床上不肯起來。郝翁對女兒死而復生高興極了，跟陶生成了名正言順的翁婿。晚上，陶生進入洞房，小謝在牆角直哭，哭了六、七個夜晚，夫妻二人被她哭得不能喝交杯酒。陶生想不出處理的好辦法。秋容說：「道士是仙人哪，再去求他，或許他還能救助小謝。」

秋容借體還魂，基本上和〈蓮香〉裡邊李女的借體還魂相似。陶生苦苦哀求道士幫助，道士笑道：「傻書生好能纏人！算是我跟你們有緣分，就讓我使盡我所有的法術吧。」道士跟陶生回到家裡，要了間靜室，關上門坐在裡邊，告訴陶生不要管他，也不要問他。道士在靜室裡一坐十幾天，不吃不喝。陶生偷偷去看，道士在那兒閉著眼睛，好像睡著了。一天早上，有個少女掀開簾子進來，明亮的眼睛，雪白的牙齒，光彩照人。她微笑著說：「跑了一整夜，我都要累死啦。被你沒完沒了地糾纏，我只好跑到一百里外，才找到個漂亮軀殼，道人就載著這軀殼回來了，等見到小謝，就把這軀殼交給她啦。」傍晚，小謝來了，那少女站起來迎向小謝，兩人合而為一，倒在地上，直挺挺躺在那兒不動。

小謝也借著不知名少女的軀體復活了！後邊交代，陶生考中進士，他的進士同年蔡子經遇到小謝，發現竟是三年前不幸夭折的妹妹，陶生和兩個前世不知身分的小鬼相戀，她們借體還魂，一個是富戶，一個是官宦人家。這是蒲松齡通常給好人安排的有點兒庸俗的結局。愛情有起死人、肉白骨的作用，前輩作家已寫到，蒲松齡更上層樓，寫一人二鬼相愛，且在人鬼戀的故事裡蘊藏著深刻的社會內容。

小說中心，是一個「情」字。故事開始時，人對鬼相當警惕，故事結尾時，人寧肯為鬼而死，鬼卻為愛情追求重生。故事圍繞「人鬼情」展開，跌宕起伏，層層波折，實在好看。〈小謝〉既是一曲正人君子正心息慮的「正氣歌」，又是刺貪刺虐的傑作。在陶生和秋容、小謝柔情詩一般的「設鬼帳」之後，陶生被現實中的人誣陷入獄，秋容為救陶生被黑判官搶走，一陰一陽都是魍魎當道，一實一虛，都是血淚斑斑，這根本就是封建社會普通百姓苦難的真實寫照！陶生痛斥黑判官的話，似匕首投槍，表現出蒲松齡對黑暗官場憎惡至極的激憤，鬼怪小說寫成這樣，難得！

小說的藝術成就高，人物寫得十分出彩。好的小說家寫人，總是同枝異葉，同葉異花，同花異果。〈小謝〉裡邊兩個少女都是調皮女郎，秋容大膽，戲弄陶生的惡作劇都由秋容執行，小謝在一邊掩口而笑。秋容個性強，見陶生攬小謝於懷教書法，「色變」似妒，小謝則渾然不覺。二人復活時，秋容吞符得還魂，小謝忙中忘吞符，只好哀哀而泣。雙美並秀，小謝更顯柔弱，秋容愈顯嫵媚。兩個小鬼女，像一對並蒂花。

蒲松齡擅長人物的語言多樣化，時而活潑，時而莊重，小謝譏笑陶生時說：「**痴郎！尚不敢一呈身，誰要汝問門第，做嫁娶耶？**」純是少女絮聒口吻。陶生誇分明是塗鴉的秋容「**秋娘大好筆力**」，是和稀泥以調和二女妒意的調侃口氣。這些人物語言，初看似不經意寫出，細想，非如此不足以推動情節發展，非如此無以深化人物個性。小說寫三人對話時，尤其有趣。小謝和秋容沒有受過多少教育，不懂得拐彎抹角，也不會旁敲側擊，開口直來直去、簡單明快。陶生卻像導師講課，滔滔不絕，嚴密周詳，層層剖析。陶生不會像鬼女那樣倩言巧語，鬼女不會像陶生那樣論道談禪，什麼樣的人說什麼樣的話，一絲一毫馬虎不得。

把一個剛腸書生和兩個柔美少女合傳，有笙簫夾鼓、琴瑟間鐘之妙。兩個少女如春蘭秋菊，各有佳妙，似東泰西華，兩峰並秀。一個書生，兩個女鬼，在嬉鬧氣氛中登場，以喜劇團圓收場。陶生如珠，二女似龍，二龍戲珠，有分有合，回環往復，盤旋生輝。兩個小女鬼因對陶生有感情而勾連，始於「爭媚」，繼而因為全力救陶生「妒念頓消」，卻不能同時還魂，秋容得附郝氏女體與陶生敘平生，小謝哭於暗陬……故事層層波折，都是為了更精彩地刻畫人物。故馮鎮巒《讀聊齋雜說》云：「讀聊齋不作文章看，而作故事看，便是呆漢。」

06 宦娘
人鬼情未了

熱愛音樂的女鬼宦娘愛上擅長彈琴的人間書生溫如春，因恨成痴，日日為情顛倒，怎麼辦？以女鬼的身分跟心上人相愛，就像連瑣？還是借體還魂和心上人共結連理，就像小謝？都沒有。人鬼戀都寫同樣模式，豈不顯得作家才思枯竭？宦娘幫助自己愛上的人跟他愛上的人終成眷屬，這有點兒像繞口令。宦娘愛上的人叫溫如春，溫如春後來愛上少女良工，良工也喜歡音樂。宦娘利用鬼的法力，使用一些可以被稱作「詭計」的辦法，幫助有情人成為合法夫妻，而宦娘跟溫如春始終保持著純潔的精神戀愛。

一個美麗的女鬼能跟活人相愛已夠神奇，偏偏還是精神戀愛，豈不是太離譜？更離譜的是，在這篇《聊齋》小說裡，音樂的魅力得到非常充足、非常優美的展現，男女主角一直保持著因音樂而生出的絲絲溫情。

和一般愛情故事不同，〈宦娘〉並非從男女一見生情開始，而從音樂的魔力開筆：

溫如春，秦之世家也。少癖嗜琴，雖逆旅未嘗暫捨。客晉，經由古寺，繫馬門外，將暫憩止。入則有布衲道人趺坐廊間，笻杖倚壁，花布囊琴。溫觸所好，因問：「亦善此耶？」道人云：「顧不能工，願就善者學之耳。」

溫如春是陝西官宦人家子弟，從小愛彈琴，外出住旅店也琴不離手。有一次，他到山西做客，經過一座古寺，把馬繫在寺門外，想暫時進寺裡休息一會兒。進入寺內後，他發現有位穿粗布袍的道人在廟廊下打坐，一枝竹手杖倚在牆邊，一個花布袋包著一張琴。溫如春好奇地問：「您也善於彈琴嗎？」道人說：「彈得不好，願意找個擅長琴藝的人請教。」溫如春好奇地問：「**亦善此耶？**」問得好。一個「亦」字，說明自己擅長彈琴。道士回答：「**顧不能工，願就善者學之耳。**」

高明者偏偏自謙。兩位琴藝高手的交流開始了。道人把布囊解開，把琴交給溫如春。溫如春一看，好琴！製作精良、紋理精妙。剛一撥動琴弦，琴聲清脆響亮，這琴太不尋常啦！溫如春高興地順手彈了支小曲子。道人微微一笑，似乎不太滿意。溫如春竭盡平生本事又彈一曲，道人意味深長地笑笑說：「還可以，只是不能做老道的師父。」溫如春聽道人口氣這麼大，就請道人彈一曲聽聽。

道人接過琴放到膝蓋上，他剛一撥琴弦，溫如春就覺得一股溫煦的風悠悠然向自己吹來；道人再彈一會兒，各種各樣的鳥兒，從四面八方飛到樹上聽琴，寺院樹上站滿了美麗的小鳥。

這段原文非常妙：「**道人接置膝上，裁撥動，覺和風自來；又頃之，百鳥群集，庭樹為滿。**」蒲松齡在這裡化用《荀子．勸學》中寫音樂魅力的名句「流魚出聽」「六馬仰秣」，荀子形容高手鼓瑟彈琴，水中的魚兒浮到水面聽，馬不吃草料仰頭聽，道士的琴聲把美麗的小鳥都呼喚來了。百鳥群集，庭樹為滿。溫如春對道士心悅誠服，便拜師學藝，有了「**塵間已無對**」的琴藝。

從此，琴成了溫生愛情婚姻的「玉鏡台」。

溫如春回到陝西，走到離家幾十里的地方，天晚了，又趕上暴雨傾盆，沒地方可投宿，他見路旁有個小村，看到一扇門，便匆忙跑進去，正巧有個十七、八歲的少女走出來，美如天仙。她抬頭看見客人，趕忙回身走進內室。溫如春對少女一見鍾情。又過一會兒，有位老太太出來問候客人，溫如春自報家門請求借宿。老太太說：「借宿倒無妨，但沒有床，公子不嫌簡陋，請睡在草墊子上。」不一會兒，老太太拿來蠟燭，展開草墊子鋪到地上，待客殷勤周到。溫如春請教老太太貴姓，老婦人說：「姓趙。」溫如春問：「剛才的姑娘是誰？」老婦人說：「她叫宦娘，是老身的姪女。」溫如春說：「我寒酸疏淺，不自量力，想求姑娘為妻，怎麼樣？」老太太皺起眉頭說：「這絕對不敢同意。」溫如春問：「為什麼？」老太太說：「很難說明。」溫如春悵然若失。

老太太離去後，溫如春看草墊子潮濕，沒法睡覺，就正襟危坐借著彈琴消磨漫長夜晚。半夜雨停後，溫如春連夜趕回家去了。溫生對宦娘鍾情，成了無花果。他做夢也想不到，跟宦娘電光石火的偶遇，會給他帶來未來離奇的經歷。宦娘的嬸娘拒婚，因為她知道她們是鬼，人鬼殊途，無法結親。她們家沒有床，只有草墊子，而且是濕的，也隱寫她們是鬼——住處是潮濕的墳墓。宦娘雖是鬼，但愛音樂的心沒有死。溫生銷魂蕩魄的琴聲引得她傾心嚮往，從此開始了人鬼間的「琴為情」，進而捨己為人的「琴為媒」。

溫如春所在的縣裡有個退休的高官葛公，他喜歡跟文人打交道，溫如春去拜訪他，葛公請他彈琴。溫如春看到簾子後邊有女子偷偷聽琴。忽然，風吹開簾幕，露出簾後的少女，美麗至極。原來葛公的女兒良工善於寫詩、填詞、彈琴。溫如春回家就讓母親請媒人到葛家求親。葛老先生認為溫如春雖是世家子弟，但家已敗落，沒有同意。而良工自從聽過溫如春彈琴後，對溫如春非常傾慕，總想再聽溫如春彈琴。溫如春求親碰了一鼻子灰，再不肯登葛家門了。葛良工深藏閨中，兩人互相傾慕，卻只能望洋興嘆。溫生的愛情之花眼看又要凋謝，但圍繞著根本無任何機會的溫如春和葛良工，卻連續發生了三件莫名其妙、層層遞進、一次比一次目標更明確、促成兩人婚姻的怪事。

第一件怪事，葛良工被父親懷疑寫了懷春詞。有一天，良工在花園拾到張舊信紙，上寫《惜餘春》詞：

因恨成痴，轉思作想，日日為情顛倒。海棠帶醉，楊柳傷春，同是一般懷抱。甚得新愁舊愁，鏟盡還生，便如青草。自別離，只在奈何天裡，度將昏曉。今日個蹙損春山，望穿秋水，道棄已拚棄了。芳衾妒夢，玉漏驚魂，要睡何能睡好？漫說長宵似年，儂視一年，比更猶少：過三更已是三年，更有何人不老？

這分明是女子思念心上人的情詞！良工吟誦幾遍，非常喜愛，便帶回閨房，拿出華美精緻的信箋，用工筆小楷謄抄了一遍，放到桌子上。可是待會兒再找，卻找不到了。良工想：肯定是讓風刮走了。葛公恰好從良工閨房前經過，拾到了良工抄寫的《惜餘春》詞。

小說開頭寫良工「**善詞賦**」，當在花園中拾到清麗婉轉、描寫愛情苦悶的《惜餘春》詞時，處於愛情失意中的她會對詞產生共鳴，會「**心好之**」，「**出錦箋**」抄一遍，順理成章，非常自然。葛公從筆跡上認定其為女兒所作，「**惡其詞蕩，火之而未忍言**」，也合理。老爹惱火，大家閨秀竟寫懷春詞！葛公一把火把那張紙燒了。

他對女兒懷春、敗壞門風惱火，強忍住不說，暗自打算趕快把女兒嫁出去。這首詞是誰寫的呢？宦娘。這首情詞，如抽絲，如剝繭，絲絲入扣，如泣如訴，回環往復，一字一轉，一字一波，風流蘊藉，像飄飄忽忽的靜夜簫聲。表面上好像是良工懷春，實際寫的是宦娘幽戀，算得上愛情女主角內心世界的絕唱。這首詞起到了宦娘預期的作用：葛公對良工「**欲急醮之**」。要抓緊把女兒嫁出去。實際上這詞直接取自《聊齋詞集》，是蒲松齡抒發情懷的得意之作。

第二件怪事，來求婚的貴公子遭到神力的所謂誣陷。

葛公想把良工嫁出去，恰好劉布政使來給兒子求婚。布政使是省級主要官員，葛公覺得門當戶對，打算許親，但愛女心切的他還是得見見公子本人，看看是不是和女兒般配。這是一個要求女兒按照三從四德做人的父親，同時也還是個愛護女兒、對女兒的婚事謹慎的父親。劉公子穿著華美的服裝來了，風度翩翩，人才出眾，葛公熱情款待，差點當場把女兒許給他。沒想到，劉公子告別時，座位下竟留下一隻女人的睡鞋！葛公對劉公子的放蕩很厭惡，豈能把女兒許給這樣的花花公子？葛公把媒人叫來，告訴她不肯跟劉家結親的原因。劉公子聽說後，極力辯白：「絕對沒這樣的事！」葛公不聽，拒絕了布政使家的求婚。

葛公擇婿自然是面向官宦之家，布政使公子服飾華美、寶馬輕裘，有錢有勢，一表人才，幾乎成了準女婿。可是，連劉公子自己都不知道是從哪兒來的一隻女人睡鞋給他砸了鍋！這破壞性的誣陷，不知來自何方魔力或神力。葛公一定要親自看看未來的女婿，又因劉公子輕薄而拒婚，透露出為女兒終身幸福著想的慈父情懷。小說將既嫌貧愛富又愛女兒的葛公寫得很真實。但葛公仍然不考慮讓良工與溫如春聯姻。布政使公子不行，還會有總督公子、巡撫公子，乃至知府縣令公子或哪家名門大族的公子。貴官葛公挑女婿，轉上八圈，也到不了貧寒的、只會彈琴的溫如春頭上。可沒想到更蹊蹺的事發生了。

第三件怪事，葛公懷疑良工和溫如春私通。

葛家培育了一種綠菊花，從不傳給外人，都是良工親手把綠菊栽幾盆，藏在閨房。誰知，溫如春家的菊花忽然有幾株變成了綠菊！朋友都到溫家觀賞，溫如春也十分珍愛綠菊。一大早就跑到園子裡看，卻在菊畔撿到用娟秀字體書寫的《惜餘春》詞。他反覆看了幾次，不知道這詞是哪裡來的，卻想到，這首詞把自己名字「春」嵌進去了。他疑惑不已，拿到書房桌上，逐字逐句細加評點，評語裡有不少輕佻的話。

葛公聽說溫家菊花變綠，十分驚訝，親自來到溫如春的書齋。他先看到桌子上的詞，很納悶：這不是良工寫的嗎？怎麼還加了許多評語？他想仔細看，溫如春因自己的評語難登大雅之堂，趕緊從葛公手裡把詞奪過來，揉搓成一團，一副做賊心虛的樣子！眼尖的葛公已看清詞的前幾句，十分疑惑，女兒的詞怎麼到了溫如春的手裡，溫如春的綠菊會不會也是良工私相傳遞來的？

綠菊和《惜餘春》詞互相印證，讓葛公認定良工和溫生有私情。氣量了的葛公並未認真思考：女兒寸步不離香閨，她如何和溫生私相授受？早被自己燒了的詞怎麼又到了溫如春案頭？葛公回家後，把在溫家的見聞告訴夫人，讓夫人逼問良工。良工蒙冤，哭了個六佛出世，要尋死，但她跟溫如春私相傳遞的事，找不到一點兒證據，沒法證實。夫人擔心：女兒跟溫如春私相往來的事傳出去不好聽，便跟葛公說，溫如春雖然貧寒，畢竟也是世家子弟，兩人既已私相授受，乾脆把良工嫁給溫如春算了。葛公同意夫人的意見，托人轉告溫如春，溫如春喜出望外。當天就請來許多客人做「綠菊」宴，焚香彈琴，半夜才散。

等他回到房中，書童聽到書房裡的琴自己響了，還以為是其他僕人彈著玩兒，後來發現無人彈奏，連忙報告溫如春。溫如春親自去看，果然不錯，沒有人但有琴聲，琴聲生澀，似乎是學自己的彈法沒學會。他點燈去照，連個人影也沒有。溫如春把琴拿走，一夜沒動靜。溫如春判斷是狐仙拜師學琴藝。於是，他每天晚上彈一曲，把琴故意放在書房裡讓神祕的拜師者練習，像老師給學生留作業一樣。他悄悄到書房外邊聽，到了六、七夜，神祕的拜師者居然成功地彈奏出一支支曲子，相當好聽。

溫如春將良工迎娶到家，各自敘述過去的事，才知道他們的婚姻靠陰差陽錯成功，他們弄不清，這都是誰安排的。確實，圍繞溫如春、葛良工發生的三件事：《惜餘春》詞、劉公子座下女鞋、綠菊花，像兵不厭詐的連環計，其本質屬於誣陷，尤其是無辜的劉公子座下的女鞋。但對互相愛慕卻一籌莫展的溫如春和葛良工來說，這是善意的誣陷、愛意的誣陷、聰明機智的誣陷、及時雨般的誣陷。這一環扣一環、鬼斧神工的騙局，正是鬼使神差，是一股神奇力量將二人聯繫在一起，使葛公陷於僵局，不得不把女兒下嫁給不太富裕的世家子弟。有情人莫名其妙地成了眷屬，但不知其由來。

幫助二人結合的神力終於揭曉。良工聽說書房琴聲異樣，聽後，說：「音調淒涼，有鬼聲。」良工家有古鏡，可以照出任何魑魅魍魎。她派人把古鏡取來，第二天琴聲一起，二人用鏡子一照，有個女子倉皇地躲在角落裡。溫如春一看，竟然是趙宦娘！在他的再三追問下，宦娘流著眼淚對溫如春說：「我代您做媒，就算沒有恩德，為什麼對我苦苦

〈宦娘〉

相逼？」溫如春請良工把古鏡拿走，跟宦娘約定：拿走古鏡，她不再隱形。宦娘答應了，說：「我是太守的女兒，已死一百年了，從小喜歡琴箏，箏我已很會彈了，琴卻沒有得到良師嫡傳，九泉之下深以為憾。我有幸聽到您的演奏，傾心嚮往，只恨身為鬼魂，不能跟您共偕連理，我就給您撮合好的配偶，報答您對我的眷顧之情。劉公子的女鞋、《惜餘春》詞、菊花變綠，都是我做的。我報答老師不能不算盡力吧？」

夫妻感謝宦娘。宦娘對溫如春說：「您的琴藝，我學到一半了，但還沒掌握裡邊的神韻，請再為我彈一曲。」溫如春又彈一曲，精心講述指法和樂理。宦娘高興地說：「我都學到了！」起身告辭。良工本善於彈箏，聽說宦娘有這特長，就想聽聽。宦娘毫不推辭，她彈的曲調、譜子都是塵世間沒有的，良工邊聽邊不由自主地打拍子，請宦娘教自己彈箏。宦娘要了筆來給良工繪出十八章樂譜，然後起身告別。夫妻二人苦苦挽留。宦娘說：「你們琴瑟之好，互相知音，薄命人哪有這福氣？如果有緣分，來生再相聚吧。」宦娘把一個卷軸交給溫如春，說：「這是我的小像，如果您不忘媒人，請把它掛到您的臥室裡，高興時，點一炷香，對著我的小像彈一曲，我就親身領受了。」說完這番話，宦娘出門去，無影無蹤。

《惜餘春》詞透露宦娘對溫如春的感情至深至篤，最後卻止於相約來生：「**君琴瑟之好，自相知音，薄命人烏有此福。如有緣，再世可相聚耳。**」宦娘既對溫生鍾情，又占有鬼魂法力無邊的優勢，完全可以像林四娘、連瑣那樣，深夜進入溫生獨居的書齋學琴，與之相會、相愛。為什麼偏偏要待溫生婚後才出現？為什麼還要進一步出現一男二女、三個音樂愛好者一起商討音律的情節？這都是蒲松齡刻意為之。如果〈宦娘〉也走深夜叩齋、男女歡愛路子，只不過是連瑣影子，林四娘再版，不會成為借他人之歡合寄自己之溫情、有特異美感的特殊藝術形象。

本來溫生向葛家求婚受阻，立即心灰意冷，絕跡葛家之門。良工和溫生之間絕未愛到為情而死的份兒上，他們沒邁出尋求愛情幸福的哪怕小小一步，沒有踰牆相從、魂遊私奔。他們逆來順受、聽天由命，靠他們自己不可能花好月圓。小說寫溫生和良工的戀情，獨出心裁，不寫其熱，偏寫其冷，不寫其近，偏寫其疏，都意在強調宦娘的作用。宦娘促成他們的婚姻，正是出於對溫如春的愛，這是多麼無私、純潔、透明的愛。蒲松齡就是要創造一種新型的愛，說明友誼、體貼、同情、自我犧牲，是愛情更高級的表現形式。它可以使愛情更加醇美。宦娘水晶般純潔的愛，在情趣上高於一切粗俗的「溫香軟玉抱滿懷」。《聊齋》點評家但明倫說，宦娘這是「調他人之琴瑟，代薄命之裳衣」。

我們總結一下〈宦娘〉這個人鬼戀故事。

第一，〈宦娘〉是對古代人鬼戀故事的重要開拓。魏晉南北朝時期的人鬼戀故事，以《搜神記》為代表，無非兩種模式。一為人鬼結合，如〈吳王小女〉、〈盧充〉、〈秦閔王女〉。女鬼主動追求素不相識的書生，贈明珠、金枕之類，結局雖人鬼分離，書生卻為女鬼父母認可。二為死而復生，如〈父喻〉、〈河間男女〉。男女青年愛情的自由選擇和父母之命矛盾，女方抑鬱而死，在冥世與心上人結合，復回人世。干寶被稱作「鬼董狐」，給鬼做傳記。他賦予愛情起死回生之力，極大地開拓了志怪小說的構思範疇，是對中國小說的重要貢獻。

蒲松齡在《聊齋自志》中自謙「才非干寶，雅愛搜神」，明確認定《聊齋》跟《搜神記》的傳承關係，但蒲松齡能入於干寶而出於干寶，他在搜奇獵異的同時，孜孜追求愛的崇高精神，尋覓愛情更深刻、更感人的內涵，更優雅、更迷人的表現。〈宦娘〉描寫了中國小說史上前所未有的男女間「柏拉圖式的愛」，使人鬼戀進入更高的精神領域，煥發出更絢麗的光彩。

第二，〈宦娘〉演繹了小說和音樂的重要關係。亞里士多德認為音樂能創造人的靈魂，令人純潔快樂並影響道德傾向。黑格爾認為音樂是羅曼蒂克意識衝動的形式之一。人類自鳴天籟，就把音樂視為美妙的天賜魔力，相友者可以因為音樂產生和諧和崇拜，相愛者可以因為音樂沉醉於文明的氣息中。文人之間「高山流水遇知音」的歷史記載，見於《列子．湯問》和《呂氏春秋．孝行覽》，明代馮夢龍編輯出版《警世通言》，以〈俞伯牙摔琴謝知音〉為首篇。蒲松齡出生時，小說人物俞伯牙的詩已不脛而走：「摔碎瑤琴鳳尾寒，子期不在對誰彈？春風滿面皆朋友，欲覓知音難上難！」

蒲松齡步《警世通言．俞伯牙摔琴謝知音》後塵，天才地將士大夫的「知音」命題導入男女之間、人鬼之間，創造了〈宦娘〉這一新的知音故事。小說人物因琴相識，因琴相戀，真相大白後，宦娘仍念念不忘，溫生對琴藝「**曲陳其法**」，良工再拜宦娘為師，學得塵間無對的箏藝。宦娘留下己像，讓溫生思念時「**焚香一炷，對鼓一曲**」。故事始於溫生學琴，終於宦娘學琴，像酣暢淋漓的樂章，出神入化，迷離莫測，餘音裊裊，繞梁三日。音樂使人相濡以沫、相親相愛，是蒲松齡找到的嶄新的小說形式。

第三，〈宦娘〉有蒲松齡自己感情的印記。對小說情節發展起重要乃至關鍵作用的《惜餘春》詞，令良工愛不釋手、葛公惱火異常的《惜餘春》詞，是宦娘的心聲，這首詞實際是《聊齋詞集》中的一首。我認為，這首詞實際上就是寫蒲松齡的愛情苦悶，寫他對夢中情人顧青霞的思念。蒲松齡寫小說時又「順手牽羊」地將其安插到〈宦娘〉裡了。

〈宦娘〉是抒情詩、小夜曲般的小說，蒲松齡創造了〈宦娘〉這一新穎的，既是精神之戀又是知音之戀的故事，給看慣愛情俗套的讀者以意外的閱讀驚喜。

07 晚霞

俊美鬼龍宮相愛

寧夏電影製片廠以《畫皮》拿下兩億五千萬票房後，製片方問我，下一步改《聊齋》故事該選哪篇？我說，首先是〈晚霞〉。你們不需要瞎改編，只把蒲松齡寫過的人物，晚霞、阿端、解姥、蔣母、龍王，挑明星扮上；把幾個場面，江面雜技、龍宮歌舞、荷池野合、夫婦慶壽再現出來，肯定好看，肯定賣座。蒲松齡好像有先見之明，提前三百多年把電影分鏡頭都寫好啦！

〈晚霞〉算得上《聊齋》裡最優美的愛情小說，它的特異處是寫俊男靚女的鬼魂龍宮相遇，痴情相愛，同返人世。小說形式美，內容美，語言更美。

開篇是一幅氣韻生動的民間風俗畫，接著是一組精妙絕倫的龍宮歌舞，然後是幽靜美妙的蓮池愛巢，還有龍宮人間任往來的奇思妙想，很像童話。晚霞阿端雙美，龍宮歌舞群美，蓮池幽會雅美，少男少女愛情美。小說寫靜態美，寫動態美，寫動靜相對的美，寫動靜結合的美，真是從裡美到外，從頭美到尾，流光溢彩。

古代文言短篇小說第一高峰是若干進士共同創造的唐傳奇，第二高峰是窮秀才蒲松齡創造的《聊齋》。能跟《聊齋》媲美的是唐朝李朝威的傳奇小說《柳毅》。《柳毅》之美，在人、在景、在場面。柳毅看到受夫婿迫害的龍女風鬟雨鬢在湖畔牧羊，出於正義感，給她傳書，不是因龍女美麗，更沒有非分之想。龍女還宮，龍女叔叔錢塘君借酒使性，逼柳毅娶龍女。柳毅斷然拒絕，是因為威武不能屈，他認為男子漢不可以殺掉女子夫婿後再把女子娶到手！待跟龍女依依惜別，龍女的愛憐之情又令柳毅嘆恨不已。但大丈夫一言既出，駟馬難追，柳毅還是頭也不回地走了。聰明的龍女化為人間女子，跟柳毅成婚，直到生下兒子，才說出真實身分。這個奇幻瑰麗的愛情故事，成為戲劇《柳毅傳書》的源頭。

我對《柳毅》最深的印象是兩個龍宮場面，一個是錢塘君發威，另一個是龍女回洞庭：

大聲忽發，天拆地裂，宮殿擺簸，雲煙沸湧，俄有赤龍長千餘尺，電目血舌，朱鱗火鬣，項制金鎖，鎖牽玉柱，千雷萬霆，激繞其身，霰雪雨雹，一時皆下。

俄而祥風慶雲，融融怡怡，幢節玲瓏，簫韶以隨，紅妝千萬，笑語熙熙，中有一人，自然蛾眉，明璫滿身，綃縠參差。

金龍飛天，雷電大作，雲霧沸湧，壯觀異常；貴主還宮，祥雲繚繞，錦瑟銀箏，溫馨備至。兩個龍宮場景太美了！

我覺得我最欣賞的《柳毅》龍宮兩景，肯定也是蒲松齡最欣賞的。他採取「拿來主義」，巧妙借鑑它們，裝點成《聊齋》中最著名的場面之一，晚霞愛情開始的美麗窗口——龍宮歌舞。

〈晚霞〉開頭和其他《聊齋》小說不同，沒有介紹男主角的身分個性，而是寫地方風俗賽龍舟，而賽龍舟的雜技表演正和男女主角的命運有關。

五月五日，江浙一帶習慣賽龍舟，將大木頭中間挖空，船頭雕成龍頭樣，船身畫上龍甲，繪成金黃色。船上部有雕花的屋脊和朱紅的欄杆，船帆和旗子用花花綠綠的綢緞製作，船尾做成龍尾的樣子。整條船一丈多高，用布索牽拉一條繩索垂下來，有兒童坐在上邊，翻筋斗、豎蜻蜓、滾翻跌打，做各種精彩的雜技表演。木板下是滔滔江水，表演者隨時會掉到江裡喪命。表演的孩子要預先訓練，選擇這種小孩時，先用許多錢收買他的父母，即使孩子墜水而死，家長也不能後悔。蘇州船上做這表演的多是美女，晚霞就是蘇州的表演者。

鎮江蔣阿端七歲上船表演，他靈巧敏捷，聲價頗高，十六歲還有人雇他去表演。有一天，船到金山下，阿端落水。蔣老太太死了唯一的兒子，哭得很淒慘。

阿端落水後不知自己已死，他被兩個人領去，看到水裡別有洞天，回頭看看身後，奔湧的江水四面八方環繞著，形成高大的水牆。他進入一座宮殿，看到一個戴頭盔的人坐在上邊，引導他的人說：「這是龍窩君。」阿端給龍窩君磕頭。龍窩君和藹地說：「阿端很有技巧，可以進入柳條部表演。」柳條、乳鶯、燕子、蛺蝶各部，名字美，人物更美，這些表演隊將會上演前所未有的龍宮盛大的歌舞場面。

阿端被領進一座院落，幾個小伙子跟他行禮。接著，叫「解姥」的老太太教他「錢塘飛霆」的舞蹈和「洞庭和風」的樂曲。鉦鼓齊鳴，幾個院子都有音樂在響。阿端不管什麼舞蹈、樂曲，學一遍就會，解姥高興地說：「這孩子不比晚霞差！」作者借解姥之口點出阿端和晚霞是龍宮藝人中最出類拔萃者。但明倫評：「此處從解姥口中說出晚霞，是逗下筆，是横插筆，卻仍是雙頂筆。知如此用筆，則為文無散漫之筆，無鶻突之筆，無落空疏忽之筆。」

第二天，龍窩君檢查各部表演，先檢查夜叉部。表演者戴上獰惡的假面具，佩帶魚皮做的箭袋，敲著大鑼，那鑼的周長有四尺多，大鼓四人才能合圍，敲起來聲音像巨雷轟鳴，鼓聲一響，連大聲叫喊都聽不到。夜叉部跳起舞來，四壁水牆巨濤洶湧，橫流天際，不時落下一點星光，落到地上就熄滅了。

龍窩君制止了夜叉部的表演，讓乳鶯部上場表演，表演者都是十五、六歲的美女。錦瑟銀箏奏出柔美嫻雅的樂曲，一時之間，清風習習，波濤戛然而止，水波不興，凝成水晶一般的世界。整個龍宮上上下下，一片透明。龍窩君檢查完乳鶯部的表演後，讓她們都退到西邊宮殿下邊。

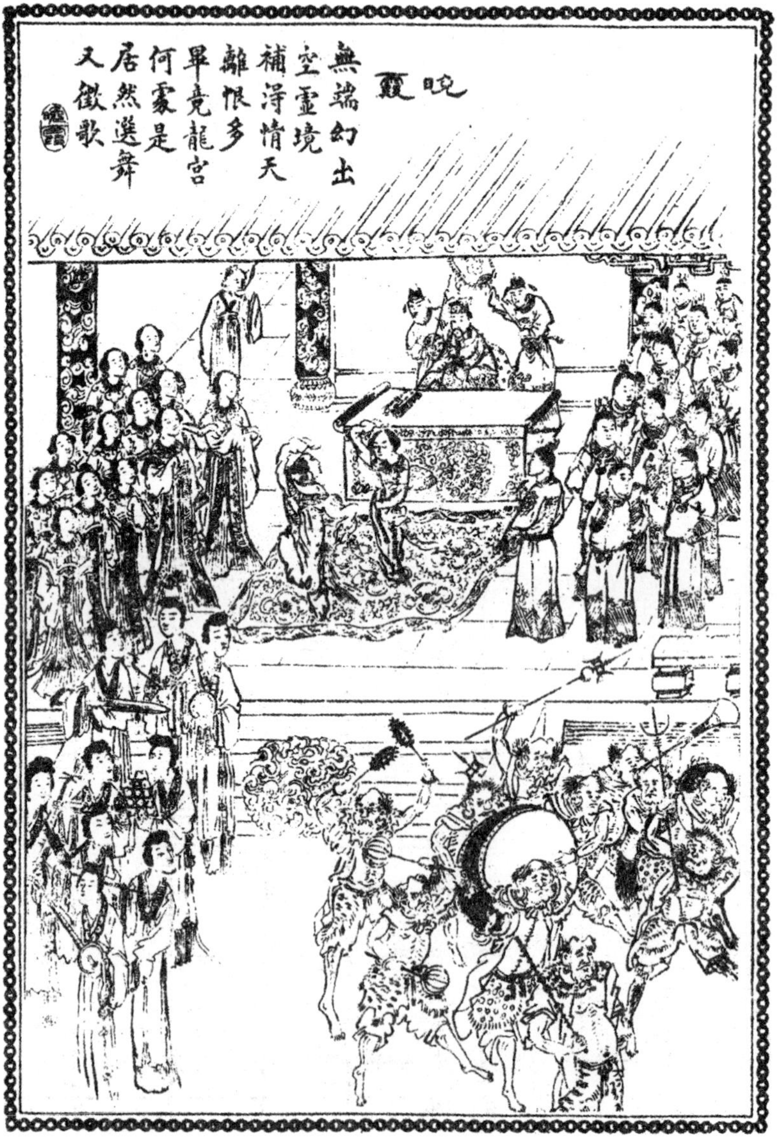
晚霞
無端幻出
空靈境
補淂情天
離恨多
畢竟龍宮
何處是
居然選舞
又徵歌

〈晚霞〉

接著檢查了燕子部，她們都是十四五歲的少女，有個少女隨著樂曲揮舞起衣袖，髮髻也隨著樂曲顫動，衣袖上、衿袍上、襪子上、鞋子上，飄出五色花朵，隨風飄飄揚揚，灑到整個庭院。跳完後，她跟著燕子部也退到了西邊宮殿下。阿端從旁邊偷偷瞟了一眼跳舞的少女，很喜愛她，問同部的人，他們說，她就是晚霞。

不一會兒，龍窩君招呼柳條部表演。他想考察阿端技藝如何，便讓他在前邊領舞，阿端跳起了前一天跟解姥學的舞蹈。隨著樂曲旋律，他的表情或喜或怒，姿勢俯仰轉換，非常靈巧。龍窩君誇獎阿端，說他聰明，學得快，賞給他一件五彩連衣褲和鑲嵌夜明珠的魚鬚形金絲束髮帶。阿端拜謝了龍窩君，跑到西邊宮殿下邊。

〈晚霞〉的龍宮盛大歌舞場面是古代小說前所未有的。蒲松齡把龍宮的晶明美麗、變幻莫測寫絕了。但明倫評：「文境之妙如幽禽對語，野樹交花。」龍宮歌舞成了兩位年輕藝術家阿端和晚霞一見鍾情的重要契機。

龍宮各個表演者都站在自己的隊伍裡。阿端站在柳條部遠遠注視著晚霞，晚霞也遠遠注視著阿端。過了一會兒，阿端悄悄離開柳條部向北邊走，晚霞也漸漸離開燕子部向南走，兩人相隔幾步遠，他們知道龍宮法令森嚴，部與部之間不能隨便交流，只能互相凝視，眉目傳情，心蕩神馳。

接著，龍窩君又檢查蛺蝶部，表演者都是童男童女，跳的是一對一對的雙人舞蹈。對舞者年齡相同，身高相同，服裝或黃或白，對舞者兩人同色。各部表演完後，排著隊伍，一部一部，陸續退下。阿端急忙趕到柳條部最前邊，晚霞慢慢落在燕子部最後邊，晚霞回頭看看阿端，故意丟一股珊瑚釵在地上，阿端急忙撿起來收到袖子裡。

〈晚霞〉被看作第一篇描寫中國古代舞蹈者的小說，又把舞蹈者之間的愛情放到龍宮這個特殊環境中，一對小情人在龍王眼皮子底下「送出」愛情信物，以此定情，他們追求愛情幸福的心情多麼急切，表達愛情的手段又多麼聰慧。

阿端回到住處，白天黑夜地想念晚霞，睡也睡不好，吃也吃不下，生起病來。解姥一天兩三次來看他，憂慮地說：「吳江王的壽誕馬上就要到了，這可怎麼辦哪？」有個蛺蝶部的小孩來看阿端，問：「阿端哥可是為晚霞姐病了？」阿端驚奇地說：「你怎麼知道？」小孩說：「晚霞姐跟你一樣，也病了。」阿端求那小孩幫忙。小孩問：「你還能走嗎？」阿端說：「能勉強走幾步。」男孩把阿端扶起來，打開南邊的一扇門出去，向西拐彎，又打開兩扇門，前面有幾十畝蓮花長在平地上，葉子像席子那麼寬，花朵像鍋蓋那麼大，一片一片花瓣堆在花梗下疊一尺厚。小傢伙叫阿端先坐下等，然後就走了。一會兒，一位美人手撥蓮花走了過來，原來就是晚霞！兩人驚喜地互道相思情，訴說各自身世，然後，共同動手搭建「新婚洞房」：用石塊把大荷葉壓倒側彎，形成天然荷葉牆屏障；把蓮花瓣均勻鋪成天然席夢思床。兩人在上邊顛鸞倒鳳，備極恩愛。

《聊齋》原文：

蓮花數十畝，皆生平地上；葉大如席，花大如蓋，落瓣堆梗下盈尺。童引入其中，曰：「姑坐此。」遂去。少時，一美人撥蓮花而入，則晚霞也。相見驚喜，各道相思，略述生平。遂以石壓荷蓋令側，雅可幛蔽；又匀鋪蓮瓣而藉之，忻與狎寢。

一對戀人約定每天太陽快落時到這裡相會，然後才分手。阿端回來後，病就好了。從此兩人每天都在蓮花池相會。荷池作愛巢，引起《聊齋》點評家熱評，他們認為有《聊齋》這段描寫，古人所有寫男女桑間濮上和優雅洞房的男女情愛，都不值一提。馮鎮巒評：「欲寫幽歡，先布一妙境，視桑間野合、濮上于飛者，有仙凡之別。」「人間所謂蘭閨洞房，賤如糞壤。」

阿端和晚霞完成了蓮池愛巢的自主婚姻之後，非常恩愛。過了幾天他們一起隨龍窩君去給吳江王拜壽，拜完壽，幾個部都回來了。吳江王單獨留下晚霞和乳鶯部的一個人教吳江王府的人跳舞，待了幾個月也沒消息。阿端心裡沒著沒落，只有解姥每天來往於龍窩君宮和吳江王府。阿端假托晚霞是他的表妹，請求解姥帶自己去跟晚霞見一面。他隨解姥去吳江王府住了幾天，無奈吳江王府戒備森嚴，晚霞根本不能外出，阿端快快不樂回到龍宮。過了一個多月，阿端想念晚霞，如痴如呆，痛苦得快死了。

小說矛盾劈空而入，波瀾頓起。有一天，解姥進來，神色悲戚地告訴阿端：「可惜呀！晚霞投江啦！」阿端大驚失色，眼淚潸然而下，流個不停。他撕碎了龍窩君給他的束髮冠，撕破了五彩服，把金玉珠寶揣到懷裡，想追隨晚霞去死。只見江水還像牆壁一樣，他用腦袋使勁兒磕，也進不去。他想：如果我再回去，龍窩君問起束髮冠和五彩服，可怎麼交代？那樣我的罪過豈不更重了？想來想去，急得汗流浹背。忽然，他看到江水變成的牆壁旁有棵大樹，於是就像猴兒似的爬到上邊，爬到樹頂，猛然向上一跳，從半空中墜落下來，人卻已經浮到水面上。阿端彷彿看到了人世，於是飄然游去，一會兒，便看到江岸。他爬到岸上休息片刻，想起老母親，就找了條船回家。阿端落水而死，從龍宮投水卻生妙想。

阿端回到自己家，覺得在這兒住彷彿是前世的事情。他猶猶豫豫地來到自己家門前，忽聽到窗子裡邊有個女子說：「您兒子回來啦。」聲音非常像晚霞。轉眼之間，說話的女子跟母親一起出來，果然是晚霞！兩人喜悅悲泣，而蔣老太太則又驚又喜。

最初，晚霞在吳江王府，覺得腹中胎兒在動，而龍宮法令森嚴，晚霞擔心早晚就要分娩，會橫遭毒打，又見不到阿端，打算死了算了。她偷偷投到江中，身子泛起來，在波浪中沉浮，被客船上的人救了起來，還問她住在什麼地方。晚霞不說自己是蘇州人，她說：「我是鎮江人，蔣阿端是我夫婿。」客人便替她雇了條船，把她送回蔣家。

蔣老太太懷疑晚霞投錯了親，晚霞說，確實不錯，就把自己跟阿端的事詳細告訴蔣老太太。蔣老太太看到晚霞樣貌出色，風韻佳妙，非常喜歡，只是考慮到她年齡太小，恐怕不會一直守寡。而晚霞十分孝順、為人謹慎，因為看到蔣家窮，就摘掉自己珍貴的首飾，賣了幾萬錢。阿端回來了，晚霞高興得不得了，老太太懷疑兒子根本沒死，悄悄找人掘開兒子的墳墓，發現阿端的屍體還在裡邊！蔣老太太問阿端，阿端豁然開朗，他知道自己不是人，是鬼魂。他懷疑晚霞也是鬼魂，便囑咐母親不要對外人說，母親答應了，還告訴街坊鄰里：當年發現的屍體不是阿端的。蔣母始終懷疑鬼不能生兒子，可沒多久，晚霞就生下個男孩，抱起來跟普通孩子沒兩樣。蔣母這才高興起來。

阿端要賣掉他從龍宮帶回來的夜明珠，一位外地商人出百萬購買。蔣家從此成為巨富。蔣母慶壽，夫婦二人為母親歌舞慶祝壽誕，他們輕歌曼舞的美妙情景被人報到親王府邸。親王想強奪晚霞，阿端害怕了，去見親王說：「我們夫婦二人都是鬼。」親王讓人查驗：發現阿端在太陽底下沒有影子，於是不再強奪晚霞，只是派些宮女住在另外一個院子裡，要晚霞來傳授舞蹈技藝。晚霞知道，即使說自己是鬼，親王也不會放過她，她不敢用本來的美麗面目出現在親王面前，於是找龜尿毀了容，才去見親王。教了很長時間，最終沒有傳授完全部技藝，晚霞就回來了。

〈晚霞〉的藝術成就主要表現為以下四點：

第一，蒲松齡把地方風俗的描寫作為小說展開的背景。

賽龍舟是中國傳統的民俗活動，蒲松齡在開頭繪聲繪色地寫龍舟之美麗、龍舟之華貴，這種端午節慶的熱門活動，背後卻有著藝人喪失生命的大悲哀。從龍舟落水進入龍宮的晚霞，成為中國古代小說唯一的舞者形象，龍宮的天女散花，是《聊齋》的著名場景，此舞只應天上有，人間哪得幾時見？晚霞是永遠的舞者。

第二，蒲松齡善於借鑑前人，推陳出新。〈晚霞〉裡邊夜叉的「錢塘飛霆」之舞、晚霞的「洞庭和風」之樂，都是根據唐傳奇《柳毅》虛擬的舞蹈和樂曲。柳毅為龍女傳書，錢塘君解救龍女，「千雷萬霆，激繞其身」，〈晚霞〉變成首先給龍窩君表演夜叉舞；龍女返回龍宮，「金石絲竹，羅綺珠翠，舞千女於其左」，〈晚霞〉變成了給龍窩君表演的乳鶯部舞蹈。

第三，〈晚霞〉寫鬼魂的愛情，但幾乎看不到通常鬼故事的森森「鬼氣」，而故事的「鬼性」又有絕妙作用。

蒲松齡創造了一種新奇的「鬼復為人」的新模式——靠穿龍宮衣服並服用龍角膠。晚霞和阿端都是落水而死，但阿端是真正的鬼，晚霞卻不是。阿端因為母親發現了自己遺體，知道自己是鬼，怕晚霞嫌棄自己。晚霞卻回答：「你為什麼不早說你是鬼啊？凡是鬼穿了龍宮的衣服，四十九天就能收回魂魄，跟正常人沒兩樣了。如果能得到龍宮的龍角膠，還可以長出正常人的骨節和肌肉呢。」晚霞的言外之意是：她不是鬼。她早就依靠龍宮的衣服完成了從鬼到人的乾坤大挪移！這是蒲松齡創造的又一種鬼魂復活的方式。

第四，人間惡人連鬼都不放過。

晚霞和阿端回到人間，有了兒子，還從龍宮帶回巨大財富，快樂無比，沒想到樂極生悲。他們為母親慶壽，以歌舞慶祝，尋常老百姓竟有此樂?!傳到親王耳朵裡，親王要來搶晚霞。怎麼辦？阿端跑到王宮自首：我們夫婦都是鬼！太陽底下一照，阿端果然是沒影子的鬼！幸虧照的是阿端不是晚霞，因為晚霞已不是鬼，她肯定有影子。但他們夫婦縱然是鬼，王爺也不會放過！晚霞還是得到王宮教歌舞。面對連女鬼都可能染指的王爺，為保護自身清白，晚霞不得不用龜尿毀容，然後再進王府。你不是喜歡美女嗎？我情願先變成醜八怪！只要能夠讓我和丈夫相愛在一起。

能寫出〈晚霞〉這樣的故事，充分說明蒲松齡是唯美主義作家。〈晚霞〉有氣韻生動的民間雜技風俗畫之美，有精妙絕倫的龍宮歌舞之美，但是，美麗背後有辛酸，優雅背後有痛苦。晚霞和阿端是人間受壓迫的藝人，死後進入龍宮相愛，龍宮不能相容；返回人間後，人間的王爺仍要奪晚霞，晚霞不得不毀容以保護清白。晚霞以艷美始，以毀容終。人間和龍宮，都無良民的活路。如此淒美的愛情描寫，蘊藏如此深刻的內容，把美毀滅了給人看，產生了扣人心弦的悲劇效果。美麗成為災難，摯愛成為罪過，強大的黑惡勢力永遠赤裸裸站在那裡！

這，就是封建社會人的事實和歷史境況的事實，雙重的事實。蒲松齡的鬼戀故事，是作者對人的基本生存狀態的思考。

08 伍秋月

人鬼戀舊瓶裝新酒

《聊齋》人鬼戀的故事特別多。一部短篇小說集同樣類型的小說，總不能這篇和那篇相似甚至相同，總得出點新點子，想點絕招：

〈聶小倩〉寫害人艷鬼經過道德修煉變成活人的仙妻；

〈蓮香〉寫一鬼一狐追求再世為人，蓮香跟桑生共偕連理；

魯公女不管生死和年齡的界限一定要嫁老張生；

連瑣借情人楊于畏的精血復活；

連城跟喬生在陰司把愛情的生米煮成熟飯；

公孫九娘的悲劇是覆巢之下，焉有完卵。

一篇一個境界，一篇一種思索。〈伍秋月〉如何出新出奇？舊瓶裝新酒。美麗女鬼的故事裡蘊藏了深刻的社會內容。人鬼之戀是舊瓶，裝進刺貪刺虐、揭露黑暗吏治的新酒。

小說開頭是多少帶「色」的人鬼「上床」，我們把它雅潔化簡單一提：高郵王鼎為人慷慨大方，駕船到鎮江訪問朋友，借旅店閣樓住下，晚上夢到美麗端莊的女郎跟他親熱，王鼎驚醒，發現仙女似的少女正在自己懷裡。

和傳統小說大不相同，伍秋月和王鼎沒有佛殿相逢，一見鍾情；沒有青梅竹馬、兩小無猜；沒有長期瞭解，心心相印。他們根本不認識，就被命運安排，莫名其妙地來到一起。

西方有位理論家說過，小說家總是喜歡把男女主人公弄到一張床上結束。又說，床是愛情的搖籃，也是愛情的墳墓。伍秋月和王鼎的合歡床，既不是愛情的結束，也不是愛情的墳墓，它是愛情的搖籃，更是一對青年男女共同和荊天棘地的黑社會拚搏的開端。而跟黑社會鬥爭的結果，是女鬼伍秋月詩意、新穎、別緻的復活。

少女發現王鼎醒了，羞愧膽怯。王鼎知道少女是鬼，卻仍非常喜愛，亢奮地跟她親熱。少女說：「狂暴成這樣，難怪別人不敢明白地告訴你。」王鼎這才問少女來歷，少女回答：「我叫伍秋月，父親是著名儒生，精於易學八卦，擅長占卜，他說我活不長，就沒把我許配人家。我十五歲夭亡，父親把我埋在閣樓東邊，讓我的墳墓跟地面持平，沒有墓碑和其他標誌，只立了片石頭在棺材旁邊，寫著：『**女秋月，葬無冢，三十年，嫁王鼎。**』我死了三十年，恰好你來了。我很高興，很想向你推薦自己，可是又怕又羞，所以假借做夢來找你。」王鼎很高興，要求秋月跟他盡情親熱，秋月說：「我只需要點兒陽氣就可以復活，以後相親相愛的日子長著呢，何必今天晚上沒完沒了？」說完，便起床走了。

第二天晚上，秋月又來了。王鼎問秋月：「陰世間也有城郭嗎？」秋月說：「跟陽世一個樣，不過把晚上當白天。」王鼎問：「活人能看到嗎？」秋月說：「可以。」王鼎請求去陰世看看，秋月答應了。他們乘著月色前去，秋月走起來飄飄忽忽，像一陣風，王鼎極力追趕才跟得上。忽然來到一個地方，秋月說：「不遠啦。」王鼎極目四望，卻什麼也看不見。秋月用唾沫塗抹他的眼睛，王鼎再睜開眼，眼睛比平時明亮幾倍，看著夜色跟白天也沒什麼差別。雲霧中有城牆，路上有許多行人，像在趕集。有趣不？陽間人看陰世，鬼用唾沫擦眼睛就成了。

一會兒，王鼎看見兩個黑衣衙役用繩子拴著三、四個人過來，最後一個人很像哥哥王鼐。王鼐是江北名士，兄弟倆感情特別好。王鼎趕緊跑過去一看，果然是哥哥！他驚奇地問：「哥哥怎麼到這裡來了？」王鼐看見王鼎，眼淚嘩嘩流，說：「我也不知道犯了什麼罪，硬給拘捕、囚禁起來了。」王鼎憤怒地說：「我哥哥是遵守禮法的君子，怎麼可以用繩索捆綁他？」王鼎請求兩個衙役鬆綁，衙役不肯，態度還十分蠻橫。王鼐說：「他們是官府派的，再說咱們也該守法。他們找我要錢，我沒錢，處境實在很苦，弟弟回去，想辦法弄些錢給我用吧。」王鼎抓住哥哥的胳膊，失聲痛哭，衙役生氣了，用猛力拉王鼐脖子上的繩索，王鼐被拉得一頭栽到地上。王鼎怒火滿胸，解下佩刀，砍掉了那個衙役的腦袋，另一個衙役喊叫，王鼎一刀將他也殺了。秋月大驚，說：「殺了官差，罪不容赦，跑晚了就大禍臨頭。請馬上找條小船往岸北出發，回到家後，不要摘掉哥哥的提幡，關起門來斷絕出入，七天後，保證沒事。」

〈伍秋月〉

提幡是喪家的標識，喪家將亡人入殮後，用八尺白布書寫死者姓名掛在門前，供人弔喪，不摘提幡，說明人在陰間。

王鼎扶著哥哥，連夜雇了條小船，火速奔向江北。回到家，王鼎看到有人登門弔喪，這才知道哥哥果然死了。他進家後閉門上鎖，發現同來的哥哥不見了；進了哥哥房內，哥哥已經復活，還在叫：「餓死我啦！趕快做些麵條來吃！」原來，王鼎帶回的是哥哥的靈魂！靈魂附體，死人復活。

王鼐已死兩天，家人見他復活了，十分驚奇。王鼎一一講述哥哥復活的緣故。七天後開了家門，去掉提幡，人們才知道王鼐復活的事。親友紛紛來問，王家的人只得編些話來應付。

王鼐復活的情節寫活了性格不同的兄弟。古代小說點評家十分欣賞寫人「同枝異葉，同葉異花」。蒲松齡很懂這些。王鼐和王鼎雖然都是書生，性格卻形成強烈對比。王鼐被陰司捉了去，套上繩索，王鼎為了哥哥與隸卒力爭，王鼐卻制止弟弟，還說「**此是官命，亦合奉法**」。兄是秉禮而行的謙謙君子，弟是不能忍辱的錚錚男兒。兩個冥世的衙役拘王鼐且「**索賄良苦**」，還用繩索將王鼐拉得跌倒。性情剛烈的王鼎怒不可遏，十分決絕地殺掉了兩個冥世的衙役。

在蒲松齡筆下，冥世不過是現實的另一種表現形式。冥世的衙役索賄枉法，只不過是現實社會黑暗吏治的倒影。王鼎殺冥役，如快刀斬亂麻，痛快淋漓，毫不手軟，實際上反映的是普通百姓對黑暗吏治的深惡痛絕，是一種「浪漫性」的懲戒。王鼎把那兩個冥世隸卒一人一刀，「**摧斬如麻**」。鬼居然還能再被殺，鬼而又鬼，離奇不離奇？

鬼存在不？社會學家、科學家爭論不已。但文學家寫鬼卻是競相施展才能。鬼故事在六朝基本定型。在傳統鬼故事裡，鬼是人死後的存在方式，陰司是個類似人世的完整社會，有高高在上的閻羅，有從城隍、郡司到判官這樣的一級一級的執法官，還有為陰司各級官吏執行任務的衙役、小鬼。在人世間犯了罪的人到了陰司，會清算他在人世的罪過，一一兌現其應有的懲罰：上刀山，下火海，下油鍋，變畜生。一個人如果到了陰司，除了閻羅開恩，修改「生死簿」，絕對不可能借助其他方式再返回人世。

而〈伍秋月〉對傳統鬼故事的全新創造，徹底顛覆了鬼返回人世的傳統模式。「聊齋病毒」攻陷了陰司的「防火牆」，陰司出現很多「漏洞」，喪失了「最後審判」的嚴肅性和權威性。陰司不再那麼森嚴，也不那麼遠隔人世，大活人居然可以在人世、陰司來來往往。像王鼎這樣的大活人，他想到陰司去玩兒，他的女鬼情人伍秋月就帶他去了，這叫肉身入冥。王鼎肉身入冥，用女鬼伍秋月的唾沫一擦眼睛，就看清陰司的一切，多輕巧隨意！王鼎這個大活人不僅隨女鬼得入陰司，他還殺掉陰司的隸卒，又逃脫冥世的懲罰！

王鼐復活，輕易得如同兒戲。按佛教輪迴的觀點，人死後七日轉入六道輪迴，屍體開始腐爛。王鼎殺掉冥世惡役，帶兄長從冥世逃回人世。王鼐一個上了閻羅生死簿的幽靈公然從冥世跑回人間，當然會受到冥世的追捕。王鼎按照秋月的提示，七日「**勿摘提幡**」，給冥世追捕者以錯覺，以為王鼒還在冥世的哪個角落。如此拙劣的騙術，竟然騙過了明察秋毫的閻羅、判官、黑白無常！一個柔弱女鬼，玩弄法力無邊的閻羅於股掌之上，不可思議！

家事安定後，王鼎思念秋月，重新南下，回到金山原先的閣樓，殷切盼望能和秋月見面，等了很長時間，還是不見蹤影。王鼎迷迷糊糊正想睡覺，看到一個婦人進來，說：「秋月小娘子致意郎君，因為公差被殺，凶犯逃亡，衙役把小娘子抓去押在監獄裡，對她特別惡劣。秋月天天盼著郎君，公子趕快想辦法把她救出來吧。」

王鼎悲憤地跟了那婦人前去，來到一個城郭前，進入西關。婦人指著一個大門說：「小娘子暫時關押在這裡。」王鼎進去，看到牢房關押的犯人很多，卻沒有秋月。又進了一道小門，一間小牢房裡透出燈光。王鼎走到窗前窺視，看見秋月坐在床上，用袖子捂著臉嗚嗚地哭，兩個衙役站在她身邊，這個摸摸秋月的臉，那個捏捏秋月的腳，嬉皮笑臉地調戲秋月，秋月哭得更厲害了。一個衙役摟住秋月的脖子說：「做了囚犯，還守什麼貞節呀？」王鼎大怒，不由分說，持刀闖了進去，把兩個衙役都殺了，搶了秋月就跑，幸好沒被發現。他們才到旅店，王鼎就醒了過來，正奇怪怎麼做了個這麼可怕的夢，卻見秋月眉目含情站在床前看他。王鼎拉秋月坐下，告訴她自己做了個噩夢。秋月說：「這是真事，不是夢。」王鼎問：「這可怎麼辦呢？」秋月嘆氣說：「這是命中注定。我應該到月末復活，事已至此，急切中怎能等待？你立即掘開我的墳墓，把我帶回家，每天不停地叫我的名字，三天後我就可以復活。因為我復活的時日未滿，骨頭酥軟，腿腳無力，就不能給您操勞家務啦。」秋月說完，匆匆忙忙想走，又返回身來說：「我幾乎忘了，陰司追趕怎麼辦？我活著時，父親傳給我一道符書，說三十年後，可以給我們夫婦佩戴。」於是要了紙筆，急忙寫下兩道符，說：「一道符，你自己佩帶；一道符，請黏到我的背上。」

王鼎送秋月出門，記住秋月消失的地方，也就是埋葬秋月的地方，從那裡挖下去一尺多，就看到一具棺木，棺木已腐爛，旁邊果然有塊小石碑，寫著：「**女秋月，葬無家，三十年，嫁王鼎**。」打開棺材一看，秋月顏色如生，王鼎把她抱進房間裡，殉葬的衣服見風後全部化成灰。王鼎把符貼到秋月背上，用被子把她嚴嚴實實包起來，背到江邊，叫來條小船，對船家說妹妹得了急病，得趕快送她回江北的家！船家信以為真，便讓他們上船，飛快駛過江面。

愛情可以讓人學著變通。錚錚鐵骨的男兒也學會耍小聰明了，如果王鼎說運屍體，船夫肯定不幹，他說送生病的妹子回家，就順理成章。幸好南風大作，天亮時，已經到家。王鼎抱著秋月回到自己房裡，才把他和伍秋月的事，如實告訴哥哥和嫂子。一家人驚奇地跑來看，都不好意思問：她死了三十年，真能復活？

王鼎打開包裹秋月的被子，一聲一聲叫「秋月！秋月！」，夜晚也摟著屍體睡。秋月的身子一天比一天溫暖。痴愛感動天地，伍秋月真的復活了！七天後已經能走路了。她換上新衣服拜見嫂嫂，體態輕盈，風度翩翩，像仙女下凡。但走十步之後，須得有人攙扶，否則就被風吹得搖搖擺擺，像要跌倒。看見她的人，認為她身體虛弱，反而更顯嫵媚。

伍秋月復活，是蒲松齡對前輩小說家沉魂復生模式詩意化的再創造。曹丕《列異傳·談生》，寫談生和一個夜半來找他的年輕女子相愛，女子囑咐談生：「我跟平常人不一樣，我不能見光亮，三年後才可以拿火照我。」兩人相愛近三年，兒子已兩歲。一天，談生忍不住在女子睡著後用燈照她，發現她腰上生肉如人，腰下只有枯骨。女子醒了，說：「你害苦了我，我馬上就要復活了，你難道不能再忍受一陣子？」女子送給談生一件珠袍，後來談生發現那是王爺女兒的殉葬品。

大詩人陶淵明的《搜神後記·李仲文女》寫葬於武都郡北的李仲文之女，和張生「心相愛樂」，「遂為夫妻」。按照命中注定，李女本來有固定重生的日子，因為李仲文想念女兒，提前打開女兒的棺材，結果「女體已生肉，姿顏如故」，腿腳沒有長好，因此沒法重生，只好含恨永沉陰世。按前輩志怪小說的原則，沉魂復生，有嚴格「定數」，如果違反，就會萬劫不復。伍秋月命定的復活本來也有十分準確的日期，伍秋月說：「**此有定數。妾待月盡，始是生期。**」可是，王鼎為了秋月殺了冥世的衙役，要想逃脫冥世的懲罰，就必須違反「定數」，提前復生。

按照六朝小說的模式，提前復生的伍秋月只能像曹丕和陶淵明寫的愛情女主角談生情人、李仲文女兒那樣「體下但有枯骨」，永陷陰世。然而，伍秋月卻復活了。伍秋月的成功復活，是人定勝天的結果，是王鼎深厚忘我的愛的勝利。蒲松齡還進一步對違反定數復活的女鬼進行了美化。秋月復活後，骨軟足弱，似乎風一吹就倒。因為體弱，家務活不能幹，走十步外就得有人扶著。這對嫁到名士之家的伍秋月來說，倒不算什麼缺陷，反而因為復活太早，有了一種封建士子夢寐以求的弱不禁風之美。

我在欣賞王鼎同冥世巧妙周旋的情節和女鬼伍秋月的神韻時，總隱約地覺得：兩個小說人物像蒲松齡意願的提線木偶，仔細推敲發現，蒲松齡創造這個人鬼戀的故事，確實有良苦用心。小說篇後的「異史氏曰」說道：「**豈罪致冥追，遂可幸而逃哉？**」怎麼犯罪導致陰司的追捕卻可以僥倖逃脫？透露了蒲松齡的創作意圖。

原來，對小說人物兩次復活的巧奪天工的處理，正是出於蒲松齡懲罰貪官汙吏惡衙役的美好願望！王鼎連殺四個陰司衙役，小說中沒有一句發難他的話！這說明什麼？對魚肉人民的傢伙甭跟他講什麼道理不道理，拿把刀殺了算了。「異史氏曰」還說道：「**余欲上言定律：『凡殺公役者，罪減平人三等。』蓋此輩無有不可殺者也。**」蒲松齡對官衙蠹役的刻骨仇恨像火山一樣爆發，甚至異想天開要制定法律！他還別出心裁地說：「**故能誅鋤蠹役者，即為循良，即稍苛之，不可謂虐。況冥中原無定法，倘有惡人，刀鋸鼎鑊，不以為酷。若人心之所快，即冥王之所善也。**」這幾句話說明，〈伍秋月〉這個人鬼戀的愛情故事，是作者借助冥世鬼魂的形式，為現實社會中水深火熱的百姓吶喊。「**冥中原無定法**」更有深意：設置冥世的目的，就是為了更好地映照人世；編造冥法，也是為了更有力地批判現行吏法；為了能深刻表達作者的「磊塊愁」，什麼樣的「狐鬼史[5]」，都可能應運而生！當然，蒲松齡能對吏治中的惡毒衙役有這麼深的理解，和他曾經在縣官手下做過一年祕書有關係。

〈伍秋月〉既然強烈擔負著刺貪刺虐的思想重責，如果沒有出色的人物創造，很可能就成為作者主觀意願的人物符號。而「剛柔相濟」可以算〈伍秋月〉創造人物形象的最突出特點：王鼎「**慷慨有力**」，與柔弱嬌怯的伍秋月形成強烈對比。秋月被隸卒「**撮頤捉履，引以嘲戲**」，只能「**掩袖嗚泣**」。王鼎不由分說，把冥役一刀一個殺了，怯懦弱女、威武壯士，黑白分明。蒲松齡寫人物的高明之處還在於，寫人多樣化。同一個人，描寫也不單一化，並非剛即是剛、柔即是柔，而是剛中有柔，柔中有剛。王鼎與惡勢力搏鬥，殺冥役，莽撞而急切；救兄復活，卻按照伍秋月的指點，做得十分細緻，一絲不苟。再殺冥役時，毫不顧忌個人安危；幫助秋月復活，卻小心翼翼，嚴格按秋月之父的遺命，發掘墳墓、載舟、長呼秋月之名，按部就班，井井有條。這樣的描寫就使得人物更豐滿、更嫵媚。

5 出自蒲松齡詩集《聊齋偶存草》中〈十九日得家書感賦，即呈孫樹百、劉孔集〉一詩，「新聞總入《狐鬼史》，斗酒難消磊塊愁」一句。據傳聞，《狐鬼史》（別本作《夷堅志》）是蒲松齡初創《聊齋志異》時的擬名。磊塊，猶稱塊磊，為眾石磊積的樣子，此處借喻因感憤而積於胸中的難以排解之氣。

09 魯公女
生死年齡隔不斷情緣

《牡丹亭》杜麗娘為愛情而死，為愛情復活。晚明時期在尊重感情、肯定愛情合理性的思潮影響下，小說和戲劇出現不少「杜麗娘式」的情種，〈魯公女〉和這些故事相比，毫不遜色。

魯公女和張生對愛情痴迷、執著，認死理。上天入地，今生來世，只認一個「情」字，只認對方一人。張生愛慕美麗的魯公女，情痴之極；魯公女感念張生之情，痴情更甚。為了情，她先是不避私奔之嫌，以女鬼身分和張生相愛，再世為人後，仍堅持要嫁給做鬼魂時的情人、肯定已很老的張生。他們的愛情，生死懸殊隔不斷，年齡差距分不開。他們可以生，可以死，可以死而重生，可以再世相聚，可以不計貧富、不計年齡，唱響一曲「願天下有情人生生世世永成眷屬」的情歌。

山東招遠書生張於旦，個性豪放，他在荒涼的寺廟裡讀書。招遠縣令魯公是三韓人，有個女兒好打獵。張於旦在野外遇到她，立刻被妙齡少女的風采迷住，「**見其風姿娟秀，著錦貂裘，跨小驪駒，翩然若畫**」。少女人物俊秀，身穿錦緞貂皮衣，騎著黑色小駿馬，像幅美人瀟灑行獵圖。張於旦非常喜歡，回到寺院裡，仍一個勁兒想魯公女的花容月貌、瀟灑風采。一男一女，男的是在寺院讀書的中年窮書生，女的是縣官家的妙齡小姐，身分相差遠，年齡差距大，還素不相識，張於旦卻死心眼地喜歡上魯公女了。

不久，聽說魯公女死了，張於旦傷心極了。魯公因離故鄉遠，便把女兒的靈柩暫時存放到張於旦讀書的寺廟中。張生對魯公女的靈柩敬如神明，清早必定燒香，吃飯前必定先祭奠，敬酒祝禱：「見你一次，便魂牽夢繞，沒想到小姐這麼年輕俊俏，卻早早就離開人世。現在我跟你雖然近在咫尺，卻像隔著千山萬水，多令人痛心！然而人活著就會受到各種拘束，死了就沒禁忌啦！小姐你如果芳魂有靈，請飄然而來，安慰我對小姐的傾心愛慕。」小說的原文像詩歌一樣精練：

> 睹卿半面，長系夢魂；不圖玉人，奄然物化。今近在咫尺，而邈若河山，恨如何也！然生有拘束，死無禁忌，九泉有靈，當珊珊而來，慰我傾慕。

就這樣，張生日夜祝禱了半個月。有天晚上，張生正挑燈夜讀，忽然看到魯公女含笑站在燈下，他驚奇地站起來詢問。魯公女說：「感謝你的盛情，我控制不了自己，就不避諱私奔的嫌疑啦。」

張生大喜，扶魯公女坐下，從此兩人每天晚上都在一起度過，恩恩愛愛。魯公女對張生說：「我活著時喜歡騎馬射箭，把射殺獐鹿當快事，我罪孽深重，以致死後無處葬身。如果你誠心愛我，請代我誦《金剛經》五千零四十八遍，我生生世世都不會忘記你。」

張生畢恭畢敬地答應，從此每天夜裡都在魯公女靈柩前手捻佛珠誦《金剛經》。偶然遇到節日，張生需要回家，就請魯公女一起回去，魯公女擔憂自己跑不了那麼遠的路，張生說：「我抱著你。」魯公女笑著答應了，張生抱著魯公女像抱個嬰兒，一點兒不覺得累。他從此習以為常，就連參加秀才的例行考試他也抱著魯公女一起去，只是必須夜間行動。張生取得了鄉試資格，想參加秋天的舉人考試。魯公女說：「你沒做舉人的福分，不要白跑啦。」張生聽了她的話，果斷放棄鄉試。

四、五年過去了，魯公被罷官，要回故鄉去，卻窮得沒錢運送愛女的靈柩，想就近安葬女兒，又發現買不起墓地。看來，縣官是個清官。張生找到魯公說：「我有塊薄地靠近寺院，願意安葬您家小姐。」魯公很高興。張生盡力幫魯公女體面地安排了喪事。魯公很感謝他，卻又不知道張生為什麼這樣做。

魯公走了，張生和魯公女像夫婦一樣快樂地生活。有天晚上，魯公女倚在張生的懷裡，淚如雨下，說道：「五年恩愛，就此得分別啦。你的恩情，我幾輩子都還不過來啊。」張生驚奇地問：「怎麼回事？」魯公女說：「承蒙你施恩給我這泉下之人，你誦讀的《金剛經》讓我擺脫了前生罪孽，我要投生到河北給盧戶部做女兒啦。如果你不忘你我的恩情，十五年後的八月十六日，請去找我，再續情緣。」張生哭著說：「我現在都三十多歲了，再過十五

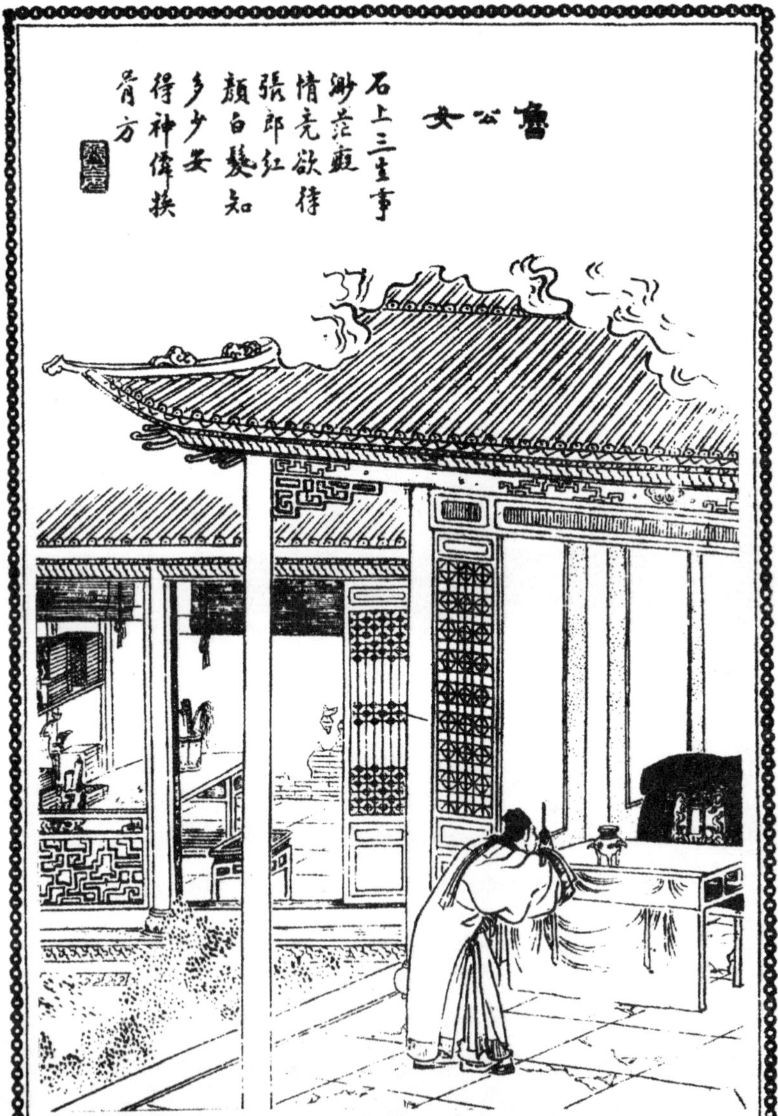
魯公女
石上三生事
渺茫癡
情竟欲待
張郎紅
顏白髮知
多少要
得神僊換
骨方

〈魯公女〉

年，年近半百，快進棺材啦！就是找到你，又能有什麼作為？」魯公女哭著說：「我就是做奴婢也得報答你。」過了一會兒，魯公女又說：「你送我六、七里吧，這段路上有很多荊棘，我的衣服長，很難走過去。」張生把她送到一條大路上，看到路旁有好多車馬，馬上或一人或二人，車上或三、四人，甚至十幾個人不等。有輛最講究的車，鑲著金銀，掛著紅簾，裡邊只有一個老太太在。她看到魯公女，便招呼道：「來啦？」魯公女答應：「來啦。」然後回頭看看張生說：「你就送我到這裡吧，你回去後，不要忘了我的話。」張生依依不捨地答應了。魯公女走到車前，老太太拉她上車，車輪啟動，車聲隆隆，馬聲嘯嘯，一行人走遠了。

這是蒲松齡創造的轉世模式之一，鬼魂根據投胎後家庭地位的區別，騎不同的馬，坐不同的車，魯公女坐的是鑲金銀的豪華車，象徵她將到富貴人家做小姐。

張生惆悵地回到寺院，把日子記到牆壁上。他想到念經有那樣的神效，就繼續虔誠地誦佛經。有天夜裡，他夢到神人對他說：「你的志向很好，但還需要到南海去一趟。」張生問：「南海有多遠？」神人說：「就在你心裡。」張生醒來體味神人的話，更加相信佛祖，更加虔誠地修行，後來他的兩個兒子都考中了進士。張生富裕起來仍繼續修行，「**念切菩提，修行倍潔**」，「**生雖暴貴，而善行不替**」。在蒲松齡看來，一個人想長壽，想獲得美滿的生活，先得自己有較高的道德修養，不要為富不仁，而要富而好禮，富而好善。蒲松齡不管在什麼題材的小說裡總是頑強地宣傳這些既符合儒家道德又符合佛教教義的理念。

張生夜裡夢到一個青衣人把他領到一座宮殿，有個好像是菩薩的人歡迎他說：「你行善很好，原來你命中沒有高壽，現在我已經請求上天改變了你的命運。」張生給菩薩磕頭。菩薩讓他起來，請他坐下，給他喝有蘭花香味的茶，又叫童子領他到池中洗浴。池水清潔，一條條魚兒游來游去，水是溫的，有荷葉的香味。泡了一會兒，他漸漸走到池子深處，一不留神滑倒，水漫頭頂。張生猛然驚醒了，發現自己做了個怪夢。從此，他的身體越來越健康，眼睛重新變得清晰，捋一下鬍鬚，白鬍子一根根落下來，再過一段時間，黑鬍子也掉光了，臉上的皺紋逐漸消失。幾個月後，他的模樣和十五、六歲的小伙子一個樣，還特別喜歡參與少年郎的遊戲，喜歡穿得時髦漂亮，完全不像五十歲應有的樣子，兩個進士兒子對父親突然返老還童感到驚詫不已。

蒲松齡號「柳泉居士」，這位柳泉邊沒出家的佛教徒經常請菩薩出來解決人生中絕對不可能解決的難題。張生年過半百，在那個時代已行將就木，他虔誠讀佛經，夢見菩薩，夢中在潔淨的池水中洗浴，醒來後返老還童，成了比自家兒子還年輕英俊、愛修飾打扮的少年郎。他老伴兒死了，兒子要給他續弦，他說等他去一趟河北回來再說。因為魯公女跟他約定，十五年後的八月十六日，到河北盧戶部家相見。

什麼叫盧戶部？就是在戶部做官的盧姓官員。這個官可能是尚書、侍郎，也可能是主事、郎中、員外郎等，總之不會低於五品，比縣令級別高。蒲松齡把他鍾愛的女主角的命運安排得細緻有趣，如果只聽音，縣令家的魯公女和盧戶部家的盧公女是一樣的，但音同字不同，縣令的魯是齊魯的魯，戶部的盧是賭博時賭徒們大聲呼叫「呼雉喝盧」的盧。賭具骰子在山東俗稱色子，兩頭尖，中間寬扁，有兩個面，一面黑的畫牛犢，一面白的畫雉，也就是野雞。「盧」是賭博中一擲五子皆黑的名稱，也是賭博最勝彩。蒲松齡給轉世的愛情女主角安排這樣的姓氏，同時意味著她滿堂彩的人生。

盧戶部有個女兒，生下就會說話，聰明美麗，父母最愛她。長大後，很多達官貴人求親，盧公女總不同意。父母問她為什麼，她說跟張生有前生的約定。父母一算時間，哈哈大笑說：「傻丫頭！張郎已年過半百，說不定早化成白骨，就是人還在，可能也頭髮禿了，牙齒掉光。你一個妙齡少女怎能傻乎乎地等個將進棺材的老頭？」

盧公女堅決不聽。母親見她志向堅定，就跟父親商量，告訴守門人如果張生來了，不要通報，等過了他們約定的日期不見人，女兒就斷了這念頭了。張生來盧府求見，守門人拒絕通報。張生回到旅店，一籌莫展，只好暫時到郊外轉悠，想轉彎抹角跟盧公女聯繫。

小說前半部分把張生的痴情寫得很生動，後半部分把再世為人的魯公女的痴情寫得很生動。父母阻止張生進門，魯公女認為張生負約，「**涕不食**」，絕食，一個勁兒哭，母親對她說：「張生不來，肯定是不在人世了。就是還在人世，他不來，是他背棄盟約，錯誤不在你。」盧公女「**不語，但終日臥**」。盧公很著急，心想：要不，我見見這個張生？他假裝郊遊，在郊外跟張生相遇，一看，居然是個瀟灑少年郎！兩人坐在草地上聊了一會兒，張生言談不俗，盧公大喜，連忙請回家，告訴客人稍坐一會兒，自己急忙奔入內室告訴女兒。盧公女聽說張生來了，很高興，掙扎著起來，到客廳偷看，驚覺這客人怎麼比十幾年前的張生還年輕？肯定是冒牌貨！盧公女哭著走回房，埋怨父親欺騙自己。盧公竭力辯白客人就是張生，可盧公女不說話，繼續哭。盧公出來，沒心思招待客人。張生問：「您就是盧戶部嗎？」盧戶部漫不經心應一聲，連看都不看一眼張生，好像沒興趣。張生覺得他太傲慢，只好告辭。

盧公女連續哭了幾天後死去了。張生夜裡夢到盧公女來並說道：「來我家的果然是你？因為年齡相貌相差太大，見面又錯過了。我已憂愁而死，煩請去土地祠招魂，我還可以復活。」張生醒後，急忙探訪盧家，果然盧公女已死兩天了。張生大哭，入室弔喪並將夢境告訴盧公。盧公到土地祠招魂，回家打開女兒的被子，呼喊女兒名字。過了一會兒，盧公女喉間咯咯作響，紅唇一張，吐出口冰塊似的痰，活了！盧公很高興，大擺筵席招待張生，詢問張生的家庭情況，高興地安排女兒與張生擇吉日成親。張生在河北住了半個月，帶了盧公女回家。張生和盧氏在一起，不瞭解實情的還以為張生的兒子媳婦是他們的公公婆婆。

〈魯公女〉寫的是男女深情摯愛的三世情：貧窮的張生暗戀縣令小姐魯公女，是一世情；張生跟魯公女鬼魂相戀，是二世情；再世為盧公女的魯公女跟張生結婚，是三世情。

按傳統小說，男女見面相悅才能相愛，魯公女生前對張生一無所知，是張生「**食必**

祭」才感動了她。魯公女的痴情後來居上——她不考慮約定與張生重新相聚時二人的年齡差距。儘管張生理智地提醒那時他已行將就木，魯公女仍只認一個「情」字。魯公女看到年輕美男子不動心，務求「老張生」。情之所至，可以逾越年齡界限，可以逾越生死界限。而當世間好事難成時，菩薩來也，這是蒲松齡解決難題的法寶。夢中，菩薩幫助張生返老還童，譜成這支動人的《聊齋》三世情曲。一番喜劇性的挫折後，「生日當場團圓」。

張生和魯公女，一個是中年窮書生，一個是縣令妙齡千金，一人一鬼。沒地位的窮書生傾慕有地位的小姐，人鬼可以相愛，還可以再世為人繼續相愛。他們為情，可以生，可以死，可以再世相聚，不計貧富，不計年齡。蒲松齡用風雅女鬼魯公女唱響「願天下有情人生生世世永成眷屬」的情歌。以「撮合山[6]」的周到和細緻，構思出精誠所至、金石為開、返老還童、還魂再生的浪漫情。

蒲松齡是學者型作家，經常從前人的作品中取材，〈魯公女〉會不會也是從前人作品中取材的？蒲松齡確實至少從兩個前人小說中取材。一個是唐代范攄的筆記小說《雲溪友議．玉簫化》，韋皋和玉簫兩情相戀，韋皋約定五至七年後娶玉簫，「因留玉指環一枚，並詩一首」。後來韋皋違約不來，玉簫絕食而死。韋皋為什麼違約？男子漢大丈夫以國事為重。韋皋和心上人分手後，戎馬生涯，成為大唐名將，做西川節度使，鎮守大唐邊疆。他的威名使得吐蕃軍隊聞風喪膽，他哪兒還有空回來談情說愛？他聽說玉簫為自己而死之

6　媒人的俗稱，撮合男女關係的中間人。

後，「廣修經像」，玉簫又再世為人，兩人終成眷屬。

張生看上魯公女，魯公女卻死了，張生每飯必定祭奠，這情節幾乎是從擬話本《警世通言・樂小捨棄生覓偶》搬過來的：南宋臨安府樂家祖上七輩衣冠，因家道消乏，搬到錢塘門外開雜貨鋪，人稱樂大爺。他兒子樂和，眉清目秀，伶俐乖巧。幼年附學隔壁喜將仕家館讀書。喜將仕，即姓喜的將仕郎，官職比縣令略低。喜家女兒叫順娘，同學們取笑「你兩個姓名『喜樂和順』，合是天緣一對」。兩個小兒女遂私下約為夫婦。長大後，樂和求父母向喜家求婚，父親拒絕說，我們跟人家家境差太遠，高攀不上。樂和大失所望，只好用紙裱個牌位，寫「親妻喜順娘生位」，一日三餐，對而食之；夜間放到枕邊，低喚三聲親妻喜順娘才睡覺。每到清明三月三遊春、重陽九月九、端午龍舟、八月玩潮這幾個盛會，他都刷鬢修容，華衣美服，在人叢中挨擠，希望和順娘僥倖一遇。八月觀錢塘潮，樂和看到順娘被潮水捲走，馬上跳進水裡，直追進潮王廟，請求潮王把已淹死的順娘還給他。順娘落水後，她的父親急忙呼喊：救上我女兒重重有賞。很多人下水去撈，結果撈起一對緊緊抱著的男女，他們對喜將仕道：「且喜連女婿都救起來了。」這時是八月天氣，衣服單薄，一男一女，兩個臉對臉，胸對胸，交股疊肩，偎抱得緊，分拆不開，叫喚不醒。最後結局皆大歡喜，喜將仕把女兒嫁給了樂和。

問世間情為何物，竟教人生死相許？前人的小說戲劇寫了大量「情種」，蒲松齡筆下的張生和魯公女與離魂的倩娘、尋夢的杜麗娘相比，毫不遜色。

10 公孫九娘
改朝換代斷腸花

〈公孫九娘〉是個別緻的愛情故事，蒲松齡借人鬼情未了的悲劇抒發家國愁、民族恨。因為這樣的內涵，〈公孫九娘〉一開頭就來了幾句司馬遷寫《史記》那樣的話：「**于七一案，連坐被誅者，棲霞、萊陽兩縣最多。一日俘數百人，盡戮於演武場中。碧血滿地，白骨撐天。**」山東于七反清一案中牽連被殺的人，以棲霞、萊陽兩縣最多，一天俘獲幾百人，全部在練兵場上被殺死，殺得鮮血遍地，白骨如山。

這段簡單的文字包含了一段血淚歷史。清兵入主中原後，漢族人民的反抗此伏彼起。順治五年（一六四八），山東人于七（于樂吾）在棲霞舉兵反清，後被朝廷招安。順治十八年（一六六一），于七再次舉兵抗清，占領鋸齒山，這次反清波及山東八縣。清廷得到清剿口實，借機把一些雖沒參加起義，但對清廷心懷不滿的官吏、讀書人，痛加誅滅。清初著名大詩人宋琬被誣陷，下獄三年，數以萬計的善良百姓成了犧牲品。〈公孫九娘〉開頭寫的就是這段大屠殺的歷史。

「**碧血滿地，白骨撐天**」八個字，畫出了陰森恐怖、慘不忍睹的氛圍，這是對清朝統治者慘絕人寰大屠殺的血淚控訴。接著，蒲松齡宕開一筆，寫「**上官慈悲，捐給棺木，濟城工肆，材木一空**」，表面是頌聖，實際是諷刺。殺了人再施捨棺木，殺人之多，把濟南城的木材都用光了。這種殺人給棺材的所謂「慈悲」，不是鱷魚的眼淚嗎？

小說開頭「于七一案」寥寥數句，畫出了血腥、恐怖、虛偽的時代。作為三百多年後的清代小說研究者，我每讀到這裡，都忍不住琢磨，蒲松齡怎麼膽敢對清朝統治者極力迴避的明末清初血寫的歷史進行赤裸裸的描寫？他為什麼能逃過康熙年間的文字獄呢？

蒲松齡寫《聊齋》的康熙年間，有兩部轟動一時的著名戲劇——洪昇的《長生殿》和孔尚任的《桃花扇》。《長生殿》寫楊貴妃和唐明皇的愛情，《桃花扇》寫侯方域和李香君才子名妓的悲歡離合，都因涉及改朝換代的興亡，兩個劇作家倒了楣。康熙二十八年（一六八九），因為國喪期間演出《長生殿》，洪昇被革掉國子監生，山東詩人趙執信等因看《長生殿》被革職。「可憐一曲長生殿，斷送功名到白頭。」十年後，康熙三十八年（一六九九），孔尚任也因為寫事關晚明歷史的《桃花扇》被不明不白罷了官。儘管他還是康熙皇帝親自提拔的孔聖人後裔。跟這兩位劇作家生活在同一時期的蒲松齡在〈公孫九娘〉一開頭就直接寫大屠殺，他怎麼就能逃過文字獄？窮秀才人微言輕固然可能是原因之一，最主要的原因是蒲松齡寫的是鬼。蒲松齡創造了以「狐鬼史」寫「磊塊愁」的藝術形式。這樣的形式使得小說好看、有趣，也給作家蒙上了保護色。

確實，我們看過開頭就會發現，不知不覺被蒲松齡引進一個充滿人情味的場景——活人和做了鬼的朋友相處，充滿溫情。

康熙十三年（一六七四），于七之案十幾年後，萊陽生來到濟南。他有幾個親友在于七案中被殺，於是他買了冥紙到荒野祭奠，在一座小寺院裡租間房子暫住。第二天他進城辦事，傍晚沒回來，有個年輕人來找他，聽說他不在，就脫了帽子到床上仰面躺下。僕人問：「你是誰？」來人合上眼也不回答。萊陽生回來，走到床前問：「您是哪位？」床上的人瞪大眼睛說：「我等你家主人，你絮絮叨叨問了再問，我難道是強盜嗎？」萊陽生笑著說：「主人在這裡。」年輕人從床上跳下，向萊陽生作揖，噓寒問暖，聲音聽著像熟人的。萊陽生喊僕人掌燈，一看，原來是同縣書生朱某！他不是死在于七之案？萊陽生嚇得倒退著往外走，朱生拉住他說：「我跟你以詩文結交，你怎麼這樣薄情？我雖是鬼，卻不忘老朋友。現在有事想麻煩你，希望你不要因我是鬼而猜疑鄙薄。」萊陽生問：「有什麼差遣？」朱生說：「你的外甥女寡居，我想娶她，便派媒人求親，她總以沒有尊長之命推辭，希望你能去替我說幾句好話。」萊陽生的外甥女早年喪父，由萊陽生撫養，十五歲剛回到自己家，就被俘虜到濟南。她聽說父親被殺，悲痛過度，也死了。萊陽生說：「她有父親做主，為什麼求我？」朱生說：「她父親的靈柩被侄兒遷回家鄉。她現在和鄰居老太太住在一起。」萊陽生擔心活人不能給鬼做媒，朱生再三請求幫忙，萊陽生只得勉強跟著朱生前去。

往北走一里多路，看到個大村落，大概有幾百戶人家。這是于七之案的冤鬼形成的村莊。到了一座宅子前，朱生敲門，有個老婦人開門，朱生說：「麻煩告訴小娘子，舅舅來了。」外甥女迎出來，眼含熱淚，問舅舅一家安好。萊陽生說：「都還平安，只是你舅媽去世了。」外甥女嗚咽著說：「孩兒從小受舅舅和舅媽撫育，還沒能報答你們的恩情，沒想到先死了。去年伯父家大哥把父親遷走，一點兒也不惦念我，拋下我一個人，離家幾百里，孤苦伶仃，像秋天沒了窠的小鳥。舅舅沒有因為我遠葬他鄉丟掉我不管，您燒冥紙送給我的錢，我都收到了。」萊陽生說了朱生求婚的事，外甥女低下頭不說話。老婦人說：「公子托人來了三五趟，我說這樁婚事很好，小娘子卻不肯自己做主、草率答應，現在舅舅主持，小娘子該高興了吧。」

小說不是篇名〈公孫九娘〉？怎麼這麼長時間，還不見公孫九娘？其實，這段「鬼求人做媒」並不是閒筆。朱生跟萊陽生是文字之交，他執著於友情感動了萊陽生，於是萊陽生接受了為朱生和外甥女主婚的請求。外甥女在于七之案中成了千里孤魂。這個「**秀潔如生時**」的少女恪守閨教，不肯在沒有長輩的情況下自擇配偶。朱生向外甥女求婚，屢遭拒絕，卻百折不撓，終於抓住請舅父主婚的機會。朱生、外甥女，一男一女兩個鬼，都善良溫順，不敢越雷池一步，可以說是封建制度的良民，卻在于七慘案中成為異鄉孤鬼。他們就像童話《狼和綿羊[7]》中柔弱的小羊，沒有一絲一毫得罪惡狼之處，卻終被惡狼吞噬。而朱生和外甥女不過是千萬不幸遇難者的代表，他們的出現，既說明殃及無辜的大屠殺滅絕

7 編者註：出自《伊索寓言》，講述狼和小羊恰巧同時到小溪邊喝水，狼找各種藉口想要吃掉小羊的故事。

人性，也是給小說女主角公孫九娘墊場。

作為短篇小說的女主角，公孫九娘在小說寫了三分之一後才露面。這種寫法對於短篇小說的作者是很大的考驗，一般的小說家不敢這樣做。長篇小說《三國演義》男主角之一的諸葛亮在小說三分之一的篇幅後出場。他出場之前，山雨欲來風滿樓：水鏡先生說臥龍，徐庶走馬薦諸葛，劉玄德三顧茅廬，千呼萬喚始出來，一出場就光彩照人。公孫九娘出場前，既沒有伏筆，也沒有引線，其他人物也沒一個字提到她。

她是在萊陽生探視鬼外甥女時，驟然出現在萊陽生面前的。她的出場似乎很突兀，其實，蒲松齡已經借她的「影子」，做了巧妙有力的映襯，這影子，就是朱生和外甥女。他們所住的村子叫「萊霞里」，村裡住的都是萊陽、棲霞在于七之案中遇難的百姓。在濟南的郊外出現一個萊霞里，萊陽和棲霞的冤鬼居然形成一個村落！大屠殺的規模可以想見。

因此，公孫九娘還沒出場，悲劇氣氛便已籠罩四野。公孫九娘一亮相，就給人以深刻印象：萊陽生和外甥女正說著，一個十七、八歲的少女，身後跟個丫鬟忽然進門，一眼瞧見萊陽生，轉身想跑。外甥女拉住她的衣襟，說：「不要跑，是我舅舅，不是外人。」萊陽生向少女拱手施禮，少女彬彬有禮還禮。外甥女說：「她叫公孫九娘，她家原是大戶人家，現在家裡也破落啦。她孤孤單單，過得不如意，一早一晚總跟我來往。」萊陽生偷眼一看，公孫九娘笑時眼睛如秋夜的彎月，因為害羞，臉紅得像清晨的朝霞，真是天仙般的人。萊陽生說：「一看就知道是大家閨秀，小門小戶的姑娘怎麼可能這麼娟美？」外

〈公孫九娘〉

甥女說：「她還是個女學士，詩詞都寫得好極了。昨天我還得到她的指教呢。」九娘微微一笑，帶點兒挖苦的口氣說：「小丫頭無緣無故敗壞人，讓阿舅聽了笑話。」外甥女又笑道：「舅母剛剛去世，阿舅還沒續弦，像九娘這麼個小娘子，很能滿意吧？」九娘笑了，跑出門去，說：「這丫頭發瘋啦！」小說原文特別漂亮：

一十七八女郎，從一青衣，遽掩入。瞥見生，轉身欲遁。女牽其裾曰：「勿須爾！是阿舅，非他人。」生揖之。女郎亦斂衽。甥曰：「九娘，棲霞公孫氏。阿爹故家子，今亦『窮波斯』，落落不稱意。旦晚與兒還往。」生睨之：笑彎秋月，羞暈朝霞，實天人也，曰：「可知是大家，蝸廬人那如此娟好。」甥笑曰：「且是女學士，詩詞俱大高。昨兒稍得指教。」九娘微哂曰：「小婢無端敗壞人，教阿舅齒冷也。」甥又笑曰：「舅斷弦未續，若個小娘子，頗能快意否？」九娘笑，奔出，曰：「婢子顛瘋作也！」

公孫九娘美貌聰穎、天真純淨，像立在紙上。她的一舉一動、一顰一笑，都顯得風度高雅、溫文莊重。她初見萊陽生，轉身欲遁，是有教養的深閨少女驀然面對陌生男子時的本能反應；被外甥女拉住，忙斂衽行禮，是大家少女應有的禮數。外甥女誇她文才高，她「**微哂**」，雖不好意思，但還能忍受。外甥女開起「斷弦再續」的玩笑，她就只能「**奔出**」，是自珍自重的少女在此類話題前必須抱持迴避的態度；奔出還要笑，又見「道是無情卻有情」的內心。畫龍點睛的外貌描寫「**笑彎秋月，羞暈朝霞**」，活畫出九娘之美，是大家閨秀和「**女學士**」特有的美。蒲松齡著力描寫了她因有禮貌的微笑變得秋水盈盈的明亮眼睛和因羞澀變得朝霞樣嬌艷的臉頰。

公孫九娘一出場，有借他人之口做的身世介紹——外甥女的介紹；有情人帶感情色彩的觀察——萊陽生的觀察；有直接的外貌描繪，不管正面、側面，都合分寸，講層次，符合人物身分。外甥女的形象和公孫九娘相得益彰。她和九娘類似的風雅、善良、聰敏，又明顯不同。外甥女有熱情、風趣的一面。她幽默地把九娘家的敗落稱為「**窮波斯**[8]」，半真半假地跟舅父開婚嫁玩笑，俏皮伶俐的話語，給外甥女的形象平添一層明麗色彩，與謹言慎語的公孫九娘相映襯。短短一段描寫，撲面而來的青春氣息，天真活潑的語態，人與人之間充溢的溫情，兩位美少女栩栩如生、搖曳多姿，哪兒像是鬼？更像是人間有魅力、有生命力的佳麗！嚴酷的現實是，這樣兩位可愛的美麗紅顏恰是「萊霞里」萬千枯骨的組成部分！這樣一來，對青春美、人情美的生動描繪，成了對殘酷殺戮的無聲控訴。

外甥女對萊陽生說「**舅斷弦未續，若個小娘子，頗能快意否**」，雖然有點兒開玩笑，但萊陽生立刻喜歡上了公孫九娘。外甥女察覺到舅舅的心思，就說：「九娘才貌無雙，倘若舅舅不嫌她是入土之人而心懷疑慮，孩兒去向公孫夫人求親。」萊陽生顧慮人和鬼能不能成親，外甥女說：「不要緊。她和舅舅有命裡注定的緣分。五天後，月明人靜，我派人

8 編者註：窮波斯意指「不相稱」。出自《義山雜纂》，李商隱著。

來接舅舅。」

萊陽生從外甥女家出來，朱生對萊陽生表示感謝。萊陽生回到寺院，和尚和僕人都來問剛才是怎麼回事。萊陽生說：「剛才客人說自己是鬼，是開玩笑，是朋友請我去飲酒了。」小說構思嚴謹，前邊朱生出現，萊陽生驚叫有鬼，現在這樣交代，細緻周密。

五天後，朱生來了，一見萊陽生，就行外甥女婿見舅舅的跪拜大禮。原來他和萊陽生的外甥女已經結婚，外甥女也已經把萊陽生跟公孫九娘的婚事定下來。公孫夫人不想讓九娘遠嫁，希望今天夜裡萊陽生到她們家入贅。朱生領著萊陽生前去，公孫老夫人指揮丫鬟，擺上酒席，舉行婚宴。宴會散了，丫鬟把萊陽生引進洞房。九娘身著華麗的新娘艷裝，在花燭下凝神等待萊陽生。一對偶然相遇的情侶，脈脈含情，十分親暱歡樂。

公孫九娘和萊陽生的愛情，雖經人撮合，卻有一見鍾情成分。蒲松齡沒有把公孫九娘和《聊齋》故事其他女主角的愛情雷同化。〈公孫九娘〉沒有像〈阿寶〉那樣戀人之間魂魄相從；公孫九娘沒有像鬼女聶小倩那樣以女鬼身分成為傳宗接代的「生人妻」。〈公孫九娘〉的故事同樣是人鬼戀，且經過明媒正娶，偏偏轉眼間美好愛情就成了明日黃花，此情已經成追憶，憶到愛時更茫然。蒲松齡創造這段愛情，其實就是為了讓他們分手。〈公孫九娘〉不是愛情小夜曲，而是死亡大悲懺。

為什麼同樣是人鬼戀，〈公孫九娘〉跟〈聶小倩〉、〈連瑣〉、〈連城〉這樣不同？

因為，聶小倩、連瑣、連城面對的畢竟是局部惡勢力。而公孫九娘面對的，卻是強大的朝廷屠刀！墨寫的美麗愛情改變不了千萬人慘死的血寫的事實，這是〈公孫九娘〉的主旋律。公孫九娘始終生活在濃重的悲劇氛圍中。這也是這個《聊齋》故事的突出特點——明明是說鬼，偏偏有女主人公成鬼的確切時間。萊陽生到稷下是甲寅年，即一六七四年，公孫九娘已死去十四年。而新婚燕爾，不過是公孫九娘和萊陽生永久分別、遺恨終生的開始。新婚之喜沒有給沉冤芳魂帶來多少慰藉，小說寫人鬼結合，只用十二個字「**華燭凝待，邂逅含情，極盡歡暱**」，非常簡單的筆墨，只是對新婚生活稍作敘述，馬上就轉入對公孫九娘不幸遭遇的正面描寫。公孫九娘含怨帶恨，屈死往事歷歷在目：

> 初，九娘母子，原解赴都。至郡，母不堪困苦死，九娘亦自剄。枕上追述往事，哽咽不成眠。乃口占兩絕云：「昔日羅裳化作塵，空將業果恨前身。十年露冷楓林月，此夜初逢畫閣春。」「白楊風雨繞孤墳，誰想陽台更作雲，忽啟鏤金箱裡看，血腥猶染舊羅裙。」

其他人鬼戀故事著重寫人和鬼如何終成眷屬，女鬼如何在戀人的幫助下重新回到人間，〈公孫九娘〉的描寫重點卻是公孫九娘如何變成鬼：起初在朝廷鎮壓于七之亂的事件中，根本沒有參與于七起義活動的公孫九娘母女原本要被押解到京城。到了濟南，母親就受盡殘酷折磨後死了，九娘也自殺了。棲霞姑娘在異鄉濟南冰涼的墳墓待了十多年，聽著墓地白楊蕭蕭，忍受著風雨露冷，她總想不通：我一點兒罪過沒有，為什麼要受此迫害？她更沒想到，做鬼還能當新娘！那麼，做了活人的新娘能改變慘死的命運嗎？不能，本來是歡樂的新婚之夜，可是打開衣箱找新嫁娘的衣服，驀然看到的卻是當年自殺時血染的羅裙！

新婚第二天天快亮時，九娘催促萊陽生起身，說：「你應該暫且離開這裡，不要驚動了僕人。」

從此，萊陽生白天在寺院，晚上和九娘歡會，對九娘迷戀寵愛得不得了。萊陽生問九娘：「這個村叫什麼名字？」九娘回答：「萊霞里。萊陽和棲霞的新鬼都住在這裡。」萊陽生感傷不已。這個大村莊幾百戶人家啊！都是一點兒過錯都沒有卻被「連坐」殺害的無辜百姓。九娘悲傷地說：「我這個離家千里的柔弱鬼魂，像蓬草一樣隨風漂泊，沒有歸宿。母女二人孤苦伶仃，提起來就傷心流淚。希望你感念一夜夫妻百夜恩的情分，收得我的白骨，把我葬在你家的祖墳裡，讓我有個長久的安身之處。死了也能不朽。」萊陽生答應了，九娘又說：「人鬼不是一條路，你不宜在這個地方久留。」她拿出自己的羅襪送給萊陽生做紀念，擦著眼淚，催促萊陽生趕快離開這個不祥之地。萊陽生淒淒慘慘地走出九娘家，垂頭喪氣，他不忍心就這樣離開，又到朱家敲門。朱生光著腳跑出來迎接，外甥女蓬頭散髮來詢問。萊陽生難過了很長時間，才把九娘催促他走的話說出來。外甥女說：「舅媽不說，我也算計這件事。這裡不是人世，您長期在這裡住確實不適宜。」說完了三個人相對流淚。

萊陽生含淚告別，回去敲開寺門，躺下休息，在床上翻來覆去，睜著眼到天亮。他想去找九娘的墳墓，把她的遺骨帶回祖墳安葬，沒想到匆忙之中卻忘了問九娘墓前有什麼特殊標誌。到了夜裡再去，只見上千座墳墓，一座連著一座，去萊霞里的路在哪兒？九娘的墓在哪兒？萊陽生茫然不知所措，只好長嘆不已，恨自己粗心。他打開九娘的羅襪，竟然片片寸斷，像灰燼一樣飄走了。他打點了行裝，返回魯東。

過了半年，萊陽生對九娘念念不忘。再到濟南，希望能遇到九娘。他到達濟南南郊時，天色已晚，他把馬拴到樹上，急忙趕到亂葬崗。只見墳墓成千上萬，荒草迷住人的眼睛，鬼火閃爍，狐狸哀鳴，令人心驚膽戰。他既驚懼又悲悼，掉轉馬頭往東走，剛走了一里多路，遠遠看到有個女郎獨自在墳墓間行走，神情意態很像九娘，打馬趕過去看，果然是九娘。萊陽生下馬想跟她說話，九娘卻自顧自地走開了，好像根本不認識他。萊陽生再向她逼近，她怒氣滿臉，舉起袖子來遮住臉，萊陽生急忙叫聲「九娘」，她消失得無影無蹤。

才貌雙全、楚楚動人的公孫九娘，像依人小鳥那樣的公孫九娘，是那樣純潔可愛，她理當享受熾熱而長久的愛情，得到安樂的歸宿。但覆巢之下，焉有完卵？在民族的大災大難中，個人怎可能枯骨重生、享受人間愛情的溫暖？公孫九娘的悲劇命運是不可逆轉的，正如于七之案的千萬死者沉冤難雪！公孫九娘深知，人鬼殊途的愛情無助於改變含冤九泉的命運，她唯一的願望是請丈夫將她遷葬祖墳。然而，這樣一個微不足道的願望，也變成了泡影！蒲松齡是不是太殘忍了？

《聊齋》愛情故事，大多以有情人終成眷屬結尾。蒲松齡甚至發揮天馬行空的想像，讓連城與戀人先在陰司結成夫婦，再一起返回人間，讓已死庚娘復活與丈夫團圓。他好像有菩薩心腸，千方百計編織花好月圓的結局。〈公孫九娘〉的結局，不僅打破了大團圓的慣例，悲劇氣氛還越來越濃重，越來越撲朔迷離。

我們讀完〈公孫九娘〉這個故事可以總結以下幾點：第一，《聊齋》故事屢見不鮮的愛情起死回生的力量在這個小說中蕩然無存，公孫九娘自稱「**人鬼路殊，君亦不宜久滯**」，新婚不久就清醒地提出與萊陽生分手；第二，公孫九娘請求歸葬祖墳的願望，因為萊陽生忘了問標記，也未能實現；第三，公孫九娘誤會了萊陽生，萊陽生和公孫九娘不僅不能永偕連理，還留下了淒涼蕭瑟的怨恨，連他們愛情的信物羅襪，都被風吹成了灰燼！這是何等深沉的幽恨，這是多麼沉重的憤慨！萊陽生忘問標記，不過一時疏忽，他再次尋訪叢葬處，就是希望和九娘重逢，公孫九娘完全可以在這時說明自己埋葬的地方，可她卻怨恨至極，不肯諒解。蒲松齡根據「幻由人生」的創作原則，常賦予筆下人物「出入幻域、頓入人間」、陰陽兩界自由往來的本領，為什麼一定要把公孫九娘推到永久性悲劇的地步？這是小說的政治性和寓意性決定的。這一點蒲松齡在結尾的「異史氏曰」中進一步對小說的意蘊做了闡述：

> 香草沉羅，血滿胸臆；東山佩玦，淚漬泥沙。古有孝子忠臣，至死不諒於君父者。公孫九娘豈以負骸骨之托，而怨懟不釋於中耶？脾鬲間物，不能掬以相示，冤乎哉！

蒲松齡用兩個歷史上著名的政治人物的典故比附公孫九娘的故事，一個是「**香草沉羅，血滿胸臆**」。香草，指美好的人，歷代文人都認為香草是楚國大夫屈原的人格象徵。血滿胸臆，滿腔血淚，滿腔悲憤，指的是忠貞的屈原被楚懷王放逐，沉汨羅江而死。另一個「**東山佩玦，淚漬泥沙**」指的是戰國時晉獻公受寵姬讒言，對嫡子申生非常不好。他讓申生征伐東山，臨行時給了申生一塊金玦。金玦是用黃金裝飾的半圓形玉佩，父親給兒子這個玉佩，意思是父子兩個人永訣，再也不會見面。後申生自殺。

原本不過是一個人鬼戀的故事，蒲松齡偏偏要用兩個政治人物和公孫九娘類比：楚國大夫屈原沉江，悲憤不能自已；晉國太子申生遭受讒害，冤抑莫申。這是對小說政治性悲劇主題的進一步強化。

公孫九娘的故事，以「**碧血滿地，白骨撐天**」始，以「**墳兆萬接**」「**鬼火狐鳴**」終。像一縷飄忽迷茫的愁雲，像一陣如泣如訴的靜夜簫聲，淒婉哀怨，撲朔迷離，悲悲切切，愁思如縷。公孫九娘是一朵朝代更迭之際的斷腸花。蒲松齡用這個曇花一現、遺恨終生的愛情故事，抒發了對改朝換代中人民所經受災難的思考。在民族的大災大難中，個人怎能枯木逢春？公孫九娘的悲劇不可避免，蒲松齡正是在以「狐鬼史」抒「磊塊愁」。

11 林四娘
誰將故國問青天

林四娘是明末清初名氣相當大的傳奇人物，賈寶玉曾熱情謳歌，說她美麗超群又武藝出眾，在對付流賊的戰鬥中，以姽嫿將軍的身分出現，以身殉國。這是《紅樓夢》前八十回快結束時的情節。賈寶玉是小說人物，他歌頌林四娘，有相當多虛構的成分。大文學家王士禛也寫過林四娘。一個小小宮女，受到清代三位大文學家王士禛、蒲松齡、曹雪芹的關注，還呈現出完全不同的面貌。

曹雪芹在蒲松齡去世那一年出生，他的年代離林四娘的年代較遠，曹雪芹又是把林四娘作為小說人物寫詩的對象，所以曹雪芹怎麼看待林四娘，很難推論。王士禛和蒲松齡是同時代的人，而不管作為短篇小說的藝術成就還是人物描寫，蒲松齡寫的林四娘都比王士禛更出色。為什麼？關鍵是鄉野作家蒲松齡敢於寫出對明朝的故國之思，清朝廷臺閣重臣王士禛卻一定要迴避這個敏感話題。

在蒲松齡筆下，林四娘是個相當特殊的女鬼，一個懷抱家國之仇的女鬼，一個風雅淒麗楚楚可愛的女鬼，一個縱然做了鬼，仍熱愛生活、熱愛詩詞、懷念故國的女性。蒲松齡把她放到淒美的人鬼戀故事中去寫。男主人公陳寶鑰是福建人，為真實的歷史人物。他到青州做道員，林四娘在他一人獨坐時，突然掀開簾子進了他的書房。陳寶鑰一看，來的女子並不認識，但「豔絕」，美麗到頂點。什麼打扮呢？「**長袖宮裝**」，穿著長袖的宮女服裝又漂亮到極點，陳寶鑰馬上想到，她是鬼。陳寶鑰為什麼會有這樣的想法？因為青州是明代衡王府的所在地，穿宮裝的女子只能屬於已滅亡的明朝宮廷，所以她當然是鬼了。即使是鬼，陳寶鑰仍然喜歡。

為什麼喜歡？她太美了，而且不是世俗的美，而是風雅之美、文雅之美，有思想內涵的美。陳寶鑰拉著她的衣服讓她坐下，一交談，發現她「**談詞風雅**」。什麼叫「雅」？雅就是有文化，有教養，出口成章，詩詞經典信手拈來。前輩小說家筆下的女鬼常常猙獰可怕，《聊齋》女鬼用上了「雅」這個詞，很不尋常。接著，陳寶鑰擁抱她，她也不大拒絕。陳寶鑰動手脫她的衣服，她非常羞怯，但也不拒絕，只是說明：「我二十歲，還是處女，你親熱的動作不能太粗暴。」兩個人親熱後，陳寶鑰才知道美女叫林四娘，陳寶鑰想詳細打聽她的來歷，林四娘對陳寶鑰說：「**一世堅貞，業為君輕薄殆盡矣。有心愛妾，但圖永好可耳，絮絮何為？**」我一輩子的清白之身，都被你輕薄得幾乎不存在了，你如果有心愛我，我們只要永遠相好就行，絮絮叨叨問個不停做什麼？

陳寶鑰和林四娘相處，蒲松齡著力寫林四娘的四個字：美、雅、悲、情。一個是「美」，豔絕；一個是「雅」，精通音律，欣賞詩歌，愛讀佛經，會寫詩；一個是

「悲」，總帶著悲悲慘慘的情緒，因為她是在改朝換代時屈死的女鬼；一個是「情」，這個情，主要不是她對陳寶鑰的情，而是她的故國之情。林四娘和陳寶鑰談起音律時，能判別各種音調，也能作曲唱歌，而且唱的都是「伊涼之曲」。伊、涼指唐朝的伊州和涼州，這兩個地方的曲調非常哀婉。林四娘的聲音哀婉動人，陳家的人偷偷在外邊聽，聽了都流淚。林四娘唱完自己也潸然淚下。陳寶鑰讓她不要唱亡國之音了，林四娘的回答非常有哲理，「**聲以宣意**」，聲音是表達情意的，悲哀的曲子不能令人快樂，快樂的曲子不能讓人悲哀。「**聲以宣意**」四個字很有深意，她唱亡國之音，就是抒發亡國之痛。

陳寶鑰的妻子擔心丈夫遇到鬼或狐狸精，受其禍害，勸陳寶鑰和林四娘斷絕來往，陳寶鑰不聽，照樣和林四娘來往，只是不斷盤問林四娘，終於把她的身分問清楚了。她對陳寶鑰說：「我是衡王府宮女，遭難而死，已十七年，因為你有情有義，我願意和你結合。我不敢禍害你，如果你懷疑我，咱們就分手。」陳寶鑰說：「我們如此恩愛，我怎麼可以不知道你的底細？」陳寶鑰好奇地問到衡王府的事情，林四娘說得津津有味。說到衡王府最後的敗落時，她泣不成聲。

林四娘最大的愛好是讀佛經，她想用這種方式求得來生的幸福。林四娘和陳寶鑰一起評論詩詞，遇到有些詞句寫得不太美妙，林四娘總能準確地指出來，遇到寫得特別好的，她就用悠揚的黃鸝一樣的嬌聲長吟，意態風流美好，陳寶鑰和她一起聊音樂詩詞，總不覺得疲倦。陳寶鑰問林四娘：「你會寫詩嗎？」林四娘說：「活著時偶爾也寫。」但她不肯將自己寫的詩背給陳寶鑰聽。

林四娘終於要把自己的詩寫給陳寶鑰看的時候，就是他們分手的時候。三年後，林四娘來向陳寶鑰慘然告別，告訴他：「閻王爺因為我生前無罪，死後不忘念佛經，讓我托生到一個貴族家庭。今晚我們倆就要分手了。」林四娘「**慷慨而歌，為哀曼之音，一字百轉，每至悲處，輒便嗚咽**」。然後，她要了筆墨用端正美好的字跡寫下自己的詩，「**掩袖而去**」，用袖子掩著臉走了。這是個擦眼淚的動作。詩是這樣的：

靜鎖深宮十七年，誰將故國問青天？
閒看殿宇封喬木，泣望君王化杜鵑。
海國波濤斜夕照，漢家簫鼓靜烽煙。
紅顏力弱難為厲，蕙質心悲只問禪。
日誦菩提千百句，閒看貝葉兩三篇，
高唱梨園歌代哭，請君獨聽亦潸然。

大體意思是：我遭難而死已經十七年，現在誰還追念消亡的故國呢？看著密林深處的衡王故宮，淚眼婆娑，好像看到衡王化成泣血的杜鵑。沿海南明抗清勢力日薄西山，昔日戰火烽煙成了歌舞昇平，我一個弱女子還能做什麼？好好念佛經，長歌以當哭！

看林四娘本像霧中觀花，迷離恍惚，而今她的身分已明，迷霧散去。我們得知，知書達理、純潔善良的少女原來是無辜犧牲於國難的冤魂。如泣如訴的詩句寫出林四娘不幸的身世，表達了她的憤怒和哀怨。詩歌具體交代了林四娘遇難的時間，明確點出「故國」「漢家」等字樣，直抒亡國之痛，用蜀王杜宇死後化杜鵑泣血等典故表達對故國的懷念，對清兵的殺戮提出強烈的控訴。深沉哀婉的詩句最後確立了林四娘的形象。

歷史上到底有沒有林四娘？綜合各種記載看，林四娘是確實存在的歷史人物。王士禛記載，她是金陵人，被衡王以千金聘入宮中，留下一卷詩。衡王是明朝藩王，衡王府所在地是青州。明朝崇禎十五年（一六四二），清兵屠濟南，兵臨青州城下時，末代衡王和明代地方官員協同抗清，保全了青州。順治元年（一六四四），李自成部下趙應元襲入青州，殺了清朝招撫使，要立衡王為帝，重振明朝基業。在清初，衡王成為復明抗清的旗幟。順治二年（一六四五）衡王被押送北京，順治三年（一六四六），衡王府一百三十八個宮女被押送北京，途中不少人自殺。林四娘大概是其中之一。衡王是牽涉前朝「鼎革」的重要人物，而林四娘是他的宮女。林四娘的不幸遭遇是千百明朝末年宮女不幸命運的代表。

康熙年間，關於林四娘的記載已有七、八種，最有影響的是王士禛《池北偶談》中記載的林四娘和林西銘的《林四娘記》。林西銘的文章和衡王沒什麼關係。王士禛的《池北偶談．林四娘》的大致內容是：林四娘是明末衡王寵愛的侍女，不幸早夭，埋在府中。王

〈林四娘〉

府荒廢後，福建人陳寶鑰任青州觀察，林四娘的鬼魂出來，和他一起飲酒賦詩，說到衡王府的事，非常悲哀，臨別送給陳寶鑰一卷詩。王士禛對林四娘的處理，充分表現出貴為翰林院侍講學士的政治考量，簡而言之：一、林四娘之死和改朝換代的悲劇沒關係；二、林四娘是衡王寵愛的人物，不是純潔少女；三、林四娘詩歌中沒有「**誰將故國問青天**」、「**泣望君王化杜鵑**」、「**漢家簫鼓靜烽煙**」的字樣。

而蒲松齡別出心裁，不僅寫林四娘多才多藝，懂音律，擅詩詞，而且是純潔少女。蒲松齡故意把他人筆下魅主的林四娘寫成純潔少女，這正是他的用心良苦之處。他就是要將美好的東西、純潔的東西毀滅給人們看。林四娘像潔白羔羊一樣柔弱無辜，卻在改朝換代的腥風血雨中死於非命。而這位女鬼並不控訴什麼，她只是用優雅的詩句緬懷「故國」，只是對不幸的命運逆來順受，只是念佛經以求來生。蒲松齡謳歌為前朝死節的衡王府人，這是借鬼魂寫興亡之嘆。蒲松齡身分低微卻能夠直面人生，用人鬼戀的形式寫出了改朝換代過程中的民族之痛。所以〈林四娘〉被很多研究家看成瞭解蒲松齡民族情緒的重要作品。〈林四娘〉是淒美的、以國破家亡為背景的人鬼戀，更成為眾多描寫林四娘作品中出類拔萃的一篇。

12 竇氏
農家女厲鬼復仇

農家女竇氏被惡霸南三復花言巧語欺騙而失身，有了身孕，蛇蠍心腸的南三復希望和富家小姐結親以人財兩得，竇氏抱著新生嬰兒凍死在南家門外。貧女竇氏怎樣向有錢有勢的惡霸報仇？她非做鬼不可。

山西晉陽官宦子弟南三復有別墅在郊外，他每天都騎馬到別墅去一次。這天途中遇到下雨，他看到路旁有個小村子，有戶人家院子挺寬敞，就下馬到那家避雨。附近村的人都畏懼南家的勢力。這家的主人出來，恭恭敬敬，侷促不安，邀請南三復進門。南三復坐下後，主人急忙拿起掃帚打掃房間，沏來蜜茶。做完這一切後，恭敬地站在一邊。南三復讓他坐，他才敢坐下，問他姓名，回答道：「竇廷章。」南三復喝茶的工夫，主人又給上酒，還奉上剛宰殺炒好的小雞，招待非常周到。有個少女來回送酒上菜，上完菜就停在門外邊，露出半邊身子好奇地打量客人。南三復發現少女端莊美妙，無與倫比，便動了心，雨停後回家，還想著這少女。第二天，他就帶些糧食、布匹到竇家拜訪，聲稱感謝頭一天主人的接待，實際是找理由接近竇氏。

此後，南三復常到竇家去，有時還帶著菜和酒，邀請竇廷章吃喝聊天，以便在竇家多待會兒。少女漸漸跟他熟悉，便不太迴避，總在他面前來回忙活。南三復瞟她一眼，她就低下頭微微一笑，南三復越發著迷，隔不了三天，總得跑竇家一次。

有一天，南三復去竇家，恰好竇廷章不在，南三復坐了好一會兒，竇氏不得不出來招待客人。南三復抓住她的胳膊調戲她，竇氏又羞愧又著急，嚴厲地拒絕說：「我雖然貧窮，卻要明媒正娶才可以嫁人，你怎麼能仗勢欺人?!」南三復的妻子已經去世，他向竇氏作揖，說：「如果你能憐憫眷顧我，我一定不娶別人。」竇氏要南三復發誓，南三復指天發誓，如果背叛竇氏，天打五雷轟不得好死！竇氏這才同意跟南三復親熱。從此，南三復總趁著竇廷章外出跟竇氏幽會。竇氏催促他：「總偷偷摸摸來往，不是長久之計，我家一直在你的庇護下，如果你肯跟我成親，父母肯定會以此為榮的。快想想辦法。」

南三復信口答應，心想：農家妮豈能跟我南少爺門當戶對？他繼續編謊話敷衍竇氏跟她幽會。有媒人去南三復家提親，女方是大戶人家，南三復聽說女方漂亮、嫁妝豐盛，便下決心跟大戶聯姻。

竇氏懷孕了，催南三復趕快提親。南三復乾脆不再登竇家的門。不久，竇氏生下個男嬰。父親憤怒地打她，她把跟南三復的私情告訴了父親，說：「南三復發誓娶我。」竇廷章丟下女兒，請人去問南三復，南三復堅決不承認跟竇氏有私情。竇廷章把男嬰抱出去丟掉，更加氣憤地打女兒。竇氏求鄰家婦人去向南三復訴說自己的苦痛，南三復置之不理。

竇氏半夜從家裡跑出來，看看父親丟掉的男嬰，居然還活著，就抱著孩子投奔南三復。她對看門人說：「你家主人一句話，我就可以不死。他不顧念我，難道也不顧念他的親生骨肉嗎？」看門人回復南三復，南三復下令：「不要放竇氏進門！」竇氏倚在南家門口哭了一夜，五更時才聽不到她的哭聲了。天亮後開門一看，竇氏懷抱嬰兒直挺挺坐在南家門口，母子屍體已經僵硬。

虎毒不食子，南三復比虎狼還狠！竇廷章氣憤地將南三復告到官府，官員認為南三復太不仁義，要給南三復治罪，南三復花一千兩銀子行賄，才免於處分。跟南三復聯姻的大戶人家家主夢到竇氏披頭散髮，抱著兒子跟他說：「你絕對不可以把女兒許給南三復這個負心郎。如果你把女兒許給他，我必定殺了你女兒！」大戶人家貪圖南家有錢，還是把女兒許給了南三復。大戶人家的女兒嫁妝豐盛，人也娟麗美好。然而總是傷心，一天到晚看不到她的笑容，跟南三復上床也帶著眼淚，問她為什麼，她也不說話。過了幾天，新婦的父親來了，進門就掉眼淚，南三復把岳父領進房裡。岳父看到女兒就驚奇地說：「我剛才在後花園看到我女兒吊死在那兒，那這房子裡的是誰？」房裡的女子聽到此話，臉色大變，忽然倒在地上死了，大家一看，是竇氏！南三復趕去告知竇家，竇廷章掘開女兒的墳墓，發現棺材被打開，屍體沒有了。竇廷章喪女之仇未報，又丟了女兒屍體，愈加悲憤，再次到官府告南三復。官府因為這事太奇幻了，不知道該判南三復什麼罪。南三復給了竇廷章許多錢，苦苦求他撤回訴狀，官府又收到南三復的賄賂，對這件事才不再過問。

〈竇氏〉

南三復因為這場官司，家境開始衰敗。他的怪事傳得很廣，所以幾年都沒人敢跟他聯姻。南三復不得已，到百里外和曹進士的女兒定親。還沒等到成親的日子，民間就開始風傳「朝廷要從民間選拔少女」，有女兒的人家，紛紛把女兒送到未婚夫家。

有一天，有個老婦人領著一乘轎子來到南家，說是曹進士家來送女兒。她把那女子扶進房，對南三復說：「朝廷選嬪妃的事很緊急，倉促之間不能按禮節辦事，就先把小娘子送來了。」南三復問：「怎麼沒有娘家客人？」老婦說：「新娘子還有些嫁妝，娘家客人跟在嫁妝後邊呢。」說完就走了。南三復看新娘倒也漂亮，便跟新娘子調情說笑，那女子低下頭拈弄身上的衣帶時，神情極像竇氏。南三復心中生疑，卻不敢說。女子徑直上了床，拉過被子蓋起頭就睡。南三復認為這是新娘子初來不好意思，便沒在意。等到晚上，曹家送親的人還沒來，他才開始懷疑。他掀開被子想問新娘子，新娘子早斷了氣，身子冰冷。南三復大驚失色，弄不清什麼緣故，趕緊派人騎馬報告曹家，曹家不承認有送女兒的事。當時，有位姚孝廉死了女兒剛剛安葬，隔了一夜，墳墓被盜賊掘開，屍體丟了。聽到南家的怪事，姚孝廉到南府來查看，掀開被子一看，女兒一絲不掛地躺在南三復的床上！姚孝廉氣急敗壞到官府告狀，官府因為南三復屢次幹缺德事，對他非常厭惡，再加上姚孝廉也是有錢有勢的人物，就給南三復定了盜墓欺屍罪，按律問斬。

竇氏是封建時代很多被凌辱的女性之一。她天真幼稚，為惡霸南三復「**指矢天日**」的花言巧語所騙而失身。她只有一個最低微的要求「**南要我矣**」，大概做妾也情願。可是蛇蠍心腸的南三復已經玩膩了竇氏，希望同富家的女兒結婚，以便人財兩得。竇氏淒慘地抱著新生兒凍死在南家的門口。貧家女被富公子始亂終棄，付出生命的代價。故事本已結束，可是鬼魂出現，報仇雪恨，大快人心。竇氏只能變成鬼，才能變柔弱為剛強，變幼稚為深沉，變孤立無援為法力無邊，對付夜台一樣黑暗的世道。

蒲松齡在這個故事的最後，再次把竇氏跟唐傳奇小說《霍小玉傳》中的李十郎做對比。其實，這不是普通的始亂終棄的故事，在這個冤魂復仇的故事中，蒲松齡對黑暗社會的批判更加鋒利。南三復對竇氏的薄倖行為，一開始就帶有明顯的階級壓迫色彩。但明倫篇後評說：「貴倨凌人，欺其農家女耳。」竇氏還沒露面時，弱肉強食的氣氛就已渲染得十分濃重。

南三復遇雨闖入平民百姓家，他是不速之客，主人卻因為他的到來，極為侷促、恐懼、恭敬。他入座後，竇翁殷勤打掃，「**潑蜜為茶**」，做出貧家現有條件下最好的接待。明明在自己家，竇翁還得南三復「**命之坐，始敢坐**」。在他誠惶誠恐和南三復周旋時，他已經命家人備好酒菜，連小雞都殺掉煮好，請南三復用餐。南三復初進竇家一段，不到二百字，就把一個惡霸在百姓家作威作福，百姓畏如虎狼之狀寫得淋漓盡致。這是對小說開頭「**近村人故皆威重南**」的圖解。

竇氏還在燒茶，好奇地在南三復面前「**稍稍露其半體**」，她的悲劇命運卻已鐵定無疑。後來竇氏被騙懷孕後，請求南三復娶她，說「**日在斛檬之下**」，字面意義是在南三復的覆蓋、保護之下，實際是說在其欺壓、統治之下，只有在雙方平等的情況下，才有真正的男人和女人。〈竇氏〉寫的貧女同富豪之間的「愛情」實質，真是寫到家了。

竇氏冤死後，女屍兩次陳於南三復家而經官斷。第一次竇家敗訴，第二次姚家才把南三復送上斷頭台。為什麼同樣是陳屍，結果卻天差地別？這是由於投訴者的社會地位決定的。第一次，竇氏迷惑南三復新娶的富家女自縊，自己入南家陳屍於床。竇翁用「**棺啟屍亡**」訟於官，明明竇氏的屍體光天化日之下擺在南三復床上，官府卻「**以其情幻，擬罪未決**」，然後再受賄，幫南三復蒙混過關。這是金錢第一次起作用，當初竇翁以「不義」罪狀告南三復時，就是金錢幫南三復脫身的。

在這場以金錢和地位論輸贏的較量中，竇翁和竇氏鬼魂皆敗下陣來。竇氏鬼魂第二次去南家，是冒充南三復再娶的曹進士之女，這次卻將南三復告得「**坐發冢見屍，論死**」。同樣是陳屍，為何前後處理不一樣？原來，第二次的女屍是姚孝廉之女！南三復獲罪，並非因為發冢見屍，而是因為他居然敢像對待貧家女一樣猥褻孝廉之女，讓其「**四體裸然**」，赤條條躺在自己床上！小說寫到這裡，竇氏這位苦難少女終於復仇成功，一個在蹉跌中成熟，在失敗中獲得經驗，被損害的剛強少女形象飽滿地矗立起來。

13 梅女

三百銅錢一條命

〈梅女〉的故事以刺貪刺虐為主，以愛情婚姻為輔。沉冤十六年的女鬼梅女跟陽世男子封雲亭產生愛情，並借助封雲亭報仇雪冤懲貪官。這個聰慧的小女鬼是如何為報深仇大恨運籌帷幄的？她走了非常聰明的幾步。

第一步：巧識陽世男，解脫縊鬼苦。

太行人封雲亭剛死了妻子，寂寞冷清，住進一家客店望著牆發呆，忽然看到牆上有模模糊糊的女人影子，心想：可能是幻覺？他爬起來細看，牆上儼然有個愁眉苦臉的少女，伸著舌頭，脖子上套著繩索，原來是吊死鬼！女鬼飄飄欲下，封雲亭雖然害怕，但覺得大白天不會出什麼事，就對女鬼說：「小娘子有什麼冤屈？我可以給你效力。」話音剛落，女鬼果真從牆上走下來，說：「跟先生萍水相逢，怎敢把伸冤大事托付給你？但我九泉下吊著繩索伸著舌頭，實在難受，請把我上吊的房梁燒掉，你對我的恩情就像山嶽一樣高了。」

這個吊死鬼就是聰明的梅女。她做鬼十六年，一心伺機報仇十六年，她肯定觀察過很多人間男子，想找幫自己伸冤報仇的人，但一直沒找到。遇到封雲亭，她首先要觀察這個人是不是俠肝義膽，樂不樂意替素不相識的人兩肋插刀。所以，她初見封雲亭，不以報仇重務相托，先請求他幫助自己解脫吊死鬼的繩索之苦。

封雲亭把看到的情況告訴旅店主人，主人對他說，十幾年前這房子是梅家故宅，夜裡進來小偷，被梅家的人抓住送到官府，官府審案典史收了小偷三百銅錢，就說深夜踰牆入室的人不是小偷，是梅女的情人。梅女受到極大的侮辱，氣憤地吊死了，梅家夫婦也相繼死去。

封雲亭弄清這段冤案後，出錢燒了房梁。梅女解除了自縊狀態，恢復成美麗少女的姿態，進一步運作復仇大計。小女鬼懂得飯要一口一口地吃，仇要循序漸進地報。

第二步：既保持清白之身，又增進男女情愛。

房梁燒掉，封雲亭回到原來的房間住宿。晚上，梅女來了，喜氣洋洋，容貌秀美。封雲亭很喜歡她，想和她諧魚水之歡。梅女說：「我身上陰森的鬼氣會禍害你的性命，而且我如果那樣做，我生前受的誣陷，跳進西江都洗不清了。我們將來能結合，但是現在不行。」封雲亭問：「咱們什麼時候能結合？」梅女只笑，不說話。封雲亭說：「要不要喝酒？」梅女說不會喝。封雲亭說：「對著美人傻坐，多沒意思。」梅女說咱們玩翻線吧！兩人促膝對坐，伸出手指玩翻線遊戲，用兩條線翻出各種不同的形態，翻著變著玩了很久，封雲亭都找不到北了。梅女用點頭、搖頭、努嘴、抬下巴等表情指點他，兩人越翻越奇妙。封雲亭說：「真是閨房絕技啊。」梅女說：「這是我琢磨出來的遊戲，只要有兩股線，就能變出無窮無盡的花樣。」夜深了，兩人玩得很疲倦，梅女催促封雲亭上床睡覺，她說：「我們陰間人不睡覺，你休息，我按摩，幫你睡個好覺，做個好夢。」封雲亭接受了梅女的好意。梅女疊起手掌輕輕幫封雲亭按摩，從頭到腳都按摩到了。她手掌經過的地方，骨頭綿軟欲醉。全身按摩完，梅女握起拳頭輕輕捶打，像一團團棉絮輕觸身體，舒服得不得了。捶到腰時，封雲亭的眼睛睜不開了，嘴巴也懶得張；捶到腿時，就沉沉入睡了。原文：

女疊掌為之輕按，自頂及踵皆遍；手所經，骨若醉。既而握指細擂，如以團絮相觸狀，體暢舒不可言；擂至腰，口目皆慵；至股，則沉沉睡去矣。

一男一女兩個年輕人情投意合，梅女卻必須保持清白之身。翻線之戲和按摩絕技，不是性愛卻媲美性愛。梅女的聰慧，溫柔體貼、擅長詞令，寫得絲絲入扣。「鬼按摩」的閨房之樂為《聊齋》研究家津津樂道，常作為《聊齋》傑出語言引用。

第三步：明是李代桃僵，暗是請君入甕。梅女運籌帷幄施行報仇計畫。

封雲亭第二天一覺睡到中午，骨節輕鬆，渾身通泰，他愈加愛慕梅女，繞著屋叫梅女，卻沒有響應。晚上，梅女來了。封雲亭握住梅女的手腕說：「如果讓你復活，我樂意傾家蕩產！」梅女笑道：「不需要你破產啊。」兩人做遊戲到半夜，封雲亭苦苦逼梅女跟他同寢。

梅女說：「我給你介紹個女朋友吧。浙江妓女愛卿剛做了我的鄰居，人很漂亮。明天我領她來代替我。」第二天，梅女果然領個三十來歲的少婦來，少婦見了封雲亭，美目流盼，流露出放蕩神情。三個人玩雙陸遊戲。玩了一局，梅女飄然而去。封雲亭和愛卿上床，十分快樂。封雲亭問起她的家世，愛卿吞吞吐吐，只是說：「你需要我時，用手指彈北牆，喊聲『壺盧子』，我就來啦。叫三次不來，就是我在接待其他客人，你就不要再叫啦。」天明，愛卿穿過北牆間隙，走了。

封雲亭交了女鬼情人的事，滿城盡知。縣裡的典史是大戶人家子弟，他和妻子顏氏感情很好，顏氏卻結婚一月就死了。典史聽說封雲亭跟鬼有交往，就去拜訪封雲亭，想托他問問能否幫自己跟亡妻續姻緣。封雲亭開頭不承認，典史哀求不已，封雲亭只好答應替他把鬼妓請來，看看能不能透過她找到典史的亡妻。

梅女告訴封雲亭鬼妓叫愛卿，但愛卿是什麼身世，為什麼做鬼妓，她吞吞吐吐，不肯說。她不能說，愛卿的身世裡藏著機關，到最關鍵、最需要的時候才能交代——愛卿正是典史死了的愛妻，而典史就是收了三百銅錢害死梅女的小貪官！表面上看，是鬼妓女李代桃僵讓封雲亭享受魚水之歡，實際上是梅女把害死自己的傢伙請君入甕！她不透露鬼妓身世，正是為了把傷天害理的典史引出來！小女鬼像不像能掐會算的諸葛亮？

第四步：三鬼同出，懲罰貪官。

封雲亭答應典史幫他找死了的妻子，天剛黑，典史已來，封雲亭敲著牆喊「愛卿」，三聲沒喊完，愛卿已進屋，一抬頭看見封雲亭的客人，臉色大變，趕緊回身逃走。封雲亭擋住她，典史向前一看，大怒，拿起個大碗就向愛卿砸過去，愛卿消失了。封雲亭大驚，他莫名其妙：典史為什麼對愛卿下如此狠手？剛想問怎麼回事，一個老太婆從內室走出來，對著典史破口大罵：「你這個貪贓枉法的卑鄙強盜！壞了我的搖錢樹！賠我三十貫！」一邊說邊用手杖敲典史腦袋。典史抱著腦袋哀求：「她哪兒是什麼愛卿？她是我續娶的妻子顏氏！她年紀輕輕死了，我心疼得很，沒想到她做鬼不貞節，當起妓女來了。這和您老有何相關？」

老太婆是鬼妓院的老鴇，她憤怒地說：「你本來是浙江一個無賴賊，買了個小官，你都不知道自己姓什麼了！你做官有什麼黑白？哪個人袖筒裡有三百銅錢，他就是你親爹啦！你倒行逆施，惹得神怒人怨，你的死期眼看就到了！你的父母替你哀求閻王爺，自願讓愛媳入青樓接客，替你償還貪贓枉法的債，是你造孽害了你媳婦，你不知道啊？」說完又用手杖打典史。典史苦苦哀求老太太，正沒辦法解脫，只見梅女從房中出來，瞪大眼睛，伸著長舌，臉色很難看，走近典史，用一根長簪子刺典史的耳朵。封雲亭用身子擋住典史，勸梅女說：「他罪不可恕，但死在這裡，就會連累到我。」梅女對鬼老太太說：「叫他多活一會兒，照顧封郎不受連累吧！」典史慌慌張張，抱頭鼠竄，回到衙門頭痛欲裂，半夜時分便死了。梅女告訴封雲亭，這個人就是收了三百銅錢害死她的人。

三鬼同出，懲罰貪官，非常好看又很有內涵。典史同時看到三個鬼。一個是亡妻顏氏，現在叫愛卿，梅女正是以其人之道還治其人之身，典史不是誣陷梅女不貞與人通姦

〈梅女〉

嗎？現在他的妻子做鬼不貞，而她做妓女正是他的父母讓她做的，為了給這個傷天害理的傢伙贖罪！第二個鬼是小說女主角、被典史害死的梅女。她用長簪刺典史，典史狼狽而逃，典史回到寓所就一命嗚呼了。第三個鬼是陰間妓院老鴇，陰間老鴇似乎是為慷慨激昂開「批鬥會」而來。她痛罵典史的話經常被研究者作為《聊齋》最有代表性的語言來剖析：

汝本浙江一無賴賊，買得條烏角帶，鼻骨倒豎矣！汝居官有何黑白？袖有三百錢便而翁也！神怒人怨，死期已迫，汝父母代哀冥司，願以愛媳入青樓，代汝償貪債，不知耶？

第五步：靈魂回歸，傻妞變美女。

梅女自殺後已托生到延安展孝廉家做女兒，因為前世的冤情沒得到申雪，梅女的魂魄留在陰世尋找報仇的機會。沒有魂魄的孝廉女是整天伸著舌頭的傻子。梅女的血海冤仇報了，她告訴封雲亭，去求延安展孝廉的傻妞為妻吧。封雲亭當然不樂意娶傻媳婦，梅女說：「我隨你去，到時候傻妞就會變成我！」

於是，小說出來「情人鬼魂隨身帶」的有趣情節：封雲亭「**以新帛作鬼囊**」，梅女跳到裡邊，封雲亭帶在身邊。梅女囑咐：「沒見到傻妞時，千萬別叫我。」等見到傻妞，拜過高堂，入了洞房，「**以囊掛新人首，急呼曰：『勿忘勿忘！』**」。

封雲亭攜著有梅女靈魂的鬼囊到了延安，一打聽，果然有位展孝廉養了個漂亮女兒，卻是個啥都不懂的傻子，還常常把舌頭伸到嘴脣外，像天熱時的狗一樣喘，十六歲也沒人求婚。展孝廉很發愁。封雲亭到展家，呈上名帖，說明身世，托人說媒。展孝廉喜出望外，招封雲亭做女婿。成親時，孝廉女果真傻得不透氣，連拜天地都不會。兩個丫鬟扶著拜過天地，便把她拖進新房。丫鬟一走，孝廉女解開衣服袒胸露乳，對著封雲亭傻笑。封雲亭按梅女說的做了，隨後問：「你不認識我啦？」舉起口袋讓她看。孝廉女恍然大悟，急忙扣好衣服，兩人高高興興聊起來。原本傻得不透氣的孝廉小姐，立即變成知書達理的千金小姐，跟梅女一模一樣。

第二天，封雲亭拜見岳父母，岳父表示：「很抱歉我們的女兒傻，家裡聰明的丫鬟你隨便挑。」封雲亭說：「小姐一點兒也不傻。」孝廉女兒出來拜見父母，舉手投足，一副大家閨秀做派。孝廉喜出望外，問女兒是怎麼回事，小姐羞愧得不好意思說，封雲亭把小姐前世的事講給孝廉聽。孝廉把封雲亭留在家裡跟兒子們一起讀書，供應豐盈。

封雲亭在展孝廉家住了一段時間，展家的兒子們與他不太相容。孝廉女精明地勸導他：「女婿不可以長期住在岳父家，時間久了會被人瞧不起。」夫婦還鄉，不久，封雲亭做上舉人。這又是一個花好月圓的結局。冤鬼重生，幫助冤鬼復仇的讀書人既洞房花燭又金榜題名。

鬼本虛無，冤情卻真。三百銅錢，一條人命，封建官場黑暗到無以復加。人不能做的事，鬼做了。人不能報的仇，鬼報了。老鴇鬼揭典史老底，揭得痛快淋漓，罵得入骨三分。這老太婆必須是鬼，如果是尋常百姓見到典史這樣的「父母官」，只有跪拜叩頭的份兒，豈能開罵？梅女必須是鬼，否則就不能揭露夜台一樣的社會，不能向貪官復仇。梅女生前對誣陷自己的人逆來順受，做了鬼反而能親手刺凶頑，有仇必報，揚眉吐氣。梅女的軀體投生，靈魂滯留陰世洗冤，冤情洗雪後情人帶女鬼靈魂去見軀體，靈魂與軀體匯合，有情人終成眷屬。這個奇思妙想、神祕詭異的「準愛情故事」，蘊含深刻的刺貪刺虐社會內涵。

從小說構思特點上看，這個簡短的小說應該算複線小說，一條線索是批判黑暗吏治，一條線索是謳歌真摯愛情。批判吏治的要害是三百銅錢一條命，而被害死的恰好是愛情的女主角。於是，冤鬼復仇的過程成了愛情滋生、發展，最後變成塵世婚姻的過程。主線是復仇，輔線是愛情，寫復仇寫得驚心動魄，寫愛情寫得溫馨柔美，清白無辜的梅女既要保護自己的貞操，又要發展和封雲亭的感情，於是有了翻線遊戲，有了按摩絕技。封雲亭未能免俗，一再要求和梅女上床，於是有了鬼妓愛卿的出現，而鬼妓的出現，有力地拉動復仇主線，然後三鬼並出，懲罰貪官痛快淋漓。冤鬼再變成人間聰慧懂事的孝廉女，指點丈夫如何解決郎舅矛盾，如何自立於社會。小說寫鬼則鬼氣森森，寫人則溫情脈脈，達到了神奇美妙的境界。

14 嘉平公子
俏女鬼炒帥哥魷魚

人鬼戀可以深刻，像〈聶小倩〉；可以纏綿，像〈連瑣〉；可以裝進刺貪刺虐的新酒，像〈小謝〉、〈伍秋月〉；更可以像〈公孫九娘〉、〈林四娘〉涉及改朝換代。但是天才從不按常規出牌。寫人鬼戀，固然應該寫得沉重，寫得深刻，寫得纏綿淒婉，不過，人鬼戀能寫得輕鬆，寫得幽默，寫得令人噴飯嗎？能，〈嘉平公子〉就是個只憑外貌取人被天下人恥笑的故事。

嘉平公子模樣秀美，風度翩翩，他到省城參加秀才考試。偶然經過許姓妓院門前，看到門裡有個美人，他目不轉睛地看她，美人也微微一笑，對他點點頭。公子高興了，走近跟女子說話。女子問：「你住在什麼地方？」公子告訴她後，她又問：「你住的地方有別人嗎？」公子說：「沒有。」女子說：「我晚上來拜訪你。不要讓人知道。」到了晚間，嘉平公子把書童和僕人都安排到別的地方住。女子果然來了，自稱小字「溫姬」，且說：「我仰慕公子的風流倜儻，所以背著媽媽來了，我有個小小心願，願意一輩子跟隨公子。」公子十分高興。

從此，溫姬隔兩三天總要來一次。一天晚上，溫姬冒雨而來，進門後，脫去身上淋濕的衣服，掛到衣架上，再脫掉腳上的小靴子，請求公子代她擦掉靴子上的泥，自己上床，用被子把自己蓋起來。公子看看她的小靴子，是用繡五彩花紋的錦緞做成的，已被泥水泡濕弄髒。他覺得可惜。溫姬卻說：「我不是真敢用擦鞋的賤務使喚公子，而是想讓公子知道我對公子的痴情。」聽到窗外的雨還在不住地下，溫姬信口吟出一句詩：「**淒風冷雨滿江城**。」要求公子接著往下續，公子推托說：「我聽不懂你吟的是什麼。」溫姬聽了，說：「公子這麼個人，怎麼會不知道風雅？讓我寫詩的興致全都沒了。」她勸公子學著寫詩，公子答應了。

二人來往頻繁，僕人都知道了。公子的姐夫姓宋，也是官宦人家子弟，聽說這事後，偷偷求公子讓他見溫姬。公子對溫姬說了，溫姬雖是人盡可夫的妓女，誰都可接待，他見到溫姬後告知，她卻堅決不同意，因為她只愛公子一個人。宋某藏到僕人房間，等溫姬來到時，趴到窗口上看。他見到溫姬後，為溫姬神魂顛倒，愛得發狂。他急忙推開門，溫姬已經翻牆跑了。宋生拿了好多禮物到許家妓院，指名要溫姬接待。妓院的人回答：「溫姬已經死很長時間了。」宋某驚愕半天，只好從妓院出來。他告訴公子，公子才知道，溫姬是鬼，但公子仍然喜歡她。晚上，溫姬來到，公子把宋生的話告訴她，溫姬說：「不錯，我是鬼。你想得到美女，我想得到美丈夫，各人如願以償，還管什麼人鬼之別？」公子也同意她的話。

公子考試完回家，溫姬跟他回去，到了家，溫姬就住在公子的書齋中。其他人都看不到她，只有公子能看到她。公子總是一個人住書齋不肯回臥室住，父母便起了疑心。等溫姬回娘家時，公子才將溫姬的事告訴父母。父母大吃一驚，告誡公子跟溫姬斷絕來往。公子不聽，父母很是擔憂，想盡各種辦法驅鬼，溫姬就是不走。

有一天，公子寫帖子派僕人出去買東西，帖子放在案頭上，上邊有許多錯字。「花椒」寫成「花菽」，「生薑」寫成「生江」，「可恨」寫成「可浪」。溫姬看到帖子，就在後邊寫了幾句：「**何事『可浪』？花菽生江，有婿如此，不如為娼！**」溫姬對公子說：「我以為你是位出身世家、有學問的人。所以不顧人鬼有別向你毛遂自薦。沒想到你徒有虛表。我以貌取人，豈不要被天下人笑話！」說完，消失得無影無蹤。公子雖然又慚愧又悔恨，卻始終不知道溫姬寫的那幾句話是什麼意思，還折起那張帖子交給僕人。這事後來被傳為笑談。

〈嘉平公子〉是調侃徒有其表者的妙文。當年美男子潘安坐車在街上走，婦女圍觀，把各種好吃的果子丟滿他坐的車子，從此有了成語「擲果滿車」。《聊齋》美男子嘉平公子竟然引得女鬼的幽魂從冥世間走了出來！一鬼一人，瀟脫得很，和諧得很。似乎美貌的魔力不可阻擋。但是，僅僅有美貌，行嗎？假如溫姬沒看到公子寫給僕人的帖子，這場美妙的人鬼戀大概還要持續下去。沒想到曼妙鬼姬竟然因幾個錯別字就炒了陽世俊俏書生的魷魚！錯別字居然能起驅鬼的作用！

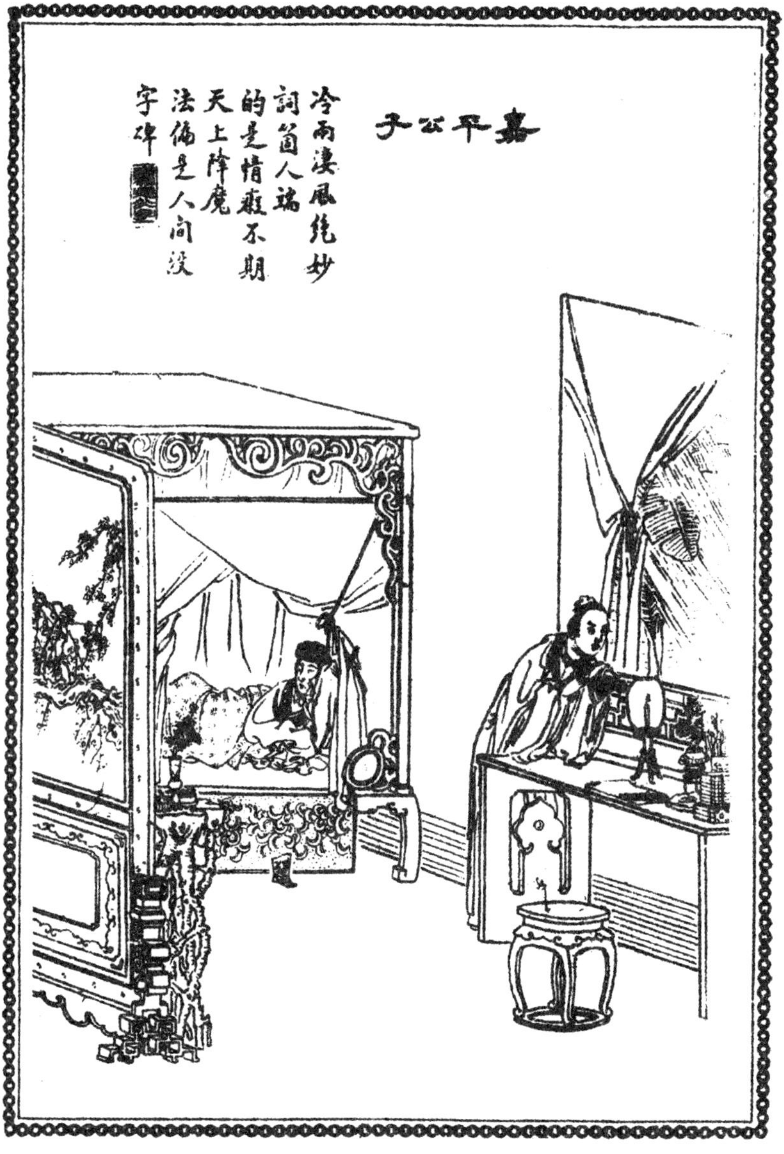
嘉平公子
冷雨淒風絕妙
詞箇人端
的是情癡不期
天上降魔
法偏是人間沒
字碑

〈嘉平公子〉

讀書人寫個把錯別字不足為奇，奇就奇在嘉平公子在常用字上一概都錯，錯出水平，錯到坎上，錯得登峰造極。溫姬看到公子錯字連篇的帖子，提筆寫段四言詩。《聊齋》文言太美，很難譯成白話，溫姬的意思是：什麼事這麼可恨（浪）？是閣下這個讀書人連花椒（菽）和生薑（江）都不會寫！有這樣不學無術的夫婿，還不如趁早回去倚門為娼呢！

在很多《聊齋》女鬼看來，能跟情投意合的人間男子相守已足夠，管他有沒有真學問？溫姬卻有條特殊的底線。在溫姬看來，公子你是人，是有錢的人，是父母捧在手心的驕子；我是鬼，一無所有的鬼，無家可歸的鬼，你們家想方設法要驅除的鬼。本來我跟你相愛有點兒「高攀」，有點兒不合世情。即使這樣，我也絕對不容許我愛的人寫錯別字！女鬼有如此堅定的價值底線，怪不得蒲松齡要稱其為「**溫姬可兒**」。

蒲松齡自己對這個故事很得意，「異史氏曰」：「溫姬太可愛了！對於風度翩翩的公子，難道還一定得要求他肚子裡有學問嗎？甚至於後悔還不如做妓女。那公子的妻妾豈不要羞得哭泣？公子的父母千方百計驅鬼都趕她不走，而她看到那張帖子就決然歸去，那麼『花菽』、『生江』起到的驅邪作用跟杜甫的『子章髑髏』有什麼區別？」原文如下：

「溫姬可兒。翩翩公子，何乃苛其中之所有哉！遂至悔不如娼，則妻妾羞泣矣。顧百計遣之不去，而見帖浩然，則『花菽』、『生江』，何殊於杜甫之『子章髑髏』哉！」

「異史氏曰」引用杜詩典故「子章髑髏」：子章是段子璋，唐肅宗上元二年（七六一）造反，自立梁王，被成都尹崔光遠的部將花敬定殺害。杜甫《戲作花卿歌》稱讚花敬定：「子璋髑髏血模糊，手提擲還崔大夫[9]。」《唐詩紀事》說吟這兩句詩可以起到驅邪作用。

〈嘉平公子〉很像個幽默小品，也可以算作一篇小小說，小小說的最突出特點是寫得精練。《聊齋》點評家但明倫把這篇作品成功的原因歸結為反逼法：「此篇純用反逼法，入手只說公子風儀秀美；即接入麗人，自微笑，自點首，自問寓居，自來奉訪，自語小字，自見言慕公子風流，自言願奉以終身，且自冒雨而來，恐不知其情之痴而脫靴相示：一路均作滿心快願之語。中間情興消然一筆，略作頓跌。至明知其鬼而兩相愛好，從以寄齋，至於親命戒絕而不能從，百術驅遣而不得去：在女一邊真寫到十二分快足。忽然轉落正面，作萬分掃興語，真足令人噴飯。公子如此者不少，其父母可以無憂矣。」

所謂反逼法，就是從溫姬非常愛嘉平公子入手，一步一步寫來，一層一層剝去公子秀美的外表。先是不會寫詩，而寫詩是讀書人必須得學的，正在考秀才的公子卻不懂溫姬那句「**淒風冷雨滿江城**」，當然也不可能續。一人一鬼的互相愛悅寫到充足，公子不懂寫詩稍稍有點減少熱情，而溫姬仍然愛他，可能認為這只是一時的失誤。一人一鬼情投意合，如膠似漆，親人驅鬼也驅不走。沒想到幾個錯別字一出，女鬼醒悟自己以貌取人，卻沒看

9 見《唐詩紀事》卷第十八，杜甫篇。髑髏，死人的頭骨。

到心上人金玉其外，敗絮其中，是繡花枕頭一包草，於是飄然而去。這樣一來，這個所謂人鬼戀故事就讓位於一個教育理念——貴家子弟不要只有華麗的外表，還得好好讀書，好好上進，這簡直成了宋真宗《勸學詩[10]》的諧趣表達。

這個故事雖然簡短，卻很有讀者緣，一九八〇年代我應邀到山東老年大學上課，講到這一篇，我剛說到「何事『可浪』？花萩生江」，台下邊就有位白髮老太大聲接上「有婿如此，不如為娼」，全場大笑。研究《聊齋》、《紅樓夢》幾十年，我也讀成了白髮老太太。日後，《聊齋》、《紅樓夢》肯定還會不斷有年輕人讀下去。

10 《勸學詩》原文：「富家不用買良田，書中自有千鍾粟。安居不用架高堂，書中自有黃金屋。出門莫恨無人隨，書中車馬多如簇。娶妻莫恨無良媒，書中自有顏如玉。男兒欲遂平生志，六經勤向窗前讀。」

15 水莽草

情義無價水莽鬼

〈水莽草〉和〈王六郎〉同枝不同葉，同葉不同花，同樣是替死鬼的故事，花開兩樣，各散芬芳。兩篇小說讀起來，人物不同，情節不同，感受也不同。〈王六郎〉主要寫人和鬼的真摯友情，抓替死鬼僅是考驗王六郎的小情節；〈水莽草〉卻渲染民間傳說抓替死鬼的詳細過程和所謂解救規則，是透過抓替死鬼表現廣泛的人和人之間的關係——朋友之間相濡以沫，兒子對母親盡心孝順，女婿和岳父母糾葛不斷，特別是寫鬼和鬼之間的悲歡離合。

蒲松齡很少寫鬼和鬼之間的愛情故事，他曾借筆下的女鬼說，泉下少年郎不少，但兩鬼相處有什麼意趣？所以《聊齋》女鬼要到人間尋找愛情。而〈水莽草〉卻別出心裁寫一男一女兩鬼相處，但中心並不是寫愛情，而是借他們的悲歡離合，宣揚「善」和「孝」以及善有善報的人生道理，闡述「己所不欲，勿施於人」的儒家理念，以及不可以損人利己的儒家道德。

一般《聊齋》小說開頭總是說，某某，什麼地方的人，有什麼特點。〈水莽草〉開頭卻是介紹一種植物：水莽草是一種毒草，像扁豆一樣蔓生，紫色的花也像扁豆花，人誤食後會立即死亡，成了水莽鬼。傳說水莽鬼不能透過「六道」，也就是「天、人、阿修羅、地獄、餓鬼、牲畜」流轉，再世為人，必須有新毒死的人代替水莽鬼，他才能重新投胎。湖北桃花江一帶水莽鬼最多，水莽鬼常做的「工作」，就是尋找和迷惑替代者，透過害死他人，求得自己托生。

接著，蒲松齡介紹了另一個風俗。其他地區把科舉同時考中的人叫「同年」，而湖北把同年出生的人叫「同年」，互相遞名片拜訪時，都稱庚兄庚弟，子侄輩則稱庚伯。

祝生去拜訪一位同年，半路上口乾舌燥，看到道旁有老太太搭著草棚向路人施捨茶水，趕快跑過去。老太太熱情地把他迎進草棚，上茶。祝生端起茶，嗅到茶水有怪味，便把碗放下，想走。老太太一把拖住他，招呼道：「三娘，端杯好茶來！」一會兒，有個艷麗的少女從茶棚後走出來，手上的指環、臂上的玉釧光亮得能照見人影。祝生接過少女的茶杯，神魂蕩漾，覺得少女的茶芳香誘人。

其實，這是他的錯覺，少女的茶和老太太的茶一樣，都是水莽草泡的，而祝生被美色迷惑，連味覺都不正常了，喝完一杯，再要一杯。老太太剛一離開，祝生就開玩笑地抓住少女的手腕，脫下一個指環。少女羞澀一笑，臉紅了。祝生是個風流不羈的人。雖家有妻室，但一見美人便神魂顛倒，動手動腳。而少女呢，很羞澀，臉紅了，有禮貌地微笑，顯然沒有跟男人打交道乃至勾引男人的經驗。祝生問少女家住哪裡？家裡是做什麼的？少女

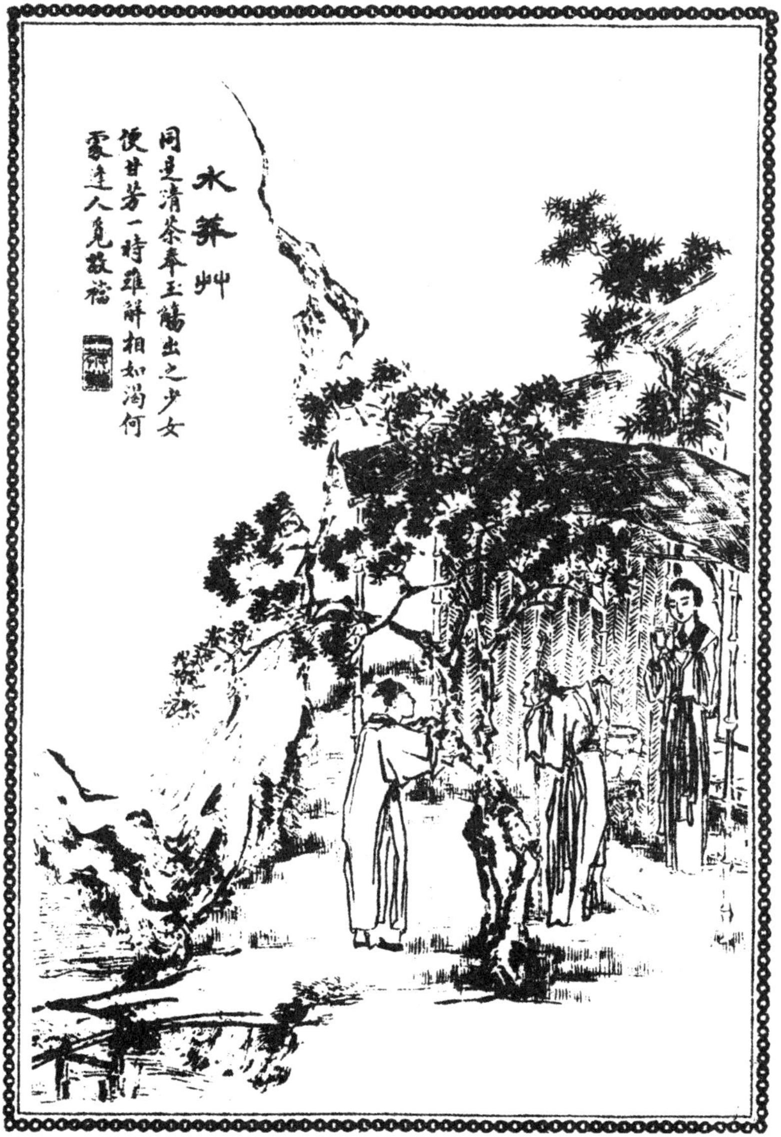
水莽艸
同是清茶奉玉觴出之少女
便甘芳一時雖辭相如渴何
處逢人覓救福

〈水莽草〉

說：「你晚上回來，我還在這兒呢。」明明答非所問，祝生沉迷於美色也不想一想少女為什麼不回答他的問題。他向少女要了撮茶葉，收藏好指環，心裡美滋滋地離開了。

到了同年家，祝生覺得惡心，懷疑剛才喝的茶有問題，他把剛才的事告訴同年。同年大驚失色說：「壞了。你遇到水莽鬼啦！我的父親就死在水莽鬼手裡。喝了水莽茶，無法挽救，怎麼辦？」祝生怕極了，拿出少女的茶葉一看，正是水莽草！他拿出指環，對同年形容見到的少女的模樣。同年想了一會兒說：「一定是寇三娘！」接著他告訴祝生，南村有家富戶的女兒叫寇三娘，因為漂亮，遠近聞名，幾年前誤食水莽草而死，一定是她的鬼魂作怪。這樣一來，少女沒回答祝生關於門戶的問題，反而是祝生的朋友揭開了她的身世。

《聊齋》筆法變幻多端而又非常周密。同年接著說，像這樣的情況，如果知道作怪鬼魂的名字，去他們家求來她的舊衣裳煮了喝水，就可以救命。朋友刻不容緩跑到寇家，跪倒在地，如實相告祝生誤食水莽草，苦苦哀求寇家拿出寇三娘的舊衣服救命。這個沒名沒姓的同年俠肝義膽，他為了救祝生「長跪哀懇」，久久地跪在地上苦苦哀求，估計會說，祝生家有年老的母親和幼小的兒子，請您可憐他，讓您的女兒另找替死鬼吧。可是寇老頭因為祝生做了水莽鬼，他的女兒就可以托生，所以堅決不給他女兒的舊衣裳。

蒲松齡用四個字寫寇老頭的態度：「**故靳不與**」，靳，拒絕，故靳，故意拒絕，連句推托的話或者表示抱歉的話都不說，寇老頭的意思是我就是不給你！因為只有你死了我的女兒才能托生！真是赤裸裸的自私冷酷。朋友氣憤地回到家，把情況告訴祝生。祝生咬牙切齒地說：「即使我死了，也一定不讓寇三娘托生！」朋友派人抬祝生回家，祝生在路上就死了。祝生母親把兒子埋葬了。祝生的兒子只有一歲，妻子不能守節，半年後改嫁走了，祝生母親撫養孫子，累得不得了，整天哭哭啼啼。祝生因為行為不慎，搞得家破人亡，妻離子散。

祝生母親的生活沒了來源，還得養活幼小的孫子，既困難又悲苦。有一天，她正抱著孫子在哭，祝生突然來了。母親大驚，擦著眼淚問：「你不是死了？怎麼回來了？」祝生說：「兒子在九泉之下聽到母親悲哭，非常傷心，回來一早一晚幫您操勞。兒子做了鬼，也在陰世娶了新婦，讓她來幫您幹活，母親不要悲傷。」祝生母親問：「新婦是什麼人？」祝生說：「寇家對兒子見死不救，我恨他們，我死後去找他們的女兒，卻找不到。在一位庚伯指點下，我知道三娘已經投胎到任侍郎家，兒子硬把她抓回來，現在她做了我的妻子，還不錯，沒有煩惱。」蒲松齡寫小說，多細微的地方都前勾後聯、前呼後應。祝生的同年介紹自己的父親被水莽鬼害死，現在指點祝生去找三娘的是位庚伯，自然就是同年的父親了。構思嚴密。

一會兒，門外來了個女子，衣服華麗，模樣俊俏，跪到地上拜見祝母。祝生說：「她就是寇三娘。」兒媳婦雖然不是活人，看到兒子九泉下有伴，祝母也稍感安慰。祝生吩咐三娘幹家務活。生前嬌生慣養的三娘雖很不習慣，但也毫無怨言，盡量學著，很聽話，很可愛。

從此，夫妻就留在祝生原來的房間。三娘請求祝母把自己的情況告訴娘家，祝生不同意，祝母順從三娘心願，派人通知了寇家。寇家老兩口聽說後大驚，趕快坐車跑來祝家，果然看到女兒。老倆口放聲大哭。三娘勸慰他們，他們才止住哭泣。他們看到祝家很窮，擔心女兒受苦受累。三娘說：「女兒已成鬼，還嫌什麼貧？祝郎母子對我很好，女兒已在這裡安居樂業。」三娘母親問：「賣茶的老太太是誰？」三娘說：「她姓倪，她知道自己不能迷惑行人，所以求我幫助。她現在已經托生在賣茶水的人家了。」

三娘母親為什麼這麼好奇，還問賣茶老太太是誰？這是小說家故意讓她問的，是為描寫三娘而問。這個細節，說明三娘沒有處心積慮害死他人自己托生，她是被那個老太太利用的，至於為什麼祝生一個人死了有兩個水莽鬼托生，那就不得而知了。三娘是單純的少女，她已經托生，卻被祝生捉回來重新做鬼，非但沒有怨言，還追隨祝生一起侍奉祝生的母親，照顧祝生的兒子。三娘對祝生說：「你既然是女婿，不拜見岳父母，叫我多難堪？」祝生這才拜見岳父母。

三娘到廚房代替祝生母親做飯，招待娘家父母。寇老太太看到寶貝女兒幹粗活，很傷心，回到家，就派來兩個丫鬟，送來一大堆銀子和布帛，此後不斷往祝家送糧米酒肉，祝家日子變得小康了。寇家經常接三娘回娘家。三娘住幾天，就說：「婆家沒人幹活，請早點兒送女兒回去。」寇家老倆口故意拖延，三娘就飄然自歸。這說明什麼？富家少女三娘周旋於貧窮但孝順的丈夫和有錢的父母之間，非常柔順懂事，她已經和貧困的祝家母子建立了深厚的感情，以祝家為家。寇老頭給祝生蓋起樓閣亭台，祝生記恨寇家不肯拿三娘舊衣救他一命的事，始終不肯到岳父家拜訪。

有一天，村裡有個中水莽毒的人死而復蘇，人們傳為奇談。祝生說：「是我救活他的。他被水莽鬼李九所害，我把李九轟走了。」從此，中水莽毒的家人常求祝生幫忙，也常有效。

祝母問祝生：「你為什麼不找人代替自己做水莽鬼然後自己托生呢？」祝生說：「我最恨損人利己的鬼，我要把他們都趕跑，我哪兒能幹這不仁不義的事？我做鬼也能奉養老母，不樂意再世為人了。」「己所不欲，勿施於人」是祝生的信條，自己被水莽鬼害死，絕對不做害人之鬼。再生為人固然是好事，卻不能孝敬母親，那寧可做鬼。祝生的孝心可感天地。

十幾年後，祝母去世，祝生夫婦悲傷得形銷骨立，但他們不出面接待客人，只讓兒子為祖母披麻戴孝，還教給兒子喪葬禮儀。祝母出殯後兩年，祝生給兒子娶媳婦。媳婦是任侍郎的孫女。原來任公的妾生了個女兒，幾個月大就死了，任公聽說祝生捉回已經投胎的寇三娘為妻，實際捉回的是他們任家的女嬰，又聽說祝生如何幫助他人，就到祝家認祝生為女婿，又把孫女嫁給祝生的兒子，兩家往來不斷。這也是蒲松齡給好人的好報，貧窮書生跟侍郎家結親了。

有一天，祝生對兒子說：「天帝因為我在人世立了功，封我做管理長江、黃河、淮河、濟水的龍王，我要上任去了。」說話間，祝生的兒子看到院子裡有四匹駿馬拉著一輛掛著黃帷幔的車子，馬的四條腿上都長著鱗甲。祝生夫婦一起上車。祝生兒子和媳婦哭著向他們叩頭，轉眼工夫，車就無影無蹤。同一天，寇三娘也來拜別父母，說要隨祝生上任。寇三娘母親哭著挽留，三娘說：「祝郎已經動身啦。」說完便出門，杳無蹤影。祝生兒子繼承了父親的孝行，求得寇家老倆口同意，把寇三娘的屍骨遷來和祝生合葬。

祝生本來被水莽鬼所害，卻又跟水莽鬼結為鬼伉儷。其初衷本來是不令寇三娘托生，沒想到日久生情，一對水莽鬼一往情深，一起奉養老母、教育幼子，最後又因為多行善事而成神。好人得好報，水莽鬼可成神，天帝明察秋毫。在這個篇幅不長、人物不少的《聊齋》故事中，蒲松齡筆墨縱橫，既構思巧妙，又把人物寫得栩栩如生，還表達了聊齋先生追求真善美的理念。

16 葉生
死魂靈的功名路

〈葉生〉是《聊齋》寫讀書人命運的代表作。小說寫得巧妙，讀起來令人心酸。

十九世紀俄國著名作家果戈里名作《死魂靈》寫投機取巧的乞乞科夫想靠收買死魂靈發財，透過乞乞科夫和幾個地主的交往，寫出典型的地主形象，寫活了俄國世間百態，揭露了俄國社會的弊病。在果戈里的小說裡，死魂靈並沒出現。而在早於果戈里兩個世紀的蒲松齡筆下，為了功名，中國讀書人的死魂靈從陰司走回人間，活著戴不上舉人的帽子，死了也得戴上。唐傳奇寫過女子為愛情而遊魂，蒲松齡寫書生為功名而遊魂是對古代小說題材的重要開拓。

〈葉生〉非常簡短卻驚心動魄。小說主角叫葉生，「葉」的諧音是冤業的「業」，意為罪孽的「孽」，暗指讀書人的悲劇是科舉制度的罪孽所產生的。曹雪芹給秦可卿命名的諧音是感情可以被輕視。其實，用諧音取名、用諧音寓意的藝術，蒲松齡早就用得滾瓜爛熟。葉生有才能卻考不上舉人，而他教的有官宦背景的學生則考上進士，葉生說：「**使天下人知半生淪落，非戰之罪也。**」我能教我的學生高中，就是叫天下人知道，我總考不上舉人，不是我的文章寫得不好，而是命運不好。「非戰之罪」其實是蒲松齡的心聲，清朝《聊齋》點評家早就指出，〈葉生〉是蒲松齡自傳式小說。「非戰之罪」出自《史記》，項羽兵敗時說：「此天之亡我也，非戰之罪。」「非戰之罪」是古代文人喜歡用的典故。

淮陽秀才葉生的文章詞賦在當時數第一，但總考不上舉人。關東丁乘鶴做淮陽縣令，看到葉生的文章，很喜歡。他請葉生來談話後，更加喜歡，便邀請葉生到官衙裡讀書，還給了些錢，幫助葉生養家。縣令向主持秀才考試的學政推薦葉生，結果葉生在秀才考試中考了第一名，可以參加鄉試。考完鄉試後，丁縣令拿葉生的文章邊看邊拍桌子叫好。但沒想到葉生文章寫得好，命運卻不好。

「**文章憎命，榜既放，依然鎩羽**。」鄉試發榜，葉生還是落榜了，葉生落榜後「**形銷骨立，痴若木偶**」。他精神沮喪，骨瘦如柴，痴呆呆像個木偶，覺得對不起知己。縣令來慰問他，和他約好，等自己任職期滿，帶葉生一塊兒到北方去，繼續參加考試。但葉生病入膏肓，閉門不出。縣令不斷派人問候他，聽說葉生吃了很多藥還沒好。

有才氣的秀才就是不能透過舉人考試，這是蒲松齡切身經歷。蒲松齡十九歲在縣、府、道三級考試中成為第一名的秀才，此後多次參加舉人考試，都沒考上。蒲松齡說過：「進士我所固有，所缺者一鄉科耳。」我做個進士綽綽有餘，只是過不了考舉人這一關。葉生被舉人功名折磨得如痴如醉，如瘋似傻，這種精神狀態沒有親身經歷很難寫出來。

縣令得罪上級被罷官了，縣令知道葉生生病，還是希望葉生能跟著自己走。他寫信告訴葉生，我要回故鄉了，遲遲不走，就是在等你。你早上來，我晚上就出發。葉生哭著對送信的人說：我好不了啦，請縣令先走吧。丁縣令還是不走。過了幾天，有人報告丁縣令，葉生來了。縣令很高興。葉生病得那麼重，怎麼又來了？蒲松齡似乎不經意間，埋下伏筆。葉生對縣令說，我病那麼長時間，叫你等待我，實在很不安，現在我可以跟你走了。丁縣令帶著葉生回到家鄉，請葉生給兒子做老師。

縣令的兒子十六歲，還不能寫文章，但特別聰明，葉生教他寫八股文，一篇文章教他兩、三遍，他就能記熟。過了一年多，丁公子能寫好文章了，再加上爹的勢力，他做了秀才。葉生把自己平時寫好，準備參加舉人考試的文章拿出來，叫丁公子讀透背熟。丁公子去參加鄉試，頭場最關鍵。而頭場七道考題，全都是葉生教給丁公子、讓他提前準備過的。於是，丁公子考中第六名舉人。丁縣令非常感慨，對葉生說：「先生只拿出一小部分本事用到我兒子身上，他就考中了舉人，你這麼有才能卻總被埋沒，真是『黃鐘長棄』[11]！」怎麼辦？葉生說：「這是命啊，我借你兒子的福氣和你的恩澤，為我的文章揚眉吐氣，就是叫天下的人，知道我半生淪落，考不上舉人，不是文章寫得不好，而是命運不濟。我能得到您這樣賞識我的知己，已經很滿意，又何必一定要金榜題名，做上舉人，擺脫布衣身分，才算走了好運呢？」

11 比喻賢才被長期埋沒。黃鐘，古樂中的正樂，比喻德才俱優的人。

〈葉生〉

按照科舉考試規定，秀才要參加鄉試，必須先得在故鄉透過秀才選拔，經過歲考和科考。歲考前三等可參加科考。科考是為送鄉試舉行的考試。丁縣令擔心，葉生總在外地，如果不參加淮陽的秀才歲考和科考，怎能參加舉人考試呢？他讓葉生還是回淮陽一趟！一聽說叫他回去，葉生慘然不樂。丁縣令不忍心勉強葉生。丁公子要到京城參加會試，也就是最後一級科舉考試，丁縣令囑咐丁公子，讓他到京城給老師捐個國子監監生，這樣葉生就不必回故鄉，可以直接參加京城的鄉試。丁公子透過會試又考中進士。獲得「主事」官位，他帶著老師上任。師徒早晚在一起，一年後，因為葉生有監生資格，參加鄉試，考中舉人。丁公子恰好被派到南河河道辦理公務，南河總督管著江南各省包括江蘇、安徽等長江以北的水系，如黃河、運河等。丁公子到南河總督手下辦理公務，恰好要到淮陽一帶去。丁公子對葉生說：「我去的地方離您家鄉不遠，先生奮鬥多年，終於青雲直上，現在是您衣錦還鄉、快慰平生的時刻了。」葉生聽了也很高興，跟著學生挑個黃道吉日回家。到了淮陽地界，丁公子先派人送葉生回家。研究者經常引用的葉生回家的這段話，寫得確實生動真切：

歸見門戶蕭條，意甚悲惻。逡巡至庭中，妻攜簸具以出，見生，擲具駭走。

葉生回到家，看到自己家非常蕭條，心情悲慘，猶猶豫豫走到院子當中，看到妻子拿個簸箕從房間出來。妻子一看到葉生，驚慌失措，丟下簸箕回頭就跑。葉生很奇怪，妻子怎麼會見了自己就跑？他淒慘地跟妻子說：「我現在富貴了，三、四年不見，你怎麼不認識我了？」他的妻子遠遠離開他說：「你都死了好幾年啦，怎麼可能變富貴呢？我們沒有把你下葬，是因為我們家很窮，兒子年齡還小。現在兒子長大了，不久就要選塊墓地把你給埋葬了，你不要裝神弄鬼嚇唬人！」

這一段寫得多麼精彩！葉生進入自己的家後，一直懵懵懂懂，為什麼自己衣錦還鄉，家裡卻這麼蕭條啊？怎麼家裡的人還害怕我呢？他感到不對頭，但是到底哪裡不對頭？原來是我自己不對頭，我已經死了。聽到他妻子說他死了，葉生很失意、很惆悵，還不大相信，難道自己真死了？他一步挪三指，慢慢走進自己的房間，哎喲，這不是自己的棺材嗎？我果然死了！葉生倒在地上，突然消失。葉生的妻子看到丈夫在靈柩前撲地而滅，舉人服裝像蟬蛻下的殼一樣堆在地上。妻子非常傷心，丈夫縱然是鬼，但畢竟是親人重逢。現在連這個鬼都走了，妻子抱著葉生的衣服哭得非常傷心。葉生的兒子從學校回來，看到有講究的車馬在家門口，就問這些人來幹什麼。這些人告訴他，我們送葉舉人回家。

葉生的兒子很害怕，趕快回去告訴母親：「我那個死了的爹回來了！」他母親一邊擦著眼淚，一邊告訴他：「我已經看到你爹了。」母子兩人又去問跟來的隨從，才知道葉生死後，他的靈魂跟著丁縣令繼續拚搏，終於考上舉人。這些送他回來的人回去告訴丁公子，丁公子聽後滿眼含淚，馬上坐車來到老師的家，到葉生靈柩前哭了一場，拿出錢來安葬老師。「**葬以孝廉禮**」，按照舉人應該享受的待遇把葉生安葬了。

〈葉生〉是《聊齋》最有代表性的作品之一，有才能的葉生蓋棺沒有論定，死魂靈在有錢有勢的人的幫助下，終於戴上舉人帽子，真是可憐可嘆。生不能得功名死了還得追求，這是多麼可怕可悲的精神狀態。葉生生前考不上舉人病死了，是悲劇，是社會不認識真才能的悲劇。葉生死後靠官員幫助，靠捐錢做監生得到舉人功名，是更大的悲劇，是讀書人心靈遭到戕害的悲劇。葉生的兒子在丁公子幫助下，做上秀才，新一輪功名拚搏又拉開序幕。讀書人的功名之路真是前仆後繼。

葉生的故事有蒲松齡經歷的影子。小說篇末，蒲松齡用幾乎占三分之一篇幅的「異史氏曰」發了很長一段議論，用白話文來說是：「靈魂跟隨知己朋友，竟可以忘記自己已死嗎？聽說這件事的人都懷疑，我卻深信不疑。痴心倩女追隨情郎，可以靈魂離開軀體；真摯的朋友，即使遠在千里之外，夢裡相會也不會認錯路。何況錦繡文章是讀書人嘔心瀝血寫出來的，是否得到知己賞識，決定讀書人的命運窮通，關乎他們的性命。唉！才學得到賞識是難以期望的；遭遇坎坷，埋沒人才，是常有的事。一個人獨往獨來，只能空對著鏡子發愁；生就一身傲骨，唯有自愛自憐；可嘆考不上舉人的秀才那窮酸的面目，連鬼都來嘲笑。一次一次處於落榜境地，每根頭髮和鬍子都顯得格外醜陋。讀書人一旦名落孫山，文章就處處都有錯誤。古往今來懷才不遇的人，都像發現和氏璧卻不被承認的卞和一樣痛苦。顛倒是非說千里馬是劣馬，伯樂又在什麼地方呢？像禰衡那樣，懷揣著名片，三年都找不到肯接見的人，名片上的字跡都磨掉了；側身張望，四海茫茫，無處可以存身。人生在世，看來就只能合上眼睛信步而行，聽憑老天爺的安排算了。天下像葉生這樣有才學而潦倒終生的人，還真是不少。但是怎麼可能都遇上丁令威這樣的神話人物，好隨他漫遊，遠離這沒天理的人間呢？」

蒲松齡最後提出丁令威的名字，是有深意的。陶淵明《搜神後記》寫遼東人丁令威，學道靈虛山，後來化鶴飛去。欣賞葉生的縣令既姓丁，又是從關東來的，這就在暗示，真應該離開這個不識人才的時世，學仙變鶴飛走算了。

死魂靈參加科舉考試，是蒲松齡對古代小說的重要開拓。但此時的蒲松齡對科舉制度到底出了什麼問題，還沒做更深入的思考，所以〈葉生〉的人物形象精彩，悲劇氣息強，但比起後來的〈司文郎〉、〈于去惡〉、〈賈奉雉〉，思想鋒芒要差一點。〈葉生〉的「異史氏曰」是一段精彩的散文，也是蒲松齡抒發內心的感慨，它和正文互相補充，相得益彰。

17 司文郎

瞎眼冬烘掌文壇

「司文郎」本是唐代官名，即司文局佐郎，後傳說為梓橦府主管文運的神。掌管文昌府和人間祿籍。人世間司文郎公平與否，決定人間書生的利祿；梓橦府司文郎是否睿智、識才、愛才，冥冥中決定人間書生的功名。小說以「司文郎」為主角和篇名，顧名思義，是描寫文運主管者。〈司文郎〉是《聊齋》對科舉制度諷刺力度最大的作品，小說以荒誕情節揭露考試制度不公，考官眼盲，好文章被黜落，取中的文章臭不可聞。小說裡的瞎眼和尚用鼻子嗅文章判斷文章好壞，他說：「我雖然眼睛看不見了，但鼻子不盲，考官連鼻子都盲了。」

小說開頭，以生動、翔實的筆墨描寫三個書生的日常交往，透過宋生和餘杭生炫才鬥文、唇槍舌劍，表露出賢佞不同的個性和高低不同的才能。三個書生，一個有名有姓有籍貫的「平陽王平子」，山西臨汾人；一個有籍貫、姓氏的「登州宋姓」，將來是陰司司文郎，文章出色；而對另一個，作者連名字都不屑起，只寫籍貫「餘杭生」。

王平子既是有個性的人物，又承擔部分作者的敘事職責，從他的視角描寫其他人物。

王平子首先接觸餘杭生，有四個細節層層遞進展露餘杭生的狂悖無理。第一個細節是王平子禮貌地跟餘杭生交往，餘杭生傲慢無禮。王平子到順天府參加考試，租賃報國寺的房子住下，隔壁先有餘杭生住著。王平子給他遞上名片。比鄰而居的人送名片理應請來一見或回送名片，餘杭生不回送名片，起碼的禮貌都不管。一早一晚遇到，也傲慢無禮。王平子很生氣，不再跟他交往。

第二個細節，餘杭生公然以老大自居。有個高大魁偉的白衣青年到寺裡遊玩，王平子跟他攀談，他說話幽默有趣，王平子愛慕敬佩，青年說是山東登州人，姓宋。王平子讓老僕人給宋生安排座位，跟他對面坐著聊起來。餘杭生恰好經過，王平子和宋生一起給他讓座，餘杭生居然一屁股坐到上座，連謙讓一下的禮節都不顧。

第三個細節，餘杭生用極沒禮貌的口氣跟宋生說話。讀書人之間寒暄，應稱「兄」、「閣下」、「先生」等，至少稱「足下」。餘杭生坐下後劈頭就問宋生一句：「**爾亦入闈者耶？**」餘杭生竟然蔑稱對方「爾」，居高臨下，用的是上級對下級、長輩對晚輩的口氣。他為什麼驕縱無理？緣於「老子天下第一」的自信。

第四個細節，餘杭生一句話抹倒山東、山西所有讀書人。宋生回答是不是來考試時說：「不是。我才疏學淺，早就不想飛黃騰達。」餘杭生又問：「你從哪個省來的？」宋生說山東來的。餘杭生聽說宋生不參加考試，便敷衍一句「**竟不進取，足知高明**」後，武斷而狂悖地說「**山左、右並無一字通者**」。「山左、右」是古代習慣的山東、山西的叫法。這四個細節已經把餘杭生的不通情理、自以為是表現得很到家，接著就是宋生跟他比試口才和文才。

王平子老實本分不愛惹事，對餘杭生的狂傲，隱忍不言，「**言語諧妙**」的宋生卻頃刻不能復忍，拍案而起，對餘杭生「**山左、右並無一字通者**」針鋒相對地反駁：「**北人固少通者，然不通者未必是小生；南人固多通者，然通者未必是足下。**」說完鼓掌，王平子跟著鼓掌，兩人大笑。王平子是老實人，一直對餘杭生的狂悖隱忍不言，宋生卻拍案而起，給王平子出了口悶氣。餘杭生跟宋生交手第一個回合，以宋生「鼓掌」，王平子和之，餘杭生理屈詞窮「慚忿」收煞。

餘杭生為何驕縱無理？因為「老子天下第一」的自信。他熟練掌握八股文的應試要求，特別是熟悉考官的要求，自詡考場獨步。所以當他受宋生嘲弄時，只因語塞「慚忿」，並不真正心生愧悔，於是馬上挑戰：「**敢當前命題，一校文藝乎？**」說這番話時，餘杭生眉毛高挑，挽起袖子，洶洶之態可掬。「**軒眉攘腕而大言**」是寫狂生情態的點睛之筆。宋生少年氣盛、不屑一顧的情態亦生動如畫：「**他顧而哂曰：『有何不敢！』**」眼睛都不看餘杭生，冷笑著說有什麼不敢。但明倫評價此段話：「語極從容，極尖刻。軒眉攘腕者怒不可遏，他顧而哂者行所無事。曰：『敢』，曰『有何不敢』，神情一齊繪出。」

接下來的「校文藝」實際是老實人王平子給疾惡如仇的宋生提供教訓狂妄餘杭生的機會。餘杭生「**便趣寓所，出經授王**」，讓王平子出題，王平子「隨手一翻」，出了個本身帶諷刺意味的「闕黨童子將命」的題目。這句話摘自《論語．憲問》，全文是：「闕黨童子將命。或問之曰：『益者與？』子曰：『吾見其居於位也，見其與先生並行也。非求益者也，欲速成者也。』」闕黨，即孔子居住處闕里。這段話的大意是：闕黨一位童子來和孔子傳遞消息，有人問孔子，這個童子是個求上進的人嗎？孔子說，我看他坦然坐在位上，又見他和長輩並肩而行，這童子不肯求上進，而是想速成，走捷徑。王平子以此為題，意在讓宋生借題發揮，教訓餘杭生。

宋生果然快人快語，妙思妙舌，開頭說：「**於賓客來往之地，而見一無所知之人焉。**」一語帶雙關，表面是合轍合理破題，實質是諷刺奚落餘杭生。王平子「**捧腹大笑**」，餘杭生怒氣填膺，認為宋生「**全不能文，徒事謾罵**」，要求另命佳題。

王平子取「殷有三仁焉」為題，「殷有三仁焉」摘自《論語．微子》，全文是：「微子去之，箕子為之奴，比乾諫而死。孔子曰：『殷有三仁焉。』」大意是：因商紂王殘暴昏亂，他的同母弟微子離開他，他的叔父箕子披髮假裝瘋狂被降為奴隸，另一位叔父比干因為力勸紂王被剖心而死，所以孔子說，殷商末年有三位仁人。宋生破題：「**三子者不同道，其趨一也。夫一者何也？曰：仁也。君子亦仁而已矣，何必同？**」宋生巧妙地用《孟子．告子下》的話破題。《孟子》原文是：「居下位，不以賢侍不肖者，伯夷也；五就湯，五就桀者，伊尹也；不惡污君，不辭小官者，柳下惠也。三子者不同道，其趨一也。一者何也？曰仁也。」

《孟子》這段話的意思是：處在卑賤的職位，不拿自己賢人的身分去服侍不肖者的，這是伯夷；五次往湯那裡去、五次往桀那裡去的，是伊尹；不討厭惡濁的君主，不拒絕低微職位的，是柳下惠。三個人行為不相同，方向卻是一致的，這一致的是什麼？就是仁。」「三子者不同道，其趨一也。一者何也？曰仁也。」這樣的論述對題目「殷有三仁焉」來說無懈可擊，因為孟子舉的這三個人也是行為不同而仁是一致的。進一步闡述了微子、箕子、比干三個人對殷紂王暴政態度不同，但目的一致——都想勸說殷紂王行仁政。所以，這個破題很切題。餘杭生跟宋生挑戰寫文章，兩個題目不曾作得一字，不得不承認宋生「**其為人也小有才**」。在「校文藝」的過程中，宋生才思敏捷，餘杭生按常規要用筆札，宋生卻說：「**口占可也**」，出口成章；聽到第二個題目時，宋「**立應**」，不假思索，處處先聲奪人，讓餘杭生連插嘴的機會都沒有。

王平子從此特別敬佩宋生，請他到自己住處，兩人說話投機，直說到太陽落山。他拿出文章請宋生看，宋生一會兒工夫看完近百篇，說：「你也算注意研究怎麼寫文章啦，然而寫文章一下筆，即使沒存靠文章必然考中的念頭，只要有借文章僥倖得中的心思，就已經落到下等裡了。」他對王平子的文章一一評點，篇篇批到點子上。王平子高興地把宋生當老師對待，讓廚師做蔗糖餡的水餃招待宋生。宋生說：「生平沒吃過這麼好吃的東西。哪天再給我做一次。」從此，王平子和宋生相處很好。宋生隔三差五必來一次，王平子總給他做蔗糖水餃。餘杭生偶然跟宋生相遇，雖然不再深入交談，傲慢氣燄卻大大降低。

有一天，餘杭生把自己的應試文章拿給宋生看，宋生看到文章已經被許多人圈點，讚賞的話和表示讚賞的紅圈密密麻麻。宋生瞧了一眼，就把那些文章推到案頭，一聲不吭。餘杭生懷疑他根本沒看，就問：「你看了嗎？」宋生說：「我看完了。」餘杭生傲慢地說：「你能明白嗎？」宋生說：「有什麼不明白？寫得不好罷了。」餘杭生說：「你只看了一眼，怎麼知道我寫得不好？」宋生就背誦餘杭生寫的文章，像平時早就背熟似的，一邊背誦，一邊把文章貶得一無是處，餘杭生侷促不安，汗流浹背，一句話不說，走了。過了一會兒，宋生走了，餘杭生回到王平子的房間，一定要看王平子的文章，王平子拒絕。餘杭生自己從書桌上翻出來，看到文章上邊有圈圈點點，就譏笑說：「真像是水餃！」他這是諷刺王平子請宋生吃蔗糖水餃。王平子向來不善於說話，聽了這話，面紅耳赤，無話可回。第二天，宋生一來，王平子就把頭天的事告訴他，宋生生氣地說：「我還以為『南人不復反』呢，這卑鄙的東西竟如此大膽！我得報復他！」王平子極力勸阻。

三個書生的個性在繼續交往中進一步明晰。宋生絕頂聰明又得理不讓人，餘杭生自以為是又淺薄刻薄，王平子忠厚老實又訥於言，三位性格各異的書生形象很生動。

宋生與餘杭生兩次交手是描寫三個書生的重要筆墨，但作者並非單純創造人物，而有更深刻的命意：反覆證明餘杭生文章低劣，而低劣文章得考官青睞，說明「簾內人」也就是考官瞎眼冬烘。可以說宋生和餘杭生兩次交手，都是對「簾內人」即考官選劣黜優的鋪墊。這時，小說中出現了一個極具風采的人物：瞽僧。

〈司文郎〉

鄉試結束，王平子把自己在場中寫的文章講給宋生聽，宋生很欣賞，兩人到寺廟閒步，看到個盲和尚坐在廊下擺攤，行醫問藥。宋生驚訝地說：「這是位奇人，最知道文章好壞，不能不向他請教一番。」說罷，便讓王平子回到住處取文章，王平子回去遇到餘杭生，餘杭生一起來了。王平子稱盲和尚為「師」，用弟子拜師的禮節參拜他，和尚以為王平子求醫問藥，就問：「你得了什麼病？」王平子說想向他請教如何寫文章。和尚笑道：「哪個多嘴多舌？眼睛瞎了怎麼評論文章？」王平子說念給他聽。和尚說：「三篇文章兩千多字，誰有耐心聽那麼長時間？不如你燒了文章，我用鼻子嗅嗅，就可以了。」王平子把文章燒了，每燒一篇文章，和尚用鼻子嗅一下。他點點頭，說：「你剛開始向大學問家學習，雖然還沒學到逼真，也跟他們近似。我剛才用脾接受了。」王平子問：「這文章能中舉人嗎？」和尚說：「可以中。」

餘杭生不相信和尚可以用鼻子判斷文章的優劣，先把古文大家的文章燒了讓和尚試。和尚嗅了一下，再嗅一下，說：「妙哉此文！我太喜愛了，不是歸有光、胡友信這樣的大學問家，怎能寫這麼好？」餘杭生大驚，他剛才燒的正是大學問家的文章啊。他開始燒自己的文章，和尚嗅過後，說：「剛才我領教了一篇文章，還沒領教完，為什麼忽然換個人來？」

餘杭生編瞎話說：「剛才是朋友的文章，現在是我的文章。」和尚嗅了嗅餘杭生文章的灰，連著咳嗽、乾嘔，說：「不要燒啦。全都堵在胸口，格格不能下，勉強用膈忍受它，再燒，就吐啦。」餘杭生慚愧得很，灰溜溜地走了。

宋生認為賣藥瞽僧最能識文，「**不可不一請教**」。瞽僧以鼻嗅判文章高低，說王平子文章「**初法大家**」，他「**受之以脾**」；對餘杭生文章，瞽僧咳逆數聲，曰：「**勿再投矣，格格而不能下，強受之以鬲；再焚，則作惡矣。**」

盲和尚認為王平子的文章寫得還可以，可以考中舉人，餘杭生的文章則臭不可聞。他們兩個人都參加了鄉試，鄉試發榜，餘杭生考了第一，王平子名落孫山。宋生和王平子去把結果告訴盲和尚。和尚感嘆說：「我雖然眼睛盲了，但鼻子沒盲，主考官眼睛和鼻子都盲了。」一會兒，餘杭生來了，意氣風發、得意揚揚地說：「盲和尚！你也是個吃人水餃的傢伙呀！今天考出這麼個結果，你看現在怎麼樣？」和尚笑了，說：「我跟你們討論文章好壞，不是命運好壞，你試一試，拿這次負責錄取舉人的考官文章，各取一篇來燒燒看，我就能判斷出哪個跟你臭味相投，是錄取你的恩師。」

餘杭生和王平子一起找主考官的文章，找到八、九個人的，餘杭生對盲和尚說：「如果你的判斷有差錯，怎麼罰？」和尚說：「挖了我的瞎眼珠去！」於是小說出現了令人噴飯的精彩文字：「**生焚之。每一首，都言非是；至第六篇，忽向壁大嘔，下氣如雷，眾皆粲然。僧拭目向生曰：『此真汝師也！初不知而驟嗅之，刺於鼻，棘於腹，膀胱所不能容，直自下部出矣！』**」

用白話來說，大體意思就是：餘杭生開始燒閱卷官的文章，每燒一篇，和尚都說不是錄取餘杭生的閱卷考官。到第六篇時，和尚忽然面朝牆壁大口嘔吐，放屁聲像打雷，大家都笑了。和尚一邊擦眼睛，一邊對餘杭生說：「這可真是你的恩師啊，開頭不知道他的文章這麼臭，猛嗅了一口，刺傷了鼻子，扎壞了肚子，膀胱容下不，只能變成臭屁從肛門放出去了。」餘杭生惱羞成怒，說：「明天你自然就知道，不要後悔！」盲和尚嗅出跟餘杭生臭味相投的「伯樂」，有其師才有其徒，有盲眼考官開綠燈，狗屁不通者就能文場得意。

鼻嗅文章的構想是〈司文郎〉最令人津津樂道的情節。蒲松齡異想天開，以臟腑接受食物、吸收精華、排出渣滓的先後過程，評價文章好壞。按他的排列次序是：心為上，脾次之，橫膈再次之，然後次第是腹、膀胱、肛門。古文大家的文章，瞽僧以心受之；王平子的文章，以脾受之；餘杭生的文章勉強以膈受之；餘杭生恩師的文章，則腹、膀胱都不能容，只能變成臭屁「**自下部出矣**」。餘杭生恩師的文章壞得登峰造極，正因為臭味相投，他才會錄取餘杭生。用臟腑接受食物、排出廢物的順序來評價文章，真是奇思妙想，奇情奇趣，奇絕妙絕。

瞽僧在小說中所占筆墨不多，卻以特立獨行的資質，生動精練而富於哲理性的語言，令人過目難忘。瞽僧是過場人物，卻是帶有「主題傾向」或者說帶有作者意想的人物。這個情節的肯綮（關鍵）是瞽僧妙語解頤的感嘆：「**僕雖盲於目，而不盲於鼻，簾中人並鼻盲矣。**」

「簾中人」是什麼人？鄉試的閱卷官。科舉考試中，貢院到公堂後的內龍門有人把守，門外掛簾，簾內的閱卷官員，俗稱「簾官」，這些人大多科甲出身。蒲松齡一貫對這些「甲榜」出身者不以為然。

〈司文郎〉編排於《聊齋》手稿本卷六，寫於何時？專家各有推論。一九八〇年代初，章培恆先生提出：《聊齋》卷六約寫於康熙三十二年（一六九三）至三十九年（一七〇〇）之間，也就是說〈司文郎〉是蒲松齡晚年的作品。

事實證明，隨著時間推移、閱歷增加，同一個人對同一件事會有不同的認識、不同的感受，甚至會在認識上產生革命性昇華。比起早年科場人物葉生，司文郎的形象內涵更豐富、更深邃，描寫更諧妙、更成熟。

〈司文郎〉是蒲松齡對科舉制度感受更痛切、思考更深入的作品。蒲松齡十九歲做秀才，到將近六十歲時，他參加了約十次鄉試，三年復三年，所望盡虛懸。經歷了一次又一次殘酷的闈場拚搏，一次又一次的慘敗，一次又一次心靈折磨，所以他對科舉制度有了更深刻的認識。〈司文郎〉清醒地認識到，有才之士之所以落榜，正是因為試官眼盲。試官眼盲和書生魂遊相輔相成，構成別出心裁、妙趣橫生的小說經典場面和有特殊魅力的人物。

不過蒲松齡並沒有與科舉制度決裂。現實生活中，蒲松齡清醒地意識到科舉制度的若干弊病，又千方百計迎合它、適應它，因為這是士子通向富貴的獨木橋。《聊齋》書生同樣如此，一方面對「簾中人」極端不滿，另一方面對成為「簾中人」心存幻想。這就出現了心高氣傲的宋生勸說王平子的一段話，我們用白話說一下：「我們讀書的人，不應當怨天尤人，只應當克己。不怨天尤人，美德就越來越高尚，能克己，學問就越發長進。現在不得志，當然是因為命運不好，平心而論，文章也還沒好到登峰造極。你從此開始愈加努力進取，天下自然會有不盲的試官。」王平子對他肅然起敬，又聽說明年還要舉行鄉試，便決定留在這裡向宋生請教。宋生說：「京城裡柴貴如桂，米貴如珠，你房舍後邊有個窖藏銀子的地方，銀子可以掘出來使用。」隨即便告訴王平子藏銀子的地方。王平子說：「范仲淹雖然貧窮卻很廉潔，我幸好還能自給，還敢再給自己抹黑？」具有喜劇效果的是，王平子的僕人私自挖出八百兩銀子，發現竟是當年王平子祖父埋的。此後，王平子讀書更加刻苦。到考試時，宋生對他說：「這次考試考不中，才真是命呢。」

不久，王平子因為考場犯規被取消資格。這個考場犯規是有蒲松齡的影子的，他自己曾因為闈中越幅，也就是沒按照頁碼順序寫，被取消資格。王平子沒說什麼，宋生卻哭個沒完。王平子反而安慰他。宋生說：「我為造物主嫉妒，終身鬱鬱不得志，現在又連累到好朋友，難道真是命嗎？」

他對王平子說：「早就想跟你說，只是怕說出來嚇壞了你。我不是活人，是漂泊的遊魂；活著時，年少有才名，可總考不中。我假作瘋魔遊蕩到京城，希望能得到個理解、欣賞我的人，把我的著作傳給他。不料，崇禎十七年（一六四四），李自成攻陷北京，我死在國難中。我這個孤魂，年年漂泊，歲歲流浪，幸好跟你相友愛，我想借他山之石，攻自己之玉，使我生平沒實現的心願，借好朋友一舉成功。現在寫出好文章的人總如此倒楣，誰還能再漠然處之？」

王平子感動得流淚不止，問道：「你為什麼一直滯留在陰世，不肯投胎再世為人？」宋生說：「去年天帝有令，委託文宣王孔子和閻王核查遭劫的鬼魂，好的準備給陰間的各部門任用，餘下的投胎轉世。我已被錄用了，之所以沒報到，就是想看到你飛黃騰達，現在咱們告別吧。」王平子問：「你在陰世考了什麼官職？」請注意，小說的「文眼」出來了。宋生說：「主管文運的梓橦府缺個司文郎，暫時讓聾僮代理，文運因此顛倒。萬一我僥倖得到司文郎的職務，一定使文運按孔聖人教導的那樣，繁榮昌盛，清正賢明。」梓橦府缺個司文郎，暫時讓聾僮代理，這是蒲松齡對科舉的巧妙諷刺，由聾子掌握文運，多麼令人啼笑皆非的構想！耳朵都聾了，哪裡還能聽到美好的聲音，文人怎麼能有出頭之日？

第二天，宋生得意地來了，說：「我的願望達到了。孔聖人讓我寫篇〈性道論〉，他看了以後很高興，說我可以做司文郎。閻王查了我的生死簿，說我口沒遮攔、說話刻薄，不想讓我擔任。孔聖人跟他爭論，我才得到這個職位。我向聖人、閻王叩拜完了，聖人又把我叫到書案前邊囑咐：『現在愛惜人才，才把你安排到清明的重要位置上，你應洗心革面好好供職，不要再犯過去的毛病。』看來陰世還是看重人的德行超過看重文章。你必定是因為修行沒到份兒上，今後你只要好好積德行善，不要鬆懈就可以了。」

王平子說：「如果真是這樣，餘杭生的德行好在什麼地方？」宋生說：「這就不知道了。陰世懲罰一點兒也錯不了。盲和尚也是鬼，是前朝名家，因為生前拋棄字紙太多，被罰做瞎子。他就想用給人治病的功德，解脫前世的罪孽。」王平子想擺酒給宋生送行，宋生說：「不需要。再給我做一次水餃就可以了。」宋生吃了三盤，然後對王平子說：「為了記下你的恩德，過去吃的水餃，都存在你的房子後邊，已經生成蘑菇，收藏起來作藥用，可以增加孩子的智力。」

王平子問：「咱們什麼時候再見面？」宋生說：「既然我擔任了司文郎的職務，咱們今後只好避嫌了。」王平子問：「我在梓橦祠裡給你上供酒菜，可以收到嗎？」宋生說：「這都沒用。九重天離人間很遠，只要你潔身自好，身體力行，地府自然報告給我，我就能知道你的情況。」說完，跟王平子告別，一下子就消失了。王平子到房子後邊一看，果然發現長出許多紫色的蘑菇，他摘下收藏。蘑菇旁邊有新土堆，宋生剛吃過的水餃還原樣放在那兒。

王平子回到故鄉，更加刻苦鑽研並加強道德修養。有天夜裡，他夢到宋生坐著打著羅傘的車來了，說：「你過去因為失手打死一名丫鬟，陰世就把你的功名除掉了。現在你誠懇的品行抵消了你的過失，只是你命薄，不能做官。」這一年，王平子在家鄉考中舉人，第二年又中了進士，但他沒要求做官。他生了兩個兒子，有一個是純粹的傻瓜，吃過那些蘑菇後，變得非常聰明。

蒲松齡還是對科舉抱著幻想，宋生才思敏捷、知識淵博，是理想的司文郎人選。他在陰世的考試中，在孔子的幫助下成了司文郎！宋生成了司文郎，陽世的文運得以昌盛，有才能的讀書人得以金榜題名，朽爛低劣的文章再沒市場！老老實實做人，認認真真寫文章的王平子揚眉吐氣，當年中舉人，次年中進士。曾在他面前耀武揚威的餘杭生在舉人功名上停止進步。

小說結尾，餘杭生再次與王平子相遇，「**極道契闊，深自降抑**」，熱情地交談分別後的情況，非常謙恭，一點兒也不傲慢。這是為什麼？難道是餘杭生的道德水平提高了，並不是，餘杭生是舉人，王平子是進士。舉人見進士，地位懸殊，故氣燄大減，恭敬有加。曾經那樣高傲的餘杭生，曾經那樣盛氣凌人的餘杭生，終於在昔日不屑一顧、現在功名高於自己的王平子面前低下了頭！餘杭生的前倨後恭，是對這個人物深描的又一筆。

小說精彩的細節對於塑造人物舉足輕重。王平子與宋生一見如故，用蔗糖水餃招待，宋「**啖而甘之**」要求「**異日更一作**」。水餃是北方人喜歡的食品。餘杭生因受到宋生批評惱羞成怒，尖刻地將宋生圈閱王平子之文挖苦為「**此大似水角子**」。宋生將赴司文郎之職時，請求王平子再設水餃飽餐之，聲明他這樣吃是為了「**吾以志君德耳**」。原來，榮任司文郎的宋生已預知王平子將有個愚鈍的兒子，就將吃過的水餃化為可益智的紫菌。後來王平子的兒子「**啖以菌，遂大慧**」。小小水餃，既連綴情節，又刻畫人物，還成為書生友誼的象徵，有著特殊的美感。

《聊齋》描寫科場的著名小說都有膾炙人口的細節，蒲松齡將「燒灰」定義為鬼界的閱讀方式，顯然取意於蘇東坡謔言：「以筆墨燒灰飲學者，當治昏惰耶。」「水角」、「嗅灰」一類細節使小說格外精彩耐讀。蒲松齡被公認為描寫科舉制度的開拓性作家，向科舉全面開火的作家，他能在舊題材中出新意，就是因為能充分挖掘題材，相應地創造全新的結撰模式，突顯人物特點。

〈司文郎〉對科舉題材有三點重要創造：其一，死魂靈為功名遊魂，和〈葉生〉一致，前輩作家寫女子為愛情而遊魂，蒲松齡寫男子為求功名而遊魂，對科舉制度下知識分子可悲、可憐、可嘆的精神情態寫得驚心動魄；其二，用鼻嗅文章的鬼魂讀書模式，妙趣橫生地諷刺科舉考試臭不可聞的文體；其三，主考官眼睛、鼻子都盲了，而梓橦府司文郎是個聾子。書生、考試文體、考官，三者結合，把科舉之「病」寫得深入骨髓。

18 于去惡
鬼魂的學官考試

〈于去惡〉敘述鬼魂應試時，用幻想和誇張的筆法描寫科舉制度。小說創造了兩個神采飛揚的男鬼形象：于去惡和方子晉。于去惡思想深沉、憤世嫉俗，方子晉溫文柔婉、潔身自好，跟他們打交道的人間書生陶聖俞善良仁厚。兩個鬼書生和一個陽世書生的交往，像交響樂，交替描寫陰世和陽世，相得益彰地表現讀書人的命運。

兩鬼一人栩栩如生，交往過程充溢書卷氣和溫情。這篇描寫科舉制度的名篇充滿義憤也充滿諧趣，它用巧妙又誇張的手法，把現實社會放到哈哈鏡裡。小說似乎信筆點染，卻較全面地寫出科舉考試的形式和內容，有很高的認識價值。小說既寫陽世考試，也寫陰世考試，而陰世考試其實是陽世考試的倒影，是現實科舉考試的誇張變形。故事奇異卻寓意很深，把現實社會中的高官領取厚祿卻不讀經典，只是拿八股文做敲門磚，考官眼盲、只認錢，諷刺得入骨三分。

科舉制度本是封建社會選拔人才相對合理的制度，它給處於底層的讀書人與上層子弟平等競爭的機會，中國古代從這個制度下脫穎而出的，除數不清的封建官僚外，也不乏文學史上的名家，王維、文天祥就是「狀元兼詩人」。賀知章、歐陽修、蘇軾父子三人、湯顯祖等著名散文家、戲劇家，都是進士。湯顯祖是大戲劇家，也是公認的八股文大家。散文家歸有光的八股文在明代是做教材和範本用的。但科舉制度像架古老機器，經近千年運轉，嚴重磨損、鏽斑遍布、吱嘎作響；像座古舊大廈，經風吹雨打，已破敗不堪。它扭曲人性、壓制人才的弊病越來越明顯。馮惟敏的雜劇《不伏老》寫八十歲中狀元的含淚笑話；擬話本《鈍秀才一朝交泰》寫讀書人不得功名受盡世人白眼的尷尬無奈；傳奇《牡丹亭》描繪杜麗娘的老師陳最良從不知傷春悲秋的可笑呆狀……。

蒲松齡之前的寫作者，不管是正面還是側面描寫科舉制度的弊端，都取得了一些成就，在這個領域中想再前進一步很難。但蒲松齡有特殊優勢：幾十年切膚之痛。從二十歲到六十歲，應試失敗的困惑、幻滅縈繞著他。他觀察著，體味著，思考著，把自己和朋友的追求、失意，化為血肉豐滿的《聊齋》人物。

《聊齋》男鬼多是為功名抑鬱而死者，他們成為《聊齋》最有神采的男性形象。讀書人陽世得不到功名，繼之以陰世；今世得不到功名，繼之以來世；哥哥得不到功名，繼之以弟弟。求功名宛如愚公移山，生生不息，可憐、可悲亦可笑。這些《聊齋》人物形成了中國小說史上一群特殊的生動人物。

跟許多《聊齋》故事一樣，〈于去惡〉中陶聖俞本人是求功名者，又替小說家擔任部分敘事職責，觀察、琢磨、映襯其他人物，成為維繫陽世與陰世、今世與來世的支點。這種寫法別緻而成功。

北京陶聖俞是著名秀才，順治年間參加鄉試，住在郊外，偶爾出門，見一個人背著行李，神色惶惶，像找不到地方住。陶聖俞問他，他便把行李放下，跟陶聖俞交談，言談間有名士風度。陶聖俞很是喜歡，邀請他一起住。他高興地把行李搬進陶聖俞的房間，自我介紹說自己是順天府人于去惡，因陶聖俞年齡大幾歲，親切地待之以兄長之禮。

于去惡不喜歡遊玩，經常獨居一室，桌上一本書也沒有。陶聖俞不找他交談，他就默默躺在床上。陶聖俞很奇怪，檢查他的行李後發現，除了筆墨硯台，什麼也沒有。陶聖俞問：「你一個讀書人怎麼會一本書都沒有？」于去惡笑著說：「咱們這些人讀書，豈能臨渴掘井？」

有一天，于去惡找陶聖俞借書，關起門來飛快地抄，一天抄了五十多張紙，卻不把抄好的折疊成卷。陶聖俞好奇，偷偷觀察，發現他每抄完一篇文章，就把那幾張紙燒成灰，用水吞服。天啊，這是什麼讀書法？陶聖俞好奇地問于去惡。于去惡說：「我就是用這種辦法代替讀書。」接著就背誦出剛才抄的書，一會兒工夫背完幾篇，一字不差！陶聖俞感嘆，還有這麼神奇的讀書法啊。

〈司文郎〉裡盲和尚用鼻子嗅燒成的灰，判斷文章好壞，燒灰用鼻子嗅或吞到肚子裡，是《聊齋》鬼魂讀書的方法。透過這種方法，于去惡的鬼魂身分，稍稍在讀者面前顯露一點兒，但陶聖俞不知道，他說：「老弟教教我這種讀書的辦法吧。」于去惡不同意。陶聖俞說：「你怎麼對朋友還保密？」于去惡說：「老兄太不體諒我了。我如果不說真情，你沒法理解我的內心，我如果把真情告訴你，又怕因為我不是凡人而嚇壞了你。怎麼辦啊？」陶聖俞堅持說：「老弟但說無妨。」于去惡說：「我是鬼魂。陰世間按照科目考試成績授官職，七月十四日是考官的考試時間，月底發榜。」

這裡出來個科舉名詞，「**以科目授官**」，唐朝的取士有秀才、明經、進士等五十多科，到了明清的科舉只有進士一科，讀書人經過三級考試：秀才、舉人、貢士，然後金殿對策做進士。仍然沿用唐朝科目的稱呼。陶聖俞好奇地問：「為什麼考官也得經過考試？」

于去惡說的話經常被研究者引用：

此上帝慎重之意，無論烏吏鱉官，皆考之。能文者以內簾用，不通者不得與焉。蓋陰之有諸神，猶陽之有守、令也。得志諸公，目不睹墳、典，不過少年持敲門磚，獵取功名，門既開，則棄去；再司簿書十數年，即文學士，胸中尚有字耶！陽世所以陋劣幸進，而英雄失志者，惟少此一考耳。

這裡出現了中國古代官吏的稱呼名詞，帶點兒調侃意味。烏吏，就是烏官，傳說遠古時以烏作為官名，例如把司徒叫祝鳩氏，把司寇叫爽鳩氏。鱉官是周朝掌管魚鱉等事務的鰲人。烏吏鰲官，後來泛指大大小小的官吏。

這段話用白話來說大體是：這是天帝慎重對待的意思。無論大大小小的官員都得參加考試。能寫出好文章的，叫他做考官，寫文章狗屁不通的一概不要。陰世這些神就像陽世的知府和縣令。現在官場得志的官員，根本就不認真讀經典，不過是少年時拿著八股文做敲門磚獵取功名，敲開功名的大門後，就把所有聖賢書都丟掉了，再管理若干年官場的官樣文書，即使原來是個文學士，胸中還能留下幾個字？陽世之所以文章寫得越差的越是能高中，而文章寫得好的卻總是名落孫山，就是因為少了這種對考官的考試。

這段話是小說人物代小說家立言，是聊齋先生為沉痼重重的科舉制度開的處方，也是永遠不可能兌現的處方——他要考考官。如果咱們把它對應到現實社會，打個不太合適的比方，大學裡考碩士、考博士，有沒有一個規定考一考博士生導師？于去惡的這段話說明，人世間總是考官高高在上考考生，其實最應該考一考的，是這些「胸中無字」、道貌岸然的考官！曾多次主持科舉考試的《聊齋》點評家但明倫評價此段話曰：「果有此一考，竊恐官衙為之一空。」

陶聖俞相信于去惡的話，對他更加敬畏。誰知，天帝要考考官，種的是龍種，收的是跳蚤。有一天，于去惡從外邊來，面有憂色嘆道：「我活著時貧賤，自認為死後能改變命運，哪知到了陰間倒楣鬼還追著我不放！」陶聖俞問怎麼回事，于去惡說：「掌管功名的文昌帝君臨時被派到都羅國冊封國王，考官考試取消了。數十年游走混飯、昏聵不明的神鬼都來做考官，咱們這種有真才實學的讀書人還有希望嗎？」陶聖俞問：「這些考官都是些什麼人？」于去惡說：「告訴你，你也不認識。我舉兩個例子，你大概就知道現在的考官都是什麼貨色啦。一個是瞎眼樂師師曠，一個是管錢庫的財迷和嶠。我知道我的命運會壞在這幫人手裡，寫多好的文章也沒用，還不如乾脆不參加這種考試了。」說完就沒精打采收拾行李想離開，陶聖俞勸慰挽留，他才不走了。

于去惡為什麼氣急敗壞？因為陰司這件考官的事太搞笑太出格對考生的損害太大了。先是文昌帝君，也就是傳說中主管文昌府的梓橦帝君出差，「**簾官之考遂罷**」。文昌帝君哪兒去了？「**奉命都羅國封王**」，「都羅國」就是「都盧國」，國名典故出自《文獻通考》：「都盧技，緣橦之技眾矣。漢武帝時謂之都盧。都盧，國名，其人體輕而善緣。」多有意思！一個國家的人都擅長順著竿往上爬，意味深長。應該主管文運的文昌府梓橦帝君不管文事，卻到善於夤緣攀附的都羅國封王，多不可思議！更不可思議的是，該管的不管，不該管的越俎代庖，「**數十年游神耗鬼，雜入衡文**」！游神，游食之神，隱隱比喻奔走鑽營的傢伙；耗鬼，耗者，看不清楚；游神耗鬼，就是那些東游西蕩無所歸依又昏亂不明的鬼怪，暗指試官糊塗。雜入衡文的這幫角色裡邊最有代表性的是司庫和嶠與樂師師曠。和嶠極端富有、性吝愛財，有「錢癖」之稱；師曠是樂師，辨音能力出眾，生而目盲。這兩人，一個有錢癖，一個是盲人，他們做試官，那真是「學府門朝南開，有才沒錢別進來」。幻想出這二人主持考試，罵倒天下考官，真是妙手天成的辛辣諷刺！只有對中國歷史掌握得詳細深入的作家，對科舉制度有切膚之痛的作家才想得出來。

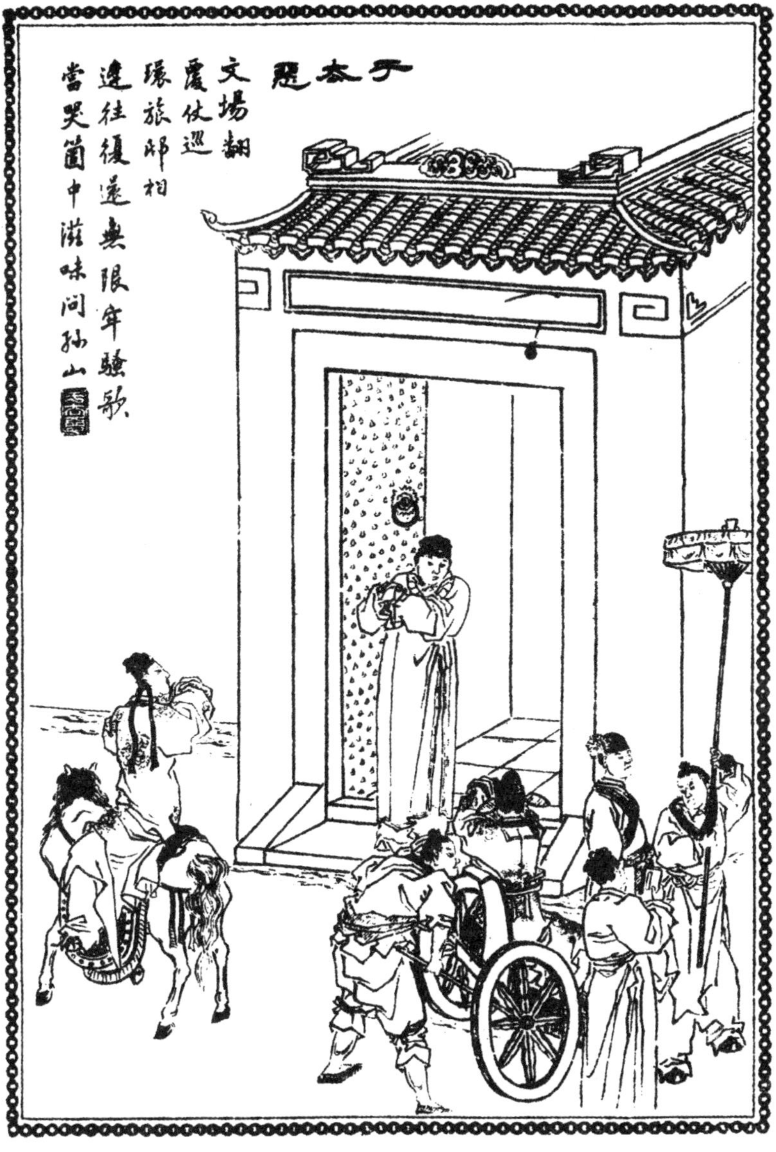

〈于去惡〉

到七月十五鬼節晚上，于去惡對陶聖俞說：「我要進考場啦，麻煩你黎明時分到城東郊點上香，叫三聲『去惡』，我就來了。」陶聖俞買好酒，做好鮮美的菜餚，天剛剛放亮，他就到東郊恭恭敬敬等著。一會兒，于去惡跟一個少年到來，介紹說：「他叫方子晉，是我的好朋友。我們在考場不期而遇，他聽說老兄大名，很想拜見你。」三人一同來到公寓，點上蠟燭，互相行禮。陶聖俞看到方子晉亭亭玉立，溫婉可愛，很喜歡，問道：「子晉的好文章，在考場上應當得意吧？」于去惡說：「說來可笑！考場中的七道考題，子晉已經做了大部分，仔細看看考官的姓名，他就包起自己的文具出場，堅決不考了。真是個奇人！」

陶聖俞搧旺了火爐燙酒，問：「考場中考了些什麼題？去惡老弟能考中嗎？」于去惡說：「從『四書五經』裡出的試題各有一道。這是讀書人都會寫的。還出了一道策問：『自古以來邪惡的事很多，而現在社會上的風氣，許多姦情醜態更沒法形容，連十八層地獄都盛不下了。應該採取什麼辦法解決呢？有的說可以增設十九、二十層地獄，這又違背了天帝的好生之心。到底應該不應該增加地獄，還有沒有別的從根本上解決的辦法？你們這些名士要暢所欲言。』我的策問雖然寫得不太好，但罵世態罵得相當痛快。考試還考了一道表，題目是『擬天魔殄滅賜群臣龍馬天衣有差』。還寫了瑤台應制詩、西池桃花賦。我寫的表、詩、賦，自認為獨一無二，無人可比！」于去惡說完，快活地鼓掌。方子晉笑著說：「這會兒快樂，你憑真本事可以領先超群。幾個時辰後聽到發榜結果，老兄不痛哭流涕才算是男子漢大丈夫。」方子晉一露面就給人留下不同凡響的印象。他既愛惜羽毛，又對黑暗時世有清醒的認識，深知有才能的于去惡肯定不會得到瞎眼和財迷試官的賞識。

第三天太陽快落山時，方子晉又來了，拿出卷文稿交給陶聖俞，說：「我認真抄錄了過去的百餘篇舊作，請老兄指正品題。」陶聖俞讀子晉的文章，念一句稱讚一聲，讀罷放到書箱珍藏。跟子晉談至更深，方子晉留了下來，和于去惡同榻。從此，方子晉每晚都來，陶聖俞見不到子晉就不高興。

有天晚上，方子晉倉皇地跑來，對陶聖俞說：「地府已經張榜，于五兄落第啦！」于去惡正躺在床上，聽說後驚訝地爬起來，傷心流淚。陶聖俞和方子晉千方百計安慰他，他才不哭了。三個人相對無言，愁悶得難受。方子晉說：「聽說大巡環張桓侯張飛將軍快來了，恐怕是沒考上的人造謠。如果他真來檢查，這次的結果肯定會被否定。」于去惡一聽，喜上眉梢。陶聖俞問怎麼回事，于去惡說：「桓侯張翼德，三十年一巡陰曹，三十五年一巡陽世，陰世陽世兩個地方的不平事，都等待此老解決。」

于去惡拉著方子晉離去，兩天後才回來，方子晉對陶聖俞說：「你不祝賀于五兄嗎？張桓侯前天晚上果然來了，他撕碎了地榜，榜上錄取的名字只保留三分之一。他親自檢查落榜考卷，看到于五兄的文章，非常高興，推薦于五兄做交南巡海使，不久就有車馬來接于五兄上任啦。」陶聖俞大喜，擺酒給于去惡慶賀。酒喝了幾輪，于去惡問陶聖俞：「你家有閒著的房子嗎？」陶聖俞問：「你問這個做什麼？」于去惡說：「子晉孤苦無依無家可歸，他又跟你親熱，我想向你借房子給他住，叫他依靠在你身邊。」陶聖俞高興地說：「這樣太好啦。即使我們家沒有多餘的房子，我跟子晉同榻又有何不可？但我家有嚴父在，得先向他稟報。」于去惡說：「我早就知道令尊大人慈厚可依。陶兄馬上要參加考試，子晉如果不能等待陶兄考完，就自己先回陶家，如何？」陶聖俞說：「子晉留下在這兒陪我，考完我們一塊兒回家吧。」

第二天天剛黑，有車馬來到陶聖俞門口，接于去惡上任。于去惡起來跟陶聖俞握手說：「從此我們就分別了。有句話想告訴你，又怕阻礙你的上進之心。」陶聖俞問：「什麼話？」于去惡說：「你的命運不好，生不逢時，這次考試只有十分之一的希望。下一次張桓侯到陽世巡查，世間有了點兒公道，你就有十分之三考中的可能；到第三次科考你才可以考中。」陶聖俞一聽，表示前兩科不想考了。于去惡說：「不成。這都是天命，就是明知考不上，你也得經過這兩次磨難。」

他回頭對方子晉說：「不要再拖延啦，今天的年、月、日、時都好，我現在就用車馬送你去陶家。我自己騎一匹馬上任就成。」方子晉高高興興與二人告別。陶聖俞因為兩個朋友都離開了，心裡迷亂得很，不知道對兩個朋友囑咐些什麼，只是抹著眼淚送他們走。只見于去惡騎著馬，方子晉坐著豪華的車，頃刻都不見了。他這才後悔方子晉到他家去，他卻沒給父母捎信，想追，已經來不及了。

陶聖俞考完三場，不太滿意，風塵僕僕趕回家。一進門就問家人好朋友方子晉來了沒有？家裡沒人知道這事。陶聖俞就把事情的前因後果告訴父親，父親高興地說：「如果是這樣，那麼他早就來了。」

原來，陶翁夢到一輛豪華馬車來到家門口，一個美少年從車裡出來，登堂向陶翁行禮。陶翁驚訝地問他從哪裡來？美少年回答：「大哥答應借我間房子住，他要參加考試不能來，我就自己先來了。」說完，就請求進去拜見母親。陶翁正跟他謙讓，老女僕進來報告：「夫人生了個公子。」陶父夢醒，覺得很奇怪，聽了陶聖俞的話，才知道剛出生的小兒子就是方子晉托生。父子兩人都很高興，給小寶寶起名「小晉」。

小晉剛出生時特別愛哭，母親很犯愁。陶聖俞說：「如果弟弟是子晉托生，我看看他，他應該就不哭了。」按照當地習俗，剛出生的嬰兒不能見生人，陶母不肯讓陶聖俞進房看弟弟，但小娃娃哭個沒完，母親只好讓陶聖俞進屋。陶聖俞安撫嬰兒道：「子晉不要哭啦！我來啦！」哭得正厲害的嬰兒，一聽到陶聖俞的聲音，馬上不哭了，目不轉睛地看著哥哥。陶聖俞伸手摸摸嬰兒的腦袋，嬰兒竟從此不再哭鬧了。嬰兒長到幾個月，一見哥哥就撲過來要抱，哥哥走了，他就哭。陶聖俞也愛弟弟。小晉四歲就離開母親跟哥哥睡一張床。哥哥外出，他就假裝睡覺等哥哥回來。哥哥在枕頭上教他讀《詩經》，他牙牙學語地跟著讀，一晚上能讀四十多行；拿方子晉生前寫的文章給他學，他念一遍就能背誦，拿其他人的文章給他看就不成了。小晉長到八、九歲，眉清目秀，宛然子晉重生。陶聖俞兩次參加鄉試都沒考中。順治十四年（一六五七），鄉試舞弊案被揭發出來，不少考官被殺，科舉考試的秩序得到初步整頓，這就是張桓侯巡查陽間科場的功勞。陶聖俞在鄉試中考中舉人的副榜，後來做了貢生，他漸漸沒了進一步取得功名的意志，就隱居在家教弟弟讀書，他對人說：「我能教弟弟好好讀書，給我個翰林大學士的官職也不換啊。」

當現實中考官瞎眼冬烘只認錢，小說家就要虛構慧眼識才、扭轉乾坤的鐵腕人物。〈司文郎〉中，孔子說服閻羅王，為有才能的考生主持公道；〈于去惡〉中，瞎眼試官取中的地榜為張桓侯撕碎，于去惡等有才能的鬼魂才可得到重用。真實歷史人物、儒家之祖孔子成了蒲松齡心目中的救世主，武藝高強的小說人物張飛，也跨越文武界限去管文場是非！

「**文昌事繁，須侯（張巡環）固多哉。**」管文事者管不過來，武將張飛成了陰世、陽世讀書人唯一的獲救希望。張飛三十年一臨陰世，三十五年一臨陽世，屆時，文場不合理的現象會得到清理。陶生後來參加三次鄉試，丁酉年沒考中，下一科才中副榜。丁酉年即清順治十四年（一六五七），順天、江南、山東等地發生科場舞弊，順天鄉試房官及江南主考被殺，考中的舉人要到太和門復試。小說將實際發生的歷史事件與張飛聯繫在一起：「**丁酉，文場事發，簾官多遭誅遣，貢舉之途一肅，乃張巡環力也。**」陶生能在舉業上略有進步，就是因為科場得到張飛清肅。張飛管科場，多麼奇異、多麼荒唐、多麼無奈的想像！這想像偏偏和真實歷史事件雜糅，像確實存在一般，真真假假，假假真真，真假相形，真幻相生。

「異史氏曰」還感嘆：「**三十五年，來何暮也！**」殷切盼望張飛巡視陽世科場，看來，對科舉考試既恨且怕又寄飛黃騰達期望的老秀才，仍希望能夠中舉！張飛管文場，是異想天開，蒲松齡的功名，也永遠是鏡中花、水中月。

于去惡憤世嫉俗，方子晉潔身自好，陶聖俞善良仁厚。三個讀書人形象栩栩如生，三人友誼感人至深。他們都在科場中討生活，都在千方百計提高寫作水平以求聞達，他們惺惺相惜，相濡以沫。

當于去惡沉迷於科場得失不能自拔時，陶聖俞和方子晉極力勸導之；陶聖俞聽說方子晉在科場「**裹具徑出**」，立即「**煽爐進酒**」表示敬佩；陶聖俞讀方子晉文章，「**一句一贊**」，珍藏笥中。「**方無夕不至，陶亦無方不歡。**」于去惡得冥世功名後，不立即上任，而是細心周到地安排方子晉托生為人。他對陶聖俞表示「**子晉孤無鄉土**」，「**意欲假館相依**」，陶欣然同意且表示「**同榻何礙**」。

于去惡用接自己上任的車馬送方子晉去陶家，陶「**中心迷亂，不知所囑，但揮涕送之**」。待子晉走後，馬上後悔沒寫信告知父親……于去惡和陶聖俞，一鬼一人，都像兄長一樣關懷方子晉。方子晉投胎給陶聖俞做弟弟，奇想奔馳，溫馨浪漫。陶聖俞與方子晉的朋友之情變成兄弟之情，陶聖俞功名無望，心灰意懶，便將希望寄託在弟弟身上，隱居教弟，小晉從幼年就復習前世寫的文章，又一輪功名拚搏從童稚時期拉開序幕。讀書人的功名之求，前仆後繼，周而復始，無休無止。〈于去惡〉的詭異情節和熙熙人情交融，曲曲折折，真幻相生，是《聊齋》的著名佳作之一。

19 三生
讀書人的千萬冤魂

《聊齋》有兩篇〈三生〉，分別在卷一和卷七[12]。兩篇意旨都是諷刺科舉制度，卷七的〈三生〉以深沉歷史感寫讀書人的冤魂。所謂三生，原是佛教概念，認為人有前世、今生和來世。蒲松齡用這個概念寫一個有才氣的考生被考官黜落，以及考生和考官三世不解的怨仇。

鬼故事隱藏著山嶽般沉重的歷史。考官心存鄙見、瞎眼冬烘，黜佳士，進凡庸。陰司告狀的名士叫「興於唐」，決定千百萬讀書人命運的科舉制度，正是興盛於唐朝。蒲松齡給求功名的書生支的招是「靠爸」，找有地位的岳父謀劃和鑽營。嬉笑怒罵，皆成文章。

蒲松齡的詩歌明確地寫自己「落拓名場五十秋，不成一事雪盈頭」。這個五十秋的數字說明什麼？說明蒲松齡確實從十幾歲到六十幾歲一直在科舉考場拚搏，除了十九歲考中山東頭名秀才這件光榮歷史，他的科舉經歷一直是痛苦的，受盡挫折，屢戰屢敗，屢敗屢戰。他名滿齊魯，卻連個舉人也考不上，他多次在詩歌和散文裡邊寫道，他考不上的問

12 見《全校會注集評聊齋志異》，齊魯書社，二〇〇〇年五月出版。

題，就是因為文運顛倒，考官黜佳士，進凡庸。

〈葉生〉寫有才能的書生鬱鬱而死，死魂靈應試，終於靠有權勢人士幫助中舉。〈司文郎〉、〈于去惡〉寫考官不僅眼睛看不見了，鼻子也失靈了，香臭不分，只認得錢。蒲松齡認為在公道不彰的世道，只有昏庸無能、不學無術甚至只認得錢的考官，有才能的書生考不上功名是普遍現象。他高度集約化地寫進鬼故事〈三生〉，從唐朝到清朝的書生都這個樣。

讀〈三生〉先要弄明白幾個關於科舉考試的名詞：

闈場入簾：在鄉試中做同考官。

闈，指科舉考試；簾，指簾官，科舉考試為防內外串通，考官在簾內閱卷，不能回家。

總裁：主持鄉試的主考官，又叫「主司」，要從京城派遣。

房官：鄉試考三場，頭場考完，試卷由外簾官送內簾官，監試請主考官升堂分卷，然後房官分頭閱卷。房官可把他當意的文章向主考官推薦，因此房官是第一步，房官不推薦，根本不可能錄取。鄉試時分房閱卷的考官，從有進士功名的官員中選派。主考官同其他考官都必須正途（進士）出身。按說這是個比較合理的規定，但很多進士只把八股文當敲門磚，並沒有真才實學，也就不會欣賞真正有才能的考生了。

湖南某人能記得前生三世。第一世做縣令，做鄉試的考官，房官。當時著名才子興於唐名落孫山，憤懣而死。興於唐到陰司寫狀紙控告縣令，狀子遞上後，陰司跟他因為同樣原因而死的讀書人冤鬼推舉興於唐為首領，聚散成群，數以千萬計，閻王把縣令從陽世攝去，與興於唐對質。閻王問縣令：「你既然是鄉試閱卷人，為什麼專門讓文章寫得好的落榜，錄取平庸之輩？」縣令辯解：「我們閱卷，上面有主考官，我只不過是奉命行事。」於是閻王簽道命令，把主考官拘拿到陰司對質。閻王拿縣令說的話問他，主考官說：「我總攬全局，不看具體文章。就是有好文章，底下閱卷的考官不推薦，我怎麼能看到？」閻王說：「你們不要互相推諉，兩人都是失職，按例該打。」

閻王正要用刑，興於唐不滿意閻羅僅僅鞭打考官的處置，高聲大叫，台階兩邊的冤鬼萬聲鳴和。閻王就問他們，既已下令拷打考官，為什麼還不滿意？興於唐大聲說：「鞭打他們的罪太輕，您必須得挖掉他們的眼睛，作為他們不識文章好壞的報應。」閻王不肯，眾鬼叫得更激烈。閻王說：「他們倒不是誠心不想錄取文章寫得好的，只是他們自己的見識太淺薄，分不清文章好壞。」眾鬼又請求閻王把考官的心挖出來，看看是怎麼長的。閻王不得已，叫小鬼剝掉考官的袍服，用雪亮的快刀割開胸膛。兩個考官被割得鮮血淋漓，大聲哭喊。眾鬼這才高興了，說：「我們這幫讀書人含冤而死，一直沒有一吐胸中怨氣的機會，今天有興於唐先生幫我們出頭，怨氣都消啦。」說完，千萬讀書人冤鬼一哄而散。

這是陰世關於黜佳士、進凡庸的描寫，是最重要的，接下來就是所謂三世怨仇不解了。

某人受過閻王剖心的懲罰後，小鬼押著他托生到陝西的老百姓家做兒子。長到二十多

〈三生〉

歲時，當地土匪作亂，他落到土匪手裡。官兵抓住這幫土匪，他看到堂上審案的官員——這不是興於唐再世為人嗎？果然，其他人釋放了，他被送上去受審，官員下令：殺頭！

某人再到閻羅殿控告興於唐濫殺無辜，閻王把他們都罰作畜生。某人做大狗，興於唐做狸貓大小的小狗。兩條狗鬥，又一起死了。兩人又到陰司互相爭論。閻王說：「你們冤冤相報何時了？現在我給你們把怨仇解開吧。」於是判決，兩個鬼魂再世為人，興於唐做某人的女婿。

某人二十八歲做了舉人，生個女兒嫻靜美貌，大家巨族爭相求婚，某人都不同意。他偶然遇到學使為生員定等賞罰，列一等第一名的李秀才，正是興於唐轉世。某人拉著李生的手將他請到旅舍，熱情招待，還把女兒許給他。人們都說舉人憐惜人才，其實都不知道這兩人前世有糾葛。婚後，夫婦感情很好，只是女婿恃才傲物，經常衝撞岳父，岳父都忍耐著。女婿最後還是靠岳父千方百計托關係成就了功名，從此翁婿交好，像父子一般。

蒲松齡篇末「異史氏曰」感慨：

一被黜而三世不解，怨毒之甚至此哉！閻羅之調停固善；然墀下千萬眾，如此紛紛，毋亦天下之愛婿，皆冥中之悲鳴號動者耶？

大意是：一次功名被黜落，三輩子冤仇解不開，怨毒之深竟到這樣地步！閻王讓結怨雙方成翁婿，這樣調解固然不錯，然而陰司台階下千萬讀書人的冤鬼，紛紛攘攘，怎麼處理？莫非天下所有受岳父喜愛的愛婿，都是陰司中悲憤號叫的冤魂嗎？

〈三生〉是鬼故事，卻隱藏著山嶽一樣沉重的歷史。第一部分寫閻王爺審考官最深刻也最精彩。平時頤指氣使的考官坐到被告席上，本就夠尷尬了，當閻王爺問「**何得黜佳士而進凡庸**」時，考官竟然大言不慚地說：「**上有總裁，某不過奉行之耳。**」而總裁卻說：「**某不過總其大成，雖有佳章，而房官不薦，吾何由而見之也？**」兩人互相推諉，誰也不想承擔責任。考場上就是這麼一幫昏庸無能、心存鄙見、瞎眼冬烘的人物掌握著讀書人的前途，他們黜佳士而進凡庸，從唐朝以來，歷朝歷代，陳陳相因，害死了千百萬書生。

特別需要注意的是陰司告狀名士的姓氏：他姓「興」，名「於唐」，而決定千百萬讀書人命運的科舉制度，正是興盛於唐朝。從唐朝以來，無數知識分子抱著「朝為田舍郎，暮登天子堂」的幻想，為金榜題名費盡畢生心血，最終名落孫山，成為冤鬼，蒲松齡則用幻想的情節給這些書生伸張正義。而他最終給這類知識分子支的招，還是要找個有地位的岳父，為自己「營謀」，即謀劃和鑽營，才能取得功名，這是多麼深刻的諷刺。而這，簡直是「靠爸」的先驅了。

卷一的〈三生〉是個荒誕故事，寫一個官員前世分別做過馬、狗、蛇，畜類轉世後有著人的思維，皮裡陽秋，幽默至極。「亦獸亦人」的描寫細緻精彩，好玩的是，這麼怪誕的故事又有「合理」的、似乎親耳所聞的「包裝」，那就是劉舉人的三生故事是他自己親口告訴蒲松齡族兄的。按傳統觀念，人在這世作惡，下世變畜生，蒲松齡則異想天開，畜生可以變成高踞民上的官員。因為這些大人先生身上本來就有畜類本性，他們是衣冠禽獸。二〇一二年諾貝爾文學獎得主莫言的《生死疲勞》很明顯借鑑了這個故事。西門鬧由人變驢、變牛、變豬、變狗，成為畜生後，仍按西門鬧的思維行事，而在行動上又遵守所變畜生的生物特點。這就是古代文學經典對當代文學影響的例子了。

20 餓鬼
學官原是餓死鬼

一個掌握讀書人命運的學官，前世是餓鬼，好吃懶做，跟學官勾結，靠敲詐秀才發財。他死後投胎到操業不雅的朱（諧音「豬」）家，再靠抄襲一篇「犬之性」四句為題的八股文章，從普通秀才升成拿朝廷補助的廩生，取得了鄉試資格，一路走來，一概畜生勾當做盡，真是嬉笑怒罵。更醜惡的是餓鬼再世做學官的表現：見錢眼開，想盡一切辦法敲詐學生，結果被學生捉弄，讓這個七十歲學官染成紅鬚紅髮的靈官模樣，回到陰世做餓鬼去了。

蒲松齡寫學官是餓鬼轉世，鞭撻封建社會學官入骨三分。

讀〈餓鬼〉先要搞清楚幾個名詞。

餓鬼，佛教語言。佛教認為人死後經過六道輪迴：天道、人道、阿修羅道、畜生道、餓鬼道、地獄道。如果生前做壞事，死後要墮入餓鬼道，受飢寒之苦。

學宮，古代各府縣的文廟，祭祀孔子的地方，也是儒學教官衙署所在地。

學官，主管學務的官員和官學老師，縣學正職叫「教諭」，副職叫「訓導」，他們掌管文廟祭祀、管理教育所轄的秀才。

入泮，進入縣學成為秀才，也叫生員。食餼，秀才考到一定級別後享受朝廷發給的膳食津貼，成為廩膳生員，又叫廩生。

蒲松齡直到去世，還是候補儒學訓導。他對自己一輩子沒做上的儒學訓導冷峻觀察，對前身是餓鬼的臨邑訓導朱某來了番冷嘲熱諷。

臨淄人馬永為人貪得無厭，遊手好閒，無賴成性，家徒四壁，家鄉人把他叫作「餓鬼」。三十多歲時馬永越來越窮，穿著小得不合身、打滿補丁的衣服，兩手抱肩，在市面上搶東西吃。「**衣百結鶉，兩手交其肩，在市上攫食。**」十幾個字，活畫出乞丐相，經常被研究者作名言引用。市面上的人都厭惡這個外號「餓鬼」的傢伙，不把他當人看。縣裡有位朱老頭，年輕時帶著妻子住在大城市，幹的是不光彩的職業，估計非娼即賭。年老回到家鄉，讀書人都瞧不起他，後來人們見朱老頭為人善良，才開始對他有些禮貌。

有一天，馬永搶了吃的不給錢，店鋪的人揪住他不放。朱老頭可憐馬永，便替馬永還錢，把馬永領回了家，還送他幾百銅錢做小本生意養活自己。馬永拿著錢走了，不肯做生意，用完朱老頭的錢後，繼續在市面上搶吃的，但他又怕再碰到朱老頭，就跑到鄰縣，無處居住，就住進了學宮。

縣學殿堂供奉了孔子和主要弟子的像，這些像頭戴冕旒，冕是冠，旒是在冕冠前後掛的玉串。天冷，馬永摘下孔子和弟子塑像上冕旒，把玉串取下賣錢，把冕也就是聖賢像上的冠當木柴燒火。學官發現後，要拷打他。馬永說：「不要打我，我幫先生發財！」學官大喜，馬上把馬永放了。馬永怎麼幫學官發財？敲詐學官治下的秀才。馬永探聽哪個秀才有錢，就到秀才門上獅子大張口要錢，惹秀才發火後，他用刀把自己割傷，再到學官跟前誣告秀才行凶。學官向秀才勒索大量金錢，秀才才免除除名的處分。對這些事憤憤不平的秀才到縣令那兒告發馬永，縣令查明秀才所告屬實，把馬永抓來，打了四十大板，枷號示眾。三天後，馬永就死了。

這天夜裡，朱老頭夢到馬永穿著官服、戴著官帽到自己家來了，恭恭敬敬地說：「我辜負了您的大恩大德，現在來報答您。」馬永托生到朱家時戴著官帽，說明他命中注定要做官。按照佛教輪迴的觀念，前世作惡，今生變畜生，前世積德，今世才能做官。蒲松齡反其道而行之，讓前世壞事做盡的馬永轉世做學官。諷刺意味明確：學官是餓鬼無賴轉世。

朱老頭驚醒，聽說小妾生了個兒子。朱老頭知道是餓鬼馬永轉世，就給兒子起小名「馬兒」。馬兒小時不聰明，幸虧還喜歡讀書，到二十多歲，朱老頭千方百計給他走門子、托關係，混進縣學做秀才。後來他去參加秀才每年的考試，白天躺在旅店床上，看到牆上糊著「犬之性」為題的八股文，這是從《孟子．告子》出的考題：「然則犬之性猶牛之性；牛之性猶人之性歟？」馬兒覺得這個題目難，便把牆上文章背下來。等他進場考試，恰好是這個考題！瞎貓碰到死老鼠。他把牆上的文字默寫一遍，結果得個「優等」，成了拿朝廷補助的廩生。

六十多歲，馬兒做上臨邑訓導。做了幾年官，沒交到一個出於道德和正義的正經朋

〈餓鬼〉

友，哪個人從袖裡掏出錢，他立即嘎嘎笑得像水鴨子一樣；如果不拿錢，他就耷拉著一寸長的睫毛，一副愛搭不理、拒人於千里之外的神情，好像根本不認識你。原文：

官數年，曾無一道義交。惟袖中出青蚨，則作鸕鷀笑；不則睫毛一寸長，稜稜若不相識。

縣令偶爾因哪個秀才犯小過錯，讓訓導稍加懲戒，馬兒總是嚴加制裁，像對強盜一般，目的是要秀才掏錢。只要有人來向他告哪個秀才，那就是財神拱他的大門。這樣的事很多，秀才們不能忍受。馬兒將近七十歲時，臃腫肥胖，耳聾眼花，卻不服老，到處尋找烏鬚藥。有個頑皮書生故意把茜草搗碎，假稱是烏鬚藥送給他。馬兒不知是計，便拿來用。第二天一早，頑皮書生約幾個同學去看訓導大人。看到馬兒頭髮鬍子通紅，活像廟裡塑的靈官。大家開心極了。馬兒氣憤地要把送茜草的頑皮書生抓起來，而書生早就連夜逃走了。馬兒憋了一肚子悶氣，病了幾個月，終於嗚呼哀哉，做真正的餓鬼去了。

學官是餓鬼轉世，當然不是真實的生活，卻把生活的本質用哈哈鏡照得更加觸目驚心。〈餓鬼〉以深沉的思想容量，成為科舉制的真實縮影。在《聊齋》最早的刻本青柯亭本中，余集在序言裡說：「鬼謀雖遠，庶其警彼貪淫。」蒲松齡以敏銳的洞察力、深邃的思想、犀利辛辣的筆觸，創造了高超的諷刺藝術，寓意深刻，鋒芒畢露，藝術描寫圓活透闢，人物像浮雕，算得上刺貪刺虐的上乘之作。

21 考弊司
學官要割學生肉

〈考弊司〉揭露封建學府入骨三分，是《聊齋》中最有力的諷刺小說。

考弊司，顧名思義，是考察弊端的地方，在小說中卻成了藏污納垢、魑魅害人的場所。說的是封建統治者時時標榜道德說教，做的卻是封建統治者時時施行的吃人營生。凡是到這個司的人都得從大腿上割塊肉，這是暗寓索賄。看到這個場景的聞人生大呼：「**慘慘如此，成何世界！**」這聲呼喊成為《聊齋》中典型的話語例證。

這個司如何掛羊頭賣狗肉？為何所作所為和宣言如此南轅北轍？

河南聞人生病了一天，突然看見個秀才進來，在床前跪下叩頭，謙恭有禮地請他出去走走。秀才拉著聞人生的胳膊，一邊不停地說，一邊往前走了好幾里路，還不告辭。聞人生感到莫名其妙，停下腳步，拱手向秀才告別。秀才說：「麻煩您再走幾步，我有事求您。」聞人生問：「你我素不相識，求我什麼事？」秀才說：「我屬考弊司管轄，司主叫『虛肚鬼王』，第一次見他，按照他的慣例，得從大腿上割塊肉來。我想請您替我求情。」聞人生還沒意識到自己已進入幽冥世界，吃驚地問：「什麼罪過要得到這樣的刑罰？」秀才說：「不需要有罪，這是鬼王制定的老章法。假如能多給他些賄賂，就可以贖免。然而我很窮，沒錢行賄。」聞人生說：「我向來跟鬼王不熟悉，怎麼能替你效力？」秀才說：「您前世是鬼王的爺爺輩，他應該能聽您的話。」

說話間，他們到了一個城郭，看到個府衙。廳堂高大寬廣，堂下兩個石碑東西而立，上邊有綠色的、比笆斗[13]還大的字：一邊是「孝悌忠信」，一邊是「禮義廉恥」。這八個字，是封建社會的所謂八綱，是處世根本。孝敬父母，友愛兄弟，忠於君主，取信於朋友，是做人四綱；禮不逾節，義不自進，廉不蔽惡，恥不從枉，是治國四綱。聞人生看完這兩塊石碣後，大步跨台階走到堂上，看到堂上立著匾，寫著很大的字「考弊司」，兩邊柱子上用木板雕刻著綠色大字對聯：

曰校，曰序，曰庠，兩字德行陰教化

上士，中士，下士，一堂禮樂鬼門生

聞人生恍然大悟，原來這裡是陰世的學校！校、序、庠，分別是夏、殷、周朝的學校名稱。上士、中士、下士，本來是周朝官名，也指具備各等級功名的讀書人。對聯冠冕堂皇，意思是：陰世學校重視道德品行、政教風化，各類讀書人聚集在一起，向鬼王學習禮

13 用柳條、竹子、木片等編成，可以盛糧食的器物，底為半球形。通常容一斗，大者可容三、五斗。

樂，都是鬼王親授的門生。所謂禮樂，是對「六經[14]」的簡稱，有人解釋為禮節和音樂。掛著這樣的對聯，說明這個地方何等正經，何等森嚴，何等冠冕堂皇！這麼講究禮節道德的地方，怎麼可能辨出割大腿的肉，實際是要賄賂的醜事？管這個地方的主事者叫「虛肚鬼王」，是指填不滿的欲壑嗎？那就得看看是什麼樣的人在這個地方活動了。

聞人生正好奇地瀏覽這所號稱陰世學校的地方，考弊司的虛肚鬼王帶著隨從出來了。鬼王長什麼樣？「**鬈髮鮐背，若數百年人；而鼻孔撩天，唇外傾，不承其齒。從一主簿吏，虎首人身。又十餘人列侍，半獰惡若山精。**」這段描寫經常被引用，太生動了。鬼王頭髮捲曲，彎腰駝背，好像活了幾百歲，鼻孔朝天，嘴唇包不住兩排齜出的長牙。身後跟著個掌管文書的小吏，虎頭人身，還有十幾個人在他身後列成一隊伺候，獰惡異常，像山裡的妖精。秀才介紹說：「這位就是鬼王。」聞人生怕極了，想往後退。鬼王已看到他了。因為聞人生前世是鬼王的爺爺輩，鬼王便走下台階迎接，向聞人生作揖，請他到堂上去，恭恭敬敬地問：「爺爺一向可好？」聞人生「嗯嗯」應著。鬼王又問：「您有什麼事光臨我這兒？」聞人生把秀才求情的事據實相告，鬼王立即翻臉，說：「這事有法定規則，就算親爹下命令，我也不敢擔承！」神情冷峻嚴肅，臉上像下了霜雪。聞人生不敢吭聲，急忙告辭。鬼王側身送客，送到門外才回來。聞人生又悄悄轉回去，想看看到底會發生什麼事。他看到秀才等幾人，都被反捆起來，手上夾著刑具。有個惡鬼扯下秀才的褲

14 指《詩》、《書》、《禮》、《義》、《樂》、《春秋》。

子，從他大腿上割下一片肉，約有三指寬，秀才疼得大聲號叫，喊得嗓子都啞了。聞人生年輕氣盛，氣憤得不能控制自己，仗義執言，大聲叫道：「**慘慘如此，成何世界！**」

這段描寫在《聊齋》及古代小說中都非常有名。考弊司外表和內裡這樣天差地別，表面上是封建統治者時時標榜的莊嚴的道德說教，內裡是封建統治者時時行施的殘酷的吃人營生。兩種完全不同的事物巧妙地糅合到一起，鮮明的對照，產生巨大的靈魂震撼，生動的對比，帶來了強烈的藝術感染力。

聽到聞人生的喊聲，鬼王驚奇地從座位上站起來，命令暫時停止割肉，踮著腳跑過來恭敬地迎接聞人生。鬼王雖然對前世的爺爺降階而迎，側行而送，恭敬之至，卻仍是只認錢，不聽爺爺的話！聞人生氣憤地跑出來，把他見到的情景告訴市面上的人，說要到天帝跟前告狀。路人笑話他：「真迂腐！茫茫藍天，你到哪兒找天帝訴冤哪？這些人只跟閻王離得近，到閻王那兒喊冤，或許可以得到回應。」還給他指找閻王的路。聞人生跑去找閻王，果然看見閻羅殿氣象森嚴，威勢赫赫。聞人生跪到階前叫屈，閻王把他叫到殿上問案情，問清後，立即命令幾個小鬼帶著繩索，提著鐵錘來到考弊司。一會兒工夫，鬼王和被割肉的秀才都來了，閻王審問，得知聞人生所告一切皆屬實，大怒，對鬼王說：「可憐你前世認真讀書，故暫時派你擔任考弊司主的職務，以便讓你有朝一日托生到富貴人家，如今你竟敢如此胡作非為！必須給你抽掉善筋，添上惡骨，罰你生生世世不得發跡！」

小鬼舉起大錘把虛肚鬼王打倒在地，鬼王碰掉一顆牙，小鬼又用刀割鬼王指尖，從那裡

〈考弊司〉

抽出一條筋來，亮亮的、白白的，像蠶絲似的，鬼王大聲叫痛，喊聲就像殺豬一般。鬼王手腳的善筋都被抽掉後，有兩個鬼把他押走了，叫他托生到人間最貧困險惡的地方受苦。殘暴的鬼王被以其人之道，還治其人之身。

然而，懲治一個鬼王，能懲治整個黑暗的制度嗎？聞人生轉眼工夫就掉到花夜叉的手裡了。

聞人生向閻王磕頭，告辭出來。秀才跟在他身後，再三感謝，扶著聞人生經過街市。突然他看見有戶人家，垂著紅簾，簾內有個女子，露出半邊臉，容貌衣裝艷美。聞人生問：「這是誰家？」秀才說：「這是妓院。快離開這兒！」聞人生想著簾後的美女，就告訴秀才別送了。秀才說：「您為了我來到陰世，現在遲遲不回，我於心何忍？」聞人生再三讓秀才回去，秀才只好離開。看見秀才遠去，他急忙跑到剛才那戶人家，美女笑嘻嘻把他迎進門，請他坐下，兩人互相介紹。女子說：「我叫柳秋華。」有個老太太出來，給他們準備酒菜，快喝醉時，兩人上床，男歡女愛，情意綿綿訂下婚約。天亮了，老太太進來說：「我們家沒錢啦。得耗費郎君的錢財買些柴米油鹽。」聞人生突然想起：身上一個子兒也沒有！又慚愧又惶惑，不得不說：「我一文錢都沒帶呀，我寫張欠條，回去馬上把錢還上。」老太太馬上變臉，說：「你聽說過妓女允許嫖客欠債的嗎？」秋華也皺起眉頭，一句話不說。聞人生只好脫下衣服抵押，老太太拿過衣服瞧瞧說：「這還不夠酒錢呢！」老太太不斷嘮叨著跟秋華進了裡間。聞人生很慚愧，等了一會兒，希望秋華出來跟他告別，商量昨晚訂下的婚約，可等了很長時間，一點兒動靜也沒有。他偷偷進房內找秋華，看到老太太和秋華自肩膀之上已化成牛頭惡鬼！目光閃閃相對站著。

聞人生怕極了，急忙跑出去。他想回家，哪知眼前像迷魂陣一樣，有上百條道路，左右交叉回環，不知道走哪條道可以回去。他向市面上的人打聽，沒人知道他怎麼回去。他在市面上東轉西轉，轉了兩天兩夜，肚子咕咕直叫，進退兩難，心裡難過至極。忽然，秀才從這兒經過，看見聞人生，驚奇地說：「您怎麼還沒回陽世？為什麼這般狼狽，連外衣都不穿？」聞人生紅頭漲臉，不知道用什麼話回答。秀才說：「我知道啦！莫非給花夜叉迷惑了？」秀才氣勢洶洶到妓院去把衣服拿回來，交給聞人生，說：「那淫蕩的丫頭無禮，已經被我訓斥一番，臭罵一頓。」秀才把聞人生送回家，才告別回去。聞人生突然死亡，三天後甦醒，回想起考弊司的經歷還能說得清清楚楚。

〈考弊司〉寫聞人生在陰世的兩段似乎完全不同的遭遇，一段是目睹鬼王割肉，一段是妓女要夜度費。兩件完全不同的事奇妙地糅合在一起，產生強烈的藝術效果。陰司學府鬼王名曰「虛肚」，填不滿的欲壑。見面就割學生的肉，是索賄要錢；學府名為「考弊」，實為作弊，學府主管比妓女花夜叉還會撈錢。聞人生在妓院的遭遇表面看與考弊司似乎不相關，鬼王是鬼王，妓女是妓女，實際上二者是有聯繫的，妓院是對考弊司的巧妙反襯，妓女留嫖客過夜後討錢，沒錢就要衣服。妓女只收嫖客的錢，鬼王卻收任何讀書人的錢。哪個更下賤、更凶殘？鬼王的貪婪無恥遠遠超過低賤的妓女，銷金窟的妓院和考弊司相比反而成了小巫見大巫了。

〈考弊司〉採用陰司形式，這種幻想形式看似荒誕其實格外真實，它對現實的反映比任何照相式描繪更刻骨而盡相。鬼王割肉，是封建統治者對人民敲骨吸髓的怪誕展現。蒲松齡寫鬼，不是為了好玩、炫才弄巧、譁眾取寵，他是借鬼神形式抒發他的磊塊愁。三十年前我就在《聊齋》專著《聊齋志異創作論》中提出這樣的觀點：蒲松齡作為志怪小說集大成的作家，他最聰明的地方是善於用最不現實的形式做最現實的文章。〈考弊司〉以冷辣之筆和怪誕情節觸及時弊，諷刺鋒芒直指儼然人上的統治者。一摑一掌血，一鞭一條痕。鬼王割肉的情節更是妙手天成，「**慘慘如此，成何世界**」，成為《聊齋》最經典的語言之一。

22 陸判

換心換頭的判官朋友

《聊齋》問世三百多年魅力不衰，鬼故事是重要因素。鬼故事為什麼比人間故事更能引起讀者興趣？因為《聊齋》鬼雖有恐怖可怕、鬼氣森森的一面，但更有奇幻妙絕的一面，以及擔負社會批判、闡述人生哲理的一面。因為故事離奇有趣，《聊齋》鬼故事往往比人間故事更有吸引力，也更有內涵。前輩作家筆下陰森森的鬼域居然被蒲松齡裝點得這樣多彩多姿！《聊齋》中有的鬼故事，例如〈畫皮〉，有駭人聽聞的惡鬼登場，帶有一定「黑色性」，但是大多數鬼故事，例如〈陸判〉，卻在「黑色性」之外流露人性的光輝。

陸判，顧名思義，就是姓陸的判官。在中國傳統文化中，判官是在閻王殿掌管生死簿的，樣子非常可怕。《聊齋》中的這位判官，樣子也相當可怕，可他卻有一副熱心腸，甚至可以說是美好心腸。有沒有搞錯？判官有美好心腸？蒲松齡說的，陸判有醜陋的相貌、美好的內心，即所謂「**媸皮裹妍骨**」。這樣的判官形象，是蒲松齡對幽冥題材的獨特創造。

〈陸判〉寫大膽豪放的人間書生朱爾旦交重情重義的判官做朋友。一人一鬼，深情厚誼。人對鬼深信不疑，鬼對人赤誠相待，人和鬼親如兄弟。判官給朱爾旦提供了關鍵性的也是常人難以想象的幫助。朱爾旦念書成績不好，判官替他換上顆玲瓏心，於是，朱爾旦的學業突飛猛進，金榜題名；朱爾旦希望妻子變漂亮點兒，判官給她換了個美人頭，妻子就變成了畫中美人，朱爾旦還順帶變成了御史家的女婿。讀《聊齋》我們常會發現，蒲松齡有驚人的科學幻想才能，靠幻想展現二十一世紀還沒完美解決的醫學難題，例如換臉、換心、換頭。他在〈成仙〉裡輕而易舉地完成朋友之間的兩次換臉，在〈陸判〉中又易如反掌地完成換心和換頭。人體心臟移植是二十世紀後期解決的難題，並且需要抗排異，而且往往預後不良。頭顱移植至今沒有任何國家能做，而這些醫學難題在三百多年前的《聊齋》故事中就奇妙地呈現出來了。

〈陸判〉寫：「**陵陽朱爾旦，字小明，性豪放；然素鈍，學雖篤，尚未知名。**」這是習慣性的《聊齋》人物出場，先交代他是什麼地方人，叫什麼名、什麼字，有什麼性格特點。朱爾旦是陵陽人，陵陽是安徽的一個鎮。朱爾旦有兩個重要特點：一個是性格豪放，喜歡說出格的話，做出格的事，所以他能和判官交朋友；另一個是他比較笨，這就引出判官給他換心的情節，給他換心又引出給妻子換頭的情節。這樣的小說開頭，豈不是和〈葉生〉開頭差不多？「**淮陽葉生者，失其名字，文章詞賦，冠絕當時；而所如不偶，困於名場。**」確實相似，而且不僅這兩篇小說的開頭相似，許多篇的開頭都相似。是不是有點兒程式化？我看多少有一點兒，但蒲松齡樂此不疲，他這一手還是從史傳文學學來。《史記‧刺客列傳》寫道：「荊軻者，衛人也」「好讀書擊劍」。可見，蒲松齡少年時代最喜歡的《刺客列傳》深刻影響到《聊齋》的寫作。

朱爾旦讀書用功卻成績不佳，他喜歡炫耀膽量。有一天，秀才們聚在一起喝酒，有人開玩笑對朱爾旦說：「你一向有豪俠之名，如果你敢半夜到十王殿，把左廊上的判官背來，大家就湊錢請你喝酒。」

陵陽十王殿供奉著佛教傳說中的「十王」，如閻羅王、泰山王、五道轉輪王等，木雕的神鬼栩栩如生。東廊下有座判官像，綠臉紅鬍子，猙獰凶惡。有人在深夜聽到從十王殿兩廊傳出的拷打審訊聲。進入十王殿的人都嚇得毛骨悚然。大伙兒給朱爾旦出難題，估計他不敢去。朱爾旦卻笑嘻嘻站起來，往十王殿去，不一會兒，他就在門外喊：「**我請髯宗師至矣！**」

大家站起來，朱爾旦背著判官雕像進門，放到桌上，手捧酒杯，灑酒到地上，給判官祭奠了三杯酒。大家看著凶惡的判官雕像，個個嚇得發抖，誰也不敢再坐，趕緊讓朱爾旦把判官請回去！朱爾旦再次以酒澆地，祝禱：「門生狂悖輕率，不懂禮儀，大宗師肯定不會見怪。寒舍離十王殿不遠，大宗師不妨乘興前來找酒喝，不要受人神有別的限制！」說完，他就把判官背回去了。

所謂宗師，既是受人尊敬、奉為師表的人，也指每個省管秀才和舉人考試的學政，朱爾旦把判官叫「宗師」，自稱是判官「門生」，是開玩笑，也是尊敬。

第二天晚上，大家兌現諾言請朱爾旦喝酒。朱爾旦喝得半醉回家，興猶未盡，點上燈自斟自飲。忽然，有人一掀簾子走了進來。朱爾旦抬頭一看，竟是那位綠面孔紅鬍子的判官老爺！朱爾旦恭恭敬敬地站起來說：「看來我的死期到了。昨晚冒犯了您，今晚您是來取我的項上人頭的吧？」判官微微一笑，濃密的大鬍子掀開條縫兒，說：「不是這麼回事。昨天承蒙你盛情相約，今天晚上恰好有點兒工夫，特來赴曠達人士的約會。」

朱爾旦非常高興，親熱地拉著判官的衣袖請他入座，洗杯換盤，點火燙酒。判官說：「天氣暖和，可以冷飲。」朱爾旦跑去告訴家人準備下酒菜和水果，自己要招待判官。朱妻聽說判官來了，非常害怕，告訴朱爾旦快躲起來。朱爾旦不聽，立等妻子辦好菜餚便端出去。他跟客人推杯換盞，互相敬酒，然後才詢問客人的姓名。

客人回答：「我姓陸，沒名字。」朱爾旦跟他談論古代典籍，陸判信口應對，才思敏捷。朱爾旦問：「您知道如何寫八股文嗎？」陸判回答：「文章好壞，我也能分辨，陰司讀的書跟陽世差不多。」陸判海量，連飲十大杯，朱爾旦因喝了一天酒，不覺大醉，伏在桌上呼呼大睡起來。等他醒來，殘燭明明滅滅，陰間客人已經走了。從此，陸判三兩天就來一趟，兩人感情越來越好，經常同床共臥。

朱爾旦拿文稿請陸判看。陸判說寫得不好，便拿起筆塗抹。有天夜裡，朱爾旦喝醉，先睡了，陸判自斟自飲。朱爾旦在夢中覺得胸腹內隱隱作痛，睜眼一看，陸判端坐床邊，正剖開他的肚子，拿出腸胃，一條一條整理。朱爾旦驚愕地說：「你我向來無仇無怨，為什麼殺我？」陸判笑了，說：「別害怕。我給你換顆聰明的心。」一邊說，一邊不慌不忙地把朱爾旦的腸子裝回肚子，合起肚皮，用裹腳的長布條把朱爾旦的腰扎起來。陸判做完這些，朱爾旦看到床上一點兒血跡都沒有，只是覺得肚子有點兒痲痲的。他看到陸判把一塊肉放在桌子上，便問這是什麼？陸判說：「這就是你的心啊。你寫文章思路不敏捷，那是因為你的心竅堵塞了。剛才在陰間，我從千萬顆心裡邊，挑了顆聰慧的心給你換上，留著你這顆心去填補那一顆的空缺。」陸判說完起身，拿上朱爾旦的心臟，帶上門走了。

朱爾旦繼續呼呼大睡，天亮後解開腰上的布條一看，傷口已完全愈合，只在表皮上留下一條紅線。近年的科學研究表明，心臟對人的智商也起一定的作用，而蒲松齡在三百多年前就知道。朱爾旦換心後，文思大進，過目不忘。幾天後，他再拿寫好的文章給陸判看，陸判說：「可以啦。但你沒多大福氣，不能高官厚祿，只能在秀才、舉人的考試中取勝，想中進士，不可能。」朱爾旦問：「我什麼時候能考中？」陸判說：「今年必定考第一名。」沒多久，朱爾旦在秀才考試中考了第一名，在舉人考試中考了第五名。

朱爾旦的朋友一向喜歡拿他的蹩腳文章開玩笑，等他們看到朱爾旦這次的應考文章，面面相覷，非常吃驚，他的文章怎麼可能突然寫得這麼好？仔細詢問朱爾旦後，才知道他換了心。秀才們爭相求朱爾旦介紹，願意跟陸判交朋友。朱爾旦答應，陸判也答應了。於是秀才們大擺酒席，等待陸判光臨。到了晚上，陸判來到，又濃又長的紅鬍子飄動著，目光炯炯，眼睛也是閃電般明亮。秀才們嚇得面無血色，上牙和下牙打架，一個一個溜走

〈陸判〉

了。看來，和判官做朋友，再換上顆玲瓏心，並不是每個人都有勇氣的。

朱爾旦帶陸判回家喝酒，喝到半醉時，他說：「您為我洗腸剖胃換了心，我受的恩賜夠多了。不過還有件事想請您幫忙，不知可不可以？」陸判便問還有什麼事情。朱爾旦說：「既然心腸可以換，大概頭也可以換吧。我的妻子是我的原配夫人，臉面不太漂亮，所以想麻煩您動動刀斧，怎麼樣？」陸判笑笑說：「行啊。我慢慢想想辦法。」

過了幾天，陸判半夜來敲門。朱爾旦急忙起來引他進屋，拿燈一照，見陸判用衣襟包著件東西，便問他兜的是什麼。陸判說：「你前些日子囑咐我辦的事，一直很難辦到，幸好剛剛得到個美人頭，特來復命。」

朱爾旦撥開陸判的衣襟一看，美人頭鮮血淋漓。陸判催促朱爾旦快進夫人臥室，不要驚動雞犬。不料妻子夜間將內室鎖上了，陸判來到內室門前，一推門，門自己開了。朱爾旦將陸判引進妻子內室，夫人正側身睡著。陸判把美人頭交朱爾旦抱著，自己從靴子裡取出把雪亮的鋒利匕首，切下夫人的頭。陸判急忙從朱爾旦懷裡取過美人頭安放到夫人脖子上，仔細端詳，確實安放端正後，再用手按得嚴絲合縫。安完頭，仍然把枕頭塞到夫人肩膀下。陸判告訴朱爾旦，你把妻子原來的頭埋到個僻靜地方，說完就走了。

第二天早上，朱妻醒來，覺得脖子有點兒發麻，臉上還有一片一片的乾痂，用手一搓，居然是血痂！她非常害怕，趕忙招呼丫鬟打水洗臉，丫鬟看到夫人臉上血跡斑斑，大吃一驚。夫人洗完臉，一盆水都變紅了。夫人一抬頭，丫鬟一看，自家夫人怎麼完全變了樣？又驚奇又害怕。夫人拿鏡子一照，咦，鏡子裡是誰呀？自己也不認識自己，百思不得其解。朱爾旦進來告訴夫人，如此這般，我的朋友給你換了個頭。他細看現在的夫人：修長纖細的俊眉直入鬢角，面頰下方有對酒窩，像畫上的美人兒。解開她的衣領檢驗，脖子上有一圈紅線，紅線上下的肉色截然不同。看來，紅線上的臉年輕白嫩細膩，紅線下的軀體比較粗糙還有點黑。

此前，吳御史十九歲的女兒，正月十五去十王殿遊玩。有個無賴見吳小姐漂亮，暗中打聽她住在什麼地方。夜間，無賴爬梯子進入吳府，挖穿吳小姐的寢室，把丫鬟殺死在床邊，想強暴吳小姐。小姐拚命反抗、大聲呼救，賊人就把吳小姐殺了。吳夫人聽到女兒房裡的吵鬧打鬥聲，喊丫鬟去看，丫鬟看到兩具屍體，嚇得要命。全家人起來，把吳小姐的遺體放在堂上，把她的頭放在脖子旁邊。一家人哭天叫地，整整鬧騰了一夜。第二天早上，吳家的人掀開蓋小姐的被單察看，小姐的頭不翼而飛。主人鞭打丫鬟，說她們守護不嚴，小姐的頭被狗叼去了。吳御史把女兒被殺的事告到衙門，郡守限期捉拿兇手，三個月過去了，罪犯仍沒拿到。

有人把朱爾旦妻子換頭的事告訴了吳御史。吳御史起了疑心，派老媽子到朱家探訪。老媽子進了朱家，一見夫人，嚇得回頭就跑，趕緊報告吳御史。吳御史很奇怪，明明女兒被殺，遺體在家放著，怎麼能活著在朱家做夫人？是不是朱爾旦用邪門歪道殺了我女兒？

御史親自前往朱家質問朱爾旦。朱爾旦說：「我妻子做夢被換了頭，我實在不知道是怎麼一回事兒。您說我殺了您的女兒，真是冤枉我。」吳御史不相信，到衙門告朱爾旦。衙門把朱家的僕人抓來審問，供詞跟朱爾旦說的一模一樣，知府也不能判決。朱爾旦回家，向陸判求計，陸判說：「不難。我讓吳御史的女兒去告訴她父母，她是怎麼死的。」

吳御史夜裡夢到女兒說：「孩兒是被楊大年殺的。朱孝廉嫌妻子臉面不夠美麗，是判官拿孩兒的頭給朱孝廉的妻子換上的，孩兒雖死，頭還活著，爹爹您不要跟朱孝廉結仇。」吳御史醒來告訴夫人，夫人也做了相同的夢！御史通知衙門，衙門一查，果然有楊大年這麼個人，於是抓來審問，楊大年認罪伏法。吳御史到朱家，求見朱夫人，認作女兒，跟朱爾旦成為岳父和女婿，把朱爾旦妻子的頭合在吳小姐屍體上安葬了。

朱爾旦參加三次禮部會試，想考上貢士再做進士，都因為違反場規落榜，他傷心絕望，不再追求功名。過了三十年，有天晚上，陸判告訴朱爾旦：「你活不了多久了。」朱爾旦問陸判他什麼時候死。陸判說五天之後。朱爾旦問：「能救我不死嗎？」陸判說：「上天決定人的壽限，怎麼能私自改變？何況照心胸曠達的人看來，生和死一樣，何必認為活著就快樂，死了就悲哀？」朱爾旦覺得這話有理。於是，他準備了裝殮自己的衣被、棺槨，一切置辦好後，他穿得整整齊齊，飄然而逝。

第二天，夫人正扶著朱爾旦的靈柩啼哭，朱爾旦忽然慢悠悠地從外邊走進來。夫人害怕起來。朱爾旦說：「我確實是鬼，可是跟活著時一個樣兒。我擔心你們孤兒寡母，很是掛念。」夫人大為悲痛，說：「古時有還魂的說法，你既有靈，為何不復活？」朱爾旦說：「天命不可違。」夫人問：「你在陰世做什麼？」朱爾旦說：「陸判推薦我督辦文書，有官銜和爵位，倒是不怎麼辛苦。」夫人還想再問，朱爾旦說：「陸判跟我一起來了，擺酒待客吧。」接著就走出去了。夫人安排好酒菜，只聽到房間裡歡笑痛飲，高談闊論，像朱爾旦活著時那樣。半夜時再去看，人已不見了。從此，過幾天朱爾旦就來一次，有時還住在家裡，處理家中事務。朱爾旦死時，兒子朱瑋五歲，朱爾旦做了鬼再回家，總要抱抱兒子。兒子七、八歲時，朱爾旦親自教兒子讀書。兒子很聰明，九歲能寫文章，十五歲做秀才，從來不知道父親已去世。朱瑋做上秀才後，朱爾旦來的次數漸漸少了，不過十天半月還是會跟家人見一次面。

有一天，朱爾旦對夫人說：「這次真的跟你永別了。玉皇大帝任命我做華山山神，馬上要到遠處上任。公事繁忙，路途又遠，我不能來了。」夫人和兒子拉著他哭，朱爾旦對夫人說：「不要這樣。兒子長大了，家裡的生活也可以維持，哪有百年不分離的夫妻？」隨後又對兒子說：「好好做人，不要丟掉學業，十年後我們還能見一次。」

朱瑋二十五歲中進士，朝廷授予他官職，他奉命去西嶽華山祭祀，路經華陰縣時，忽然有車馬儀仗，向他的車隊直衝而來。朱瑋很吃驚，仔細一看坐在車裡的人，竟是父親！朱瑋下馬跪在路邊，邊哭邊給父親叩頭。朱爾旦說：「你的官聲很好，我可以瞑目了。」朱瑋伏地不起，朱爾旦說完，催促車輛動身，頭也不回，風馳電掣；奔出數步後，他又解下身上的佩刀，派人給兒子送過來，他站在遠處告訴兒子：「佩上這把刀，一定大富大貴。」朱瑋想追趕父親，卻看到父親的車馬隨從，飄忽如疾風，轉眼不見了。朱瑋痛苦的心情久久不能平靜。他抽出刀來看，佩刀製作十分精良，上面刻一行小字：「**膽欲大而心欲小，智欲圓而行欲方**。」這兩句話出自《舊唐書．孫思邈傳》，意思是為人在世，要敢於做事，但必須思慮周全；處世要有智謀，但行為必須正派端方。膽大心細，智圓行方，這是朱爾旦對兒子的贈言，也是聊齋先生給讀者的忠告。

後來朱瑋做到兵部尚書，他有五個兒子。一天夜裡，朱瑋夢到父親說：「佩刀應當傳給渾兒。」朱瑋聽從了父親安排。後來朱渾做官做到監察全國官員的「總憲」，也就是都察院左都御史，政績好，有名氣。

〈陸判〉寫兩個男人之間的友誼，這友誼不因人鬼有別而生分，也不因歲月流逝而消失。朱生換心，朱妻換頭，多麼神奇，多麼富有想像力。這個離奇的故事創造了兩個神采飛揚的人物，大膽豪放的朱爾旦和重情重義的陸判。一人一鬼深情厚誼，人對鬼深信不疑，鬼對人赤誠相待，人鬼之間推心置腹，親如兄弟。小說寫得神妙莫測，引人入勝。

蒲松齡創作這個故事想說明什麼？他在「異史氏曰」中說：「截下鶴腳接到鴨腿上，以長補短，這是荒唐夢想；移花接木，則是合理奇妙的創新。更何況用斧子更換人的心臟，用刀錐改變人的腦袋？陸公這個人，可以算是獰惡的皮囊裹著美好的風骨。明朝末年到現在，年歲還不遠，陵陽陸公還在嗎？還有靈驗嗎？即使能給他拿著鞭子趕馬車，這也是我所欣慕嚮往的。」原來是蒲松齡希望自己也能遇到像陸判這樣的鬼朋友。

中國古代講究郎才女貌，但是不管男子的才能，還是女子的面容，都是爹娘先天給的，後天很難改變。蒲松齡卻展開想像的翅膀，男人讀書沒效果，怎麼辦？換顆聰明的心；女子不夠漂亮怎麼辦？換個美人的頭。在蒲松齡之前，古代作家已經有過換心換頭的描寫，但是不像蒲松齡寫得這麼有情趣，這麼好看好玩且有哲理。

23 褚生
與人為善得善果

〈褚生〉是與人為善必得好報的勸世故事，更是尊師愛生重友的動人哀歌。褚生恭敬待師，善良待友。儘管貧困仍然好學，死後仍刻苦讀書。小說主要情節是褚生在困難的情況下，刻苦攻讀，老師呂翁愛護他，同學陳生幫助他。褚生的靈魂代替陳生參加考試取得功名後，托生到恩師家做兒子。追求功名之心經兩世不變，師生同學情歷兩世不移。

蒲松齡是終生貧困的鄉村教師，他使基層教師和貧困讀書人的生活，像一幅圖畫生動地呈現出來，他寫師生情，寫同窗誼，相當感人。小說不僅寫出人的靈魂和形體，更寫出鬼的形體和靈魂，如泣如訴、如詩如畫，這種藝術手法是古代小說從來沒有的，是鬼魂故事中的另類，值得欣賞。

順天陳舉人十六七歲時，曾跟隨塾師在寺廟讀書。褚生在同學中最刻苦，他住在寺廟不回家，從不見他休息。陳生跟他關係最好，一再追問他為什麼讀書這麼刻苦，甚至不回家？褚生說：「我家裡窮，籌點兒學費不容易，我不能不珍惜每一寸光陰，再加上讀書到半夜，我學兩天相當於其他人學三天。」陳生很感動，想跟他一起住。褚生趕緊制止說：

「現在的這位先生不夠當我們的老師。阜成門有位呂先生，年紀雖大點，但學問很好，咱們投到他門下吧。」

京城私塾按月收費，學滿了，願意繼續學就留下，不願意學可以離開。褚生和陳生一起投到呂老師門下。呂翁是浙江人，考試不中，落魄不能回鄉，便在京城私塾教書。他得到這兩個學生後很高興。褚生聰明，過目不忘，呂翁器重他。陳生和褚生感情好，白天同桌讀書，晚上同榻睡眠。讀滿一個月後，褚生忽然請假，說要回家，十幾天都不回來。呂翁和陳生都很疑惑。有一天，陳生因故到天寧寺，在廊下遇到褚生，他正在那兒劈木頭。陳生奇怪，褚生為何幹粗活？褚生看到陳生，忸怩不安。陳生問：「你為什麼突然不讀書了？」褚生握著陳生的手把他領到僻靜地方，神色戚然地說：「我太窮了，沒錢給先生交學費，只能幹半個月的活，讀一個月的書。」陳生說：「你只管回去讀書，我代你籌措學費。」褚生很感動，跟陳生一起回了私塾，告訴陳生千萬不要把這事告訴老師。

陳生偷父親的銀子替褚生交學費。父親是商人，發現丟了銀子，就責問陳生。陳生老老實實把事情告訴父親。父親認為他太傻，便不再讓他跟呂翁讀書了。褚生得到消息，大為慚愧，也要告別老師離開。呂翁責備他說：「你家裡窮，為什麼不早告訴我？」老師把褚生交的學費還給陳家，留下褚生讓他繼續讀書，不收學費，跟自己一同吃飯，兩人好像父子。陳生不再來跟呂翁讀書，卻總邀請褚生出去飲酒。褚生為了避嫌堅決不去，陳生難過得眼淚都掉下來了。褚生不忍拒絕，兩人繼續親密往來。

〈褚生〉

過了兩年，陳生的父親死了，陳生再次要求隨呂翁讀書。呂翁又接受了他，只是他廢學時間太久，比起褚生的學問就差遠了。過了半年，呂翁的長子從浙江一路乞討尋找父親，要接父親回鄉，呂翁的學生湊錢送行。褚生沒錢，只能流著眼淚拉著老師的衣服依依不捨。臨別時，呂翁囑咐陳生把褚生當老師。陳生接受了，讓褚生到他家坐館。

沒多久，陳生考上了秀才，將參加鄉試，他擔心文章寫不好，褚生就說我代你去考。

小說一直以來似乎平靜的讀書生涯出現神異情節。原來，褚生是鬼魂。更神異的是，人有靈魂，鬼也有靈魂，褚生要把自己的鬼魂附著在陳生身上參加凡間科舉考試。陳生的靈魂附著在褚生的鬼形體上，跟鬼表哥一起去陰世間遊玩。在蒲松齡筆下，人有形有神，可以靈肉分離，鬼也有形有魂，也可以形魂分離。這是怎樣的異想天開！

到鄉試那天，褚生帶表哥劉天若來，叫陳生暫時跟表哥去。陳生剛要走，褚生忽然從身後拉他一把，陳生幾乎摔倒，劉天若急忙扶他起來走了。就這樣一推，褚生和陳生，一鬼一人的靈魂互相換位。跟劉天若去遊覽的，是陳生的靈魂，他的軀體載著好友褚生的靈魂去參加鄉試。這是任何高級監控設備都沒法監控的作弊。〈成仙〉裡兩個好朋友身體互相碰撞一下，就能把臉換過來。〈褚生〉又來了個碰撞換靈魂，而且是人和鬼換靈魂。這不叫天馬行空什麼叫天馬行空？蒲松齡的想像力實在太豐富了。

陳生的靈魂跟著劉天若遊覽一番，劉天若邀請陳生住到自己家。家裡沒有女眷，兩人都住在內室。陳生好像想不起來，現在應該去參加鄉試。他在劉家接連住了幾天，已是中秋。為什麼要住好幾天呢？這是根據鄉試時間表安排的。褚生的靈魂代替陳生參加鄉試，鄉試不完，這邊的鬼魂必須繼續遊覽。但是鬼魂遊覽得留點叫陳生相信的證據，只跟劉天若遊玩，留不下什麼證據，於是，名妓的鬼魂就出現來做旁證了。蒲松齡想得多麼周密，布置得多麼巧妙。

劉天若說：「今天李皇親的花園裡遊人很多，我們前去遊玩，一解胸中鬱悶吧，我從那裡送你回家。」劉天若派人帶著茶具、茶爐、酒菜前往，看到李皇親花園裡溪水旁的梅亭，人聲鼎沸，沒法進去，就帶著陳生過了水關，來到一棵老柳樹下邊，那裡橫著一艘畫舫，他們一起上船。二人喝了幾輪酒，覺得沒趣。劉天若對侍者說：「梅花館有新來的歌女，不知在家不在？」侍者去了一會兒，領著一個歌姬來了。陳生認出是京城名妓李遏雲，擅長寫詩，歌唱得很好。陳生曾和朋友一起到她家喝過酒。

《聊齋》即使偶爾出來個過場人物，也十分有文化含量，歌姬叫李遏雲，名字從《列子．湯問》「聲振林木，響遏行雲」取來，意思是歌聲優美，使游動的浮雲為之停下來靜聽。《列子．湯問》在「響遏行雲」後邊有「餘音繞梁」，合起來為成語「遏雲繞梁」。蒲松齡擅長對前人作品信手拈來、為我所用，他沒到過北京，他描寫的遊李皇親園，是根據《帝京景物略》化出的。

李姬和陳生相見，互相問候。李姬卻滿面愁容。為什麼呢？因為她是新鬼。劉天若讓她唱歌。她唱支《蒿里》。《蒿里》是古代輓歌。《蒿里行》是曹操的名作，描繪漢末亂世下人民的苦難，被稱為「漢末實錄」的「詩史」，其中「白骨露於野，千里無雞鳴。生民百遺一，念之斷人腸」是最有名的句子。在酒席上唱輓歌很不吉利，但這正是暗示，歌姬剛剛去世，還處在離開人世的留戀不捨之中，隱含新死的悲情。

陳生很不高興，說：「就算主人客人都不合你的心意，你何至於對著活人唱死人的歌？」李姬站起來，強顏歡笑，唱支艷曲。陳生高興了，拉住李姬的手腕說：「你寫的《浣溪紗》，我讀過好幾遍，現在我還沒忘了呢。」李姬立即吟唱：「**淚眼盈盈對鏡台，開簾忽見小姑來，低頭轉側看弓鞋。強解綠蛾開笑靨，頻將紅袖拭香腮，小心猶恐被人猜。**」陳生反覆吟誦了幾遍。清代點評家但明倫很欣賞這一段，點評道：「可泣可歌，如畫如詩。以死鬼而歌艷曲，亦是淡處求濃，枯處求榮法。」

他們停下船，走上長廊，看到牆壁上題詠很多，陳生就把李姬的《浣溪紗》題到上邊。太陽落山，劉天若說：「參加鄉試的人出來了。」一句話，把褚生參加鄉試的情節交代了。劉天若把陳生送回家，送到門口就告辭了。陳生看到自己房間黑黑的，沒有什麼人。一會兒，他看到褚生進門，再仔細看，卻不是褚生。這是什麼意思？他先看到的是褚生的靈魂，再注意看，卻不是褚生，是哪個？是他自己的軀體。陳生正在猜疑來人是誰？來人突然走到他身邊摔倒了。陳生家人說：「公子太累了！」把陳生扶起來。陳生站了起來，卻看到褚生在身旁。陳生才發現，剛才摔倒的不是褚生，是自己！這是怎麼回事？這是代替朋友參加鄉試的褚生的靈魂，跟隨著劉天若在陰世遊玩的陳生，一鬼一人的靈魂再次換位，更確切地說是復位。靈魂和軀體再次巧妙組合，天衣無縫。所謂是他非他，是己非己，他即是己。蒲松齡經常搞這類迷離恍惚的法術，引逗讀者產生閱讀的新鮮感、好奇感。

陳生恍惚做了個夢。他把家人支出去，問褚生到底發生了什麼事？褚生說：「實話告訴你，你不要害怕。我是鬼，早就該再世為人。之所以拖延到現在，是因為你的深情厚誼實不能忘。所以我附到你的軀體上，捉刀代筆，替你參加鄉試。三場考完了，我的願望了結了。」陳生請求褚生能不能再替他參加春天的貢士考試（春闈）？陳生得隴望蜀，他知道以褚生的才能，可以取得貢士的資格，那他就能參加殿試，中進士做官了。褚生說：「你家先世的福氣太薄，是慳吝之骨，皇上的誥封承受不起。」宿命論又來了。

陳生問：「你現在要到什麼地方？」褚生說：「呂先生和我有父子之分，我掛念著他放不下。我表兄劉天若現在陰司管文書，我求他跟閻王爺說一說，讓我托生到呂先生家的事大概就能辦成。」陳生利用表兄的權力，托生到老師家做兒子，似乎私情大於王法，但閻王爺講人情，暫時把規矩放到了一邊。

褚生走了。陳生很奇怪。天亮後，到妓院去找李姬，想問問那天坐船唱歌的事。妓院告訴陳生，李姬已經死好幾天了。陳生又趕到李皇親的花園，看到長廊上李姬的《浣溪紗》還在，只是墨色很淡，快看不到了。看來陰世題字在陽世很快會消失。陳生恍然大悟：當時題字的是自己的魂魄，而《浣溪紗》的作者李姬是鬼。

晚上，褚生高高興興地來了，說：「我那件事辦成了，現在要和你分別了。」他伸出兩掌，讓陳生寫「褚」為記號。陳生要擺宴席給他送別，褚生搖頭說：「不需要了。你如果不忘舊好，發榜後，不要怕路遠，到浙江來找我。」陳生流著眼淚送褚生。看到有個人，實際上是有個鬼在門口等候。褚生正跟陳生依依惜別，那個人用手按住褚生脖子，褚生隨手就被按扁，好像成了一張紙。那個人把他放到背包裡，背著走了。

過了幾天，陳生果然中了舉人，他準備行裝啟程到浙江。呂翁的妻子已經幾十年沒生孩子了，五十多歲突然生了個兒子，只是兩手緊握著，誰也掰不開。陳生一到呂家，就要求看新生兒，並說孩子手心肯定有個「褚」字。呂翁不相信。嬰兒一見陳生，十指自開，大家一看，果然雙手各有一個「褚」字。全家驚奇地問陳生是怎麼回事。陳生告訴呂翁，這孩子是褚生再世為人來給老師做兒子的，他手裡的「褚」字是我寫上做記號的。大家驚奇極了。陳生給呂翁留了許多錢，然後回到京城。後來，呂翁以歲貢生的身分到京城參加考試，住在陳家，而呂家小兒子十三歲，已做秀才。

〈褚生〉是不太被研究者注意，其實相當精彩的《聊齋》故事。褚生代朋友參加考試取得功名，再托生到恩師家裡做兒子。書生的真誠友情如美酒般香醇，使他們如痴如醉。陳生的靈魂與鬼魂一起冶遊，其軀體卻載著褚生的靈魂參加考試，陳生的靈魂冶遊寫得具體實在，褚生的靈魂代替陳生參加考試僅僅用劉天若的一句話「鄉試應該結束了」帶出。小說筆墨經濟，構思嚴密。蒲松齡擅長創造鬼故事的新章法。在這個故事中，鬼魂附著於活人的身體上代考是一種新章法；鬼魂被陰司執法者摁成一張紙帶走投胎又是一種新章法。陳生靈魂出竅、靈魂回歸；褚生托生到恩師家做兒子，嬰兒手掌中有「褚」字作為標誌。小說細針密縷，構思周密。

「異史氏曰」：「呂老先生教學生，還不知道是教自己的兒子。嗚呼！對別人行善，而祥瑞降臨自己身上，這是同一回事。褚生還沒托生到老師家做兒子時，先用靈魂報答好朋友，他的心地、行為和日月同輝，哪裡會因為他是鬼的緣故而讓人感到神奇呢？」原文：

呂老教門人，而不知即自教其子。嗚呼！作善於人，而降祥於己，一間也哉！褚生者，未以身報師，而先以魂報友，其志其行，可貫日月，豈以其鬼故奇之與？

蒲松齡很欣賞自己寫出的熟悉的教師設帳授徒、學生學習考試等情景，以此寫出理想的師生、同窗關係。

24 席方平

鬥士掀翻閻羅殿

黑暗社會，魑魅魍魎，群魔亂舞，如果沒幾個跟邪惡勢力殊死搏鬥的勇士，沒幾個為伸張正義而上刀山下火海的志士，沒幾個拍案而起、橫眉對惡魔的血性男兒，社會就沒了理想，沒了希望，沒了前途，暗若覆盆。而席方平就是黑暗王國最耀眼的一線光明。他赴陰世替父親討公道，與一級級冥世官吏抗爭，演出四幕「民告官」的壯烈正劇。

席方平是東安人，父親席廉秉性倔強樸拙、笨嘴拙舌，跟財主羊某有仇。羊某先死，幾年後席廉病危，對人說：「羊某賄賂陰世的官員，讓他們嚴刑拷打我。」不久，席廉全身紅腫，痛哭號叫著死了。席方平悲痛得吃不下飯，說：「我父親為人樸拙，不會說話，現在被陰司蠻不講理的惡鬼欺負，我要到陰間去代父親申冤。」從此席方平有時坐，有時站，卻不再說話，像完全傻了一樣。原來席方平的靈魂已離開身體，到陰間去了。

他進了陰司城鎮，找到監獄，看到父親血肉模糊地躺在屋檐下。席廉看到兒子，眼淚嘩嘩直流，說：「獄卒受羊某賄賂，白天黑夜拷打我，我的腿都給打壞了。」席方平大罵獄卒：「我父親如果真有罪，自有王法管他，豈是你們這幫死鬼能操縱的！」於是席方平找筆寫狀子，到城隍府喊冤交上狀子。這時在席方平心目中，「王章」也就是法律，還是保護黎民的尚方寶劍。他哪知金錢經常大於王法？羊某已經把城隍府裡裡外外、上上下下買通了。城隍升堂問案，說席方平告狀沒依據，狀紙被駁回。什麼「明鏡高懸」？什麼「為民父母」？什麼「公正廉潔」？原來都是封建官府騙人的謊話！「衙門口朝南開，有理沒錢莫進來！」這是席方平告狀的第一幕——告獄吏，因城隍受賄敗訴。

席方平接著告城隍。陰世城隍相當於陽世縣官。席方平的冤氣在城隍處無法申訴，便摸黑走了一百多里路，來到郡司。陰世郡司相當於陽世巡撫。席方平就城隍營私舞弊之事向郡司告狀，郡司拖了半個月才審理。為什麼拖半個月才審理？因為郡司得給城隍留下送銀子的時間。郡司開庭就把原告席方平打了一頓，把案子批回到城隍複審。讓被告審原告，咄咄怪事！席方平回到縣城，受盡酷刑。城隍怕他繼續告狀，派衙役把席方平押送回家。衙役把席方平押到席家門口就回去了，席方平又逃回陰司。赴郡司告發城隍又敗訴，是席方平陰司告狀的第二幕。

接著是席方平告狀的第三幕：到閻王前告郡司和城隍貪贓枉法。

閻王虛張聲勢，把被告和原告押來對質，雷聲大雨點小，實際是向被告發出上下其手的信號。城隍、郡司火速動作起來，私下派心腹找席方平講條件，答應給他一千兩金子。席方平不理會。過了幾天，旅店主人說：「您賭氣賭過頭了，官府找您求和，您還堅決不答應，聽說城隍和郡司在閻王跟前都送了重禮，這事不妙了。」席方平認為堂堂冥世主宰、鐵面無私的閻王怎麼可能貪贓枉法？旅店主人一定是道聽塗說。這時他還比較幼稚。一會兒，有黑衣人把他叫進閻王公堂。閻王升堂，一臉怒氣，一見席方平就下令先打他二十大板！閻王怎麼不打被告打原告？席方平厲聲叫喊：「小人有什麼罪？」閻王一臉漠然，好像沒聽見。席方平被打了，他知道孔方兄[15]又起了作用，乾脆喊道：「我就該打！誰叫我沒錢呢！」閻王大怒，下令讓席方平上火床。席方平見東邊台階下有張鐵床，床下邊燃著熊熊大火，床面被燒得通紅。兩個小鬼把席方平的衣服脫了，把他放到鐵床上又摁又揉。席方平全身骨肉燒焦，想死卻死不了。折騰了一個多時辰，小鬼說：「可以了。」就把席方平扶起來，催他下床穿衣，席方平慶幸雖然腿有點跛但還能走路。他重新來到堂上，閻王問：「還敢再告狀嗎？」席方平高聲回答：「我天大的冤情沒得到申雪，絕不死心。如果我說不告了，那就是欺騙閻王，我一定要告！」閻王問：「那你告什麼？」席方平說：「我親身經歷的一切，都是告狀內容。」閻王再次發怒，命令小鬼：「把席方平鋸成兩半！」

兩個小鬼拉席方平下堂。席方平看到行刑的地方立著兩根木頭，有八、九尺高，有兩塊木板放在木頭下面，木板上下血肉模糊。兩個小鬼剛要把席方平捆到板子上，忽然聽堂上大聲地叫「席方平」。小鬼把席方平又押了回去，閻王又問：「現在還敢再告狀嗎？」席方平說：「必定要告！」閻王命令：「立即把他鋸成兩半！」

15 指錢，因舊時的銅錢有方形的孔（詼諧兼含鄙視意）而得名。

小鬼用兩塊木板把席方平夾起來，捆到木頭上。鋸剛剛拉下去，席方平就覺得頭頂漸漸被鋸開了，雖然痛得沒法忍受，但他強忍住就是不喊、不叫、不討饒！這時，他聽到小鬼說：「真是個硬漢！」接著鋸聲隆隆，鋸子鋸到胸膛上。又聽一個小鬼說：「這人是大孝子，又是個無辜良民，咱們鋸得稍微偏一點兒，不要鋸壞了他的心臟。」席方平覺得那鋸曲曲折折、躲開心臟往下鋸，更是雙倍疼痛。

一會兒工夫，他就被鋸成兩半，向兩邊摔下。小鬼到堂上大聲報告，閻王命令：把他的身子合起來拉到堂上！兩個小鬼推著席方平的兩片身體讓它們重新合成一個，拉著席方平就往堂上走。席方平覺得身上那條鋸縫像要裂開似的，疼痛難忍，走了半步就跌倒在地。有個小鬼從腰間掏出條絲帶交給他說：「把這個送給你，來表彰你的孝心。」席方平接過來束到腰上，立即覺得異常強健，不管是鋸成兩半的痛苦還是上火床的痛苦，全都消失了。

俗話說：閻王好見，小鬼難纏。席方平居然感動了小鬼！

席方平在陰司告狀，最驚心動魄的是他和既貪腐又狡詐的閻王爺的鬥爭。一次一次的交手，閻王爺酷刑用盡，席方平寧死不屈；閻王爺軟硬兼施，席方平軟硬不吃。席方平遭鋸解的情節是《聊齋》中最著名的小說情節之一。我們欣賞一下原文：「**鬼乃以二板夾席，縛木上。鋸方下，覺頂腦漸闢，痛不可禁，顧亦忍而不號。聞鬼曰：『壯哉此漢！』鋸隆隆然尋至胸下。又聞一鬼云：『此人大孝無辜，鋸令稍偏，勿損其心。』遂覺鋸鋒曲折而下，其痛倍苦。俄頃，半身闢矣。板解，兩身俱仆。鬼上堂大聲以報。堂上傳呼，令**

合身來見。二鬼即推令復合，曳使行。席覺鋸縫一道，痛欲復裂，半步而踣。一鬼於腰間出絲帶一條授之，曰：『贈此以報汝孝。』受而束之，一身頓健，殊無少苦。」

多麼奇異突梯的構想，又是多麼生動感人的細節！人死了，靈魂猶存，這些靈魂組成了一個秩序井然的新社會已是荒誕，這個靈魂竟然在陰世被鋸成兩半還能再合起來更是異想天開！但蒲松齡寫席方平被鋸的痛楚多麼真切！鋸到頭上時，席方平覺得腦袋變成兩瓣，痛不可支；鋸到胸膛時，隆隆作響，彷彿鋸木頭，又似大鋸在胸腔引起共鳴；合起來之後鋸縫處像要裂開，痛得走了幾步就跌倒……蒲松齡把不可能的事變成了可信的事，一個人受到鋸解後還有真切感受，當然不可能，但封建社會中千千萬萬良民受到冤屈、被官府處酷刑卻是真實存在的！鋸解僅是官場刑罰的誇張性變形而已。鋸解的執行者小鬼對席方平起到了烘雲托月之用。諺曰「閻王好見，小鬼難纏」，連小鬼都受席方平感動，發出「**壯哉**」和「**大孝無辜**」的讚語且贈送絲帶，盡顯人情溫馨。類似描寫，不僅可對主要人物起側寫作用，還使文字有張有弛，格外好看。

一個鐵骨錚錚、大義凜然的志士形象已經稜角分明地矗立起來，只是人物形象色彩單一化：人物行為和語言都像竹筒倒豆子，直來直去，極剛、極直，泰山壓頂不彎腰，硬是敢雞蛋碰石頭，不善變通，不會保護自己，像赤膊上陣只知與敵火拚不知躲避暗箭的許褚，像橫刀立馬僅知正面進攻、不會迂迴前進的張飛。要知道，在與強敵鬥爭中，只有保護好自己，才能更有力地打擊敵人。倘若席方平的個性一直這樣發展下去，也不失為傑出的、扁形的文學典型。難能可貴的是，蒲松齡對他鍾愛的人物進行精雕細刻的創造，人物隨情節的發展豐滿起來，嫵媚起來，成為有勇有謀、知進知退的圓形人物。

席方平被鋸後，閻王復問「**尚敢訟乎**」，席恐再罹酷毒，便答：「**不訟矣**。」閻王命令送席方平還陽。鬼卒帶席方平出北門，把回陽間的路指給他，就回去了。席方平想：陰世的黑暗比陽世還厲害，可惜就是沒有門路把民情上達玉皇大帝。世人傳說灌口二郎神聰明正直，是玉皇大帝的功臣和至戚，向他告狀應當靈驗。他暗暗慶幸鬼差已回去，轉身便向南跑，想去找二郎神。兩個押解他的小鬼卻追上了他，說：「閻王懷疑你不回陽間，果然如此。」揪住席方平就去見閻王。席方平估計閻王這會兒肯定會大發威怒，他遭受的禍害肯定更加慘烈。沒想到閻王一點兒也不生氣，和顏悅色地對席方平說：「你確實誠懇孝順。你父親的冤情，我已給他昭雪，讓他投胎富貴人家，你還用再替他鳴冤叫屈嗎？現在我送你回去，給你一千兩銀子家產和一百歲的壽限，你該滿足了吧？」接著，閻王叫判官把這些話都寫到生死簿上，重重蓋上閻王的大印，讓席方平親眼看了生死簿。原來閻王爺也有軟硬兩手啊！

席方平假意謝了閻王走下堂來，繼續琢磨如何告狀。兩個小鬼跟他一起出來，轟他快跑，還罵他：「你這個奸猾賊！你一次一次翻覆，讓我們來回奔跑，快累死我們啦！如果你再犯，就把你抓到大磨裡，細細地研磨你。」席方平瞪大眼睛厲聲訓斥小鬼：「你們想幹什麼？我天性耐得住刀鋸，不耐煩你們小打小鬧的折磨。你們讓我回去見閻王，閻王如果讓我自己回去，還用麻煩你們兩個小鬼去送？」席方平想不到，閻王不是送他還陽，而是叫他重新投胎。他又回頭往閻王殿跑。兩個小鬼害怕了，跟席方平說好話，勸他回來。席方平故意裝腳跛走不動，走幾步，就坐到路邊休息一陣子。兩個小鬼一肚子怒火卻不敢再說什麼。走了半天，他們來到一個村子，有戶人家屋門半開。小鬼領著席方平坐下休息。席方平剛坐到門檻上，兩個小鬼乘他不防備，就把他推到門裡邊。席方平大吃一驚，定神一看，自己已變成嬰兒！他不肯吃奶，三天就死了，返回陰司繼續告狀。

席方平看透了眼前的一切：「**陰曹之暗昧尤甚於陽間**。」從小小獄吏到執掌生殺大權的閻王，一路貨色！向他們討公道，無異於與虎謀皮！席方平變得清醒、聰明、機智了。這就有了告狀第四幕——席方平告倒從城隍到閻王的陰司大小官吏。

席方平的靈魂在陰世飄飄搖搖，一心找灌口二郎神。忽然他看到有隊人馬打著裝飾著羽毛的傘蓋來了，儀仗攞一路，顯然是個高官。席方平被前邊開道的騎士捉住，捆起來送到一輛車前。席方平跪在地上，仰臉看到車裡坐著一個儀表堂堂、魁偉不凡的青年。青年人問席方平：「你是什麼人？」席方平滿肚子冤屈沒地方說，心想，這位貴官或者有生殺賞罰大權？就向他一一陳述自己受到的荼毒。車中年輕人命令：給席方平鬆綁，讓他跟在車後邊走。一會兒工夫，一行人到了一個地方，十幾個官員，迎著儀仗，跪在道邊。年輕人各問了這些官員一些事，然後指著席方平對其中一位官員說：「這是個下方人，正要到你那兒告狀。你把他的事裁決清楚。」

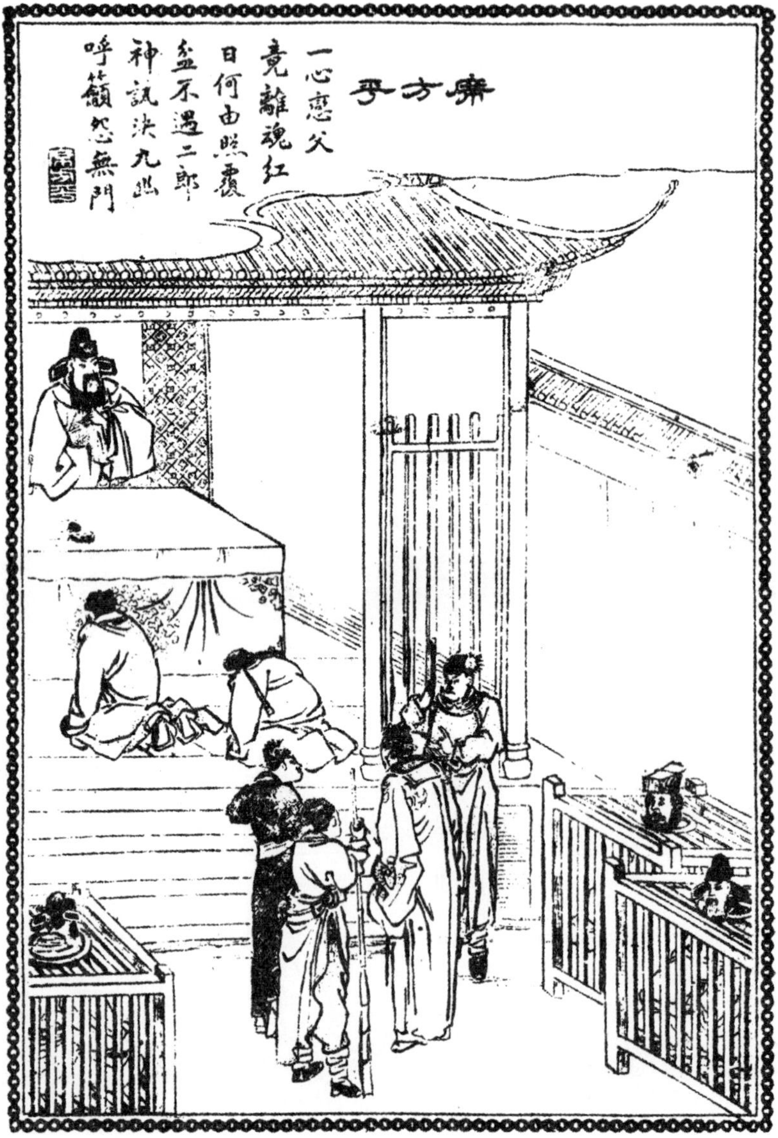
席方平
一心戀父
竟離魂紅
日何由照覆
盆不遇二郎
神訊決九幽
呼籲怨無門

〈席方平〉

席方平向青年的隨從打聽，知道他是天帝的第九子。他囑咐辦理席方平冤案的，正是灌口二郎神。二郎神有著高大的身軀，濃濃的鬍鬚，不像人世間所傳的俊秀小生模樣。九殿下走後，席方平隨二郎神來到一個官衙。他父親、羊某、一些衙役鬼卒已在。一會兒，囚車載了幾個罪犯過來，閻王、郡司、城隍灰溜溜地從囚車裡出來。二郎神命所有人當堂對證，席方平所告，全部屬實。閻王、郡司、城隍嚇得發抖，像老鼠見了貓，蜷伏在地。

二郎神提筆寫判詞，一會兒工夫，傳來二郎神的判詞，大意是：

「閻王身受玉帝重恩，本該保持廉潔，做群臣的榜樣，卻虎狼樣貪婪，百姓皮骨被你敲詐一空，百姓螻蟻樣生命實在可憐，馬上燒起東牆下鐵床，讓你也嘗嘗上火床的滋味！

「城隍和郡司，上下串通，顛倒黑白，枉法作弊，老鷹樣凶狠，無孔不入地敲詐，連鬼都不嫌瘦；受贓枉法，人面獸心！給他們脫掉人皮穿上獸毛，轉世投胎，不得為人！

「差役鬼卒飛揚跋扈，狗臉像六月間下霜雪；狐假虎威，阻斷陰世四面八方的道路。把他們押赴法場，剁去四肢，丟到湯鍋煮了，撈出筋骨餵狗！

「羊某為富不仁，用金銀光芒蓋住大地，把閻羅殿搞得烏煙瘴氣。你的金錢臭氣熏天蓋地，使得枉死城裡不見天日；立即抄沒羊某家產，押赴泰山，立即執行！」

席方平告倒冥世大小貪官，二郎神發出音韻鏗鏘的判詞。當然，二郎神式判詞只是作者的美好願望。蒲松齡跨越了小說藝術的界限，把判詞變成政治演講，在創造藝術形象、完成故事情節之後，借二郎神的判詞直接發出血淚的呼喊。痛罵「**羊狠狼貪**」，百姓被盤剝殆盡，「**鯨吞魚，魚食蝦**」，無公理可言的社會；痛斥「**上下其鷹鷙之手**」、「**飛揚其狙獪之奸**」、受贓枉法、人面獸心的官吏；痛責「**狗臉生六月之霜**」「**虎威斷九衢之路**」的蠹役。他還用高度概括的語言，指出整個社會金錢拜物的本質：「**金光蓋地，因使閻摩殿上，盡是陰霾；銅臭熏天，遂教枉死城中，全無日月。餘腥猶能役鬼，大力直可通神。**」正義凜然，大氣磅礴，痛快淋漓！

二郎神對席廉說：「考慮到你兒子孝義，你為人善良，再賜給你三十六年壽命。」他派兩個人送席家父子還陽。席家越來越富裕，三年之間，良田萬頃。羊某的家境越來越敗落，他們家的樓閣房產，全成了席家的。席廉活到九十多歲，壽終正寢。蒲松齡給了他心愛的小說人物最好的結局。

席方平冥世告狀這一荒誕神奇的情節實際是對現實的控訴。吏治黑暗成為封建時代最突出的社會問題。強梁當道，弱肉強食，百姓只有受盤剝壓榨並忍氣吞聲的份兒。「貧不鬥富」是平頭百姓最理智的選擇，因為錢能通神，有理必成無理；「民不告官」是良民小民約定俗成的共識，因為錢大於法，官大於法。所謂父母官，不過是沒拿刀槍的強盜。老百姓還一廂情願地相信：在人世作惡，會在陰世受報應，主持公道的閻羅王會根據判官司紀錄，對惡人做出相應懲罰。蒲松齡的〈席方平〉重新創造了一個有別於常識的冥間——模仿現實的冥間，讓鬥士席方平演出四幕民告官的正劇取得勝利。

活動在幻境中的席方平，是中國古代小說畫廊中最成功的典型之一，幾百年來牽動著現實生活中無數善良人的心，其中有普通讀者，也有領袖級的政治人物。一九四二年四月十三日，毛主席為召開延安文藝座談會做準備，邀集魯迅藝術學院教員何其芳、嚴文井、陳荒煤談話時提到，《聊齋》可以當作清朝史料看，其中〈席方平〉就可以作為史料。據陳荒煤回憶[16]：「我只記得毛主席說的大意：認為這篇作品含義很深，實際上是對封建社會人間酷吏官官相衛、殘害人民的控訴書。毛主席還對一個藝術細節的描繪表示欣賞：就是寫到兩個鬼奉閻王命令把席方平鋸成兩半時，兩個鬼對席方平表示同情，故意鋸偏，以保存席方平有一顆完整的心。毛主席稱讚這個細節寫得好。毛主席還說，這篇作品應該選入中學課本。」二十年後，〈席方平〉果然被選入中學課本，並給了諾貝爾文學獎得主莫言重要啟示。莫言讀到四年級後失學，他在放牛之餘看哥哥的中學課本，裡邊就有〈席方平〉，這篇小說影響了他的創作。莫言回憶：「我大哥考上大學後，留給我很多書。其中一冊中學語文課本裡，有一篇蒲松齡的小說〈席方平〉。這篇小說給我留下了難以磨滅的印象。」

莫言說：「《生死疲勞》一開始就寫一個被冤殺的人，在地獄裡遭受了各種酷刑後不屈服，在閻羅殿上，與閻王爺據理力爭。此人生前修橋補路，樂善好施，但卻遭到了土炮轟頂的悲慘下場。閻王爺不理睬他的申辯，強行送他脫胎轉世，他先是被變成一頭驢，在人間生活十幾年後，又輪迴成一頭牛，後來變成一頭豬、一條狗、一隻猴子，五十年後，

16 見陳荒煤《憶何其芳》。

重新轉世為大腦袋嬰兒。這個故事的框架就是從〈席方平〉學來的，我用這種方式向文學前輩致敬。」

毛主席喜愛席方平跟推崇魯迅精神一脈相通：堅持做人的基本原則，敢於反抗，敢於鬥爭，鐵骨錚錚，寧折不彎，沒有絲毫奴顏和媚骨。

25 王六郎
置身青雲不忘貧友

朋友之情是中國古代歷史學家和作家特別感興趣的話題，《史記．汲鄭列傳》曾說：「一死一生，乃知交情；一貧一富，乃知交態；一貴一賤，交情乃見。」真正的朋友能夠禁得起生死考驗、貧富差別考驗、身分貴賤變化考驗。《聊齋》中有好多寫友情的故事。〈王六郎〉是蒲松齡的早期作品，寫一人一鬼的動人友情。王六郎是少年落水鬼，他感謝許姓漁夫喝酒時也請落水鬼喝，便幫漁夫趕魚，二人建立了深厚的友誼。漁夫知道王六郎是鬼後，他們之間一點也沒產生隔閡，一人一鬼，親如兄弟。王六郎因品格高尚被派做土地爺後，不忘貧賤之交，邀請漁夫到任職的地方，讓自己管轄的老百姓資助漁夫。蒲松齡在篇末感嘆：「做了官之後仍然不忘記貧賤之交，這就是王六郎所以能夠成神的原因。」

〈王六郎〉可能是蒲松齡年輕時代觀察思考社會進而加以想像的結果。蒲松齡二十幾歲時剛做秀才，常和朋友夜晚泛舟淄川孝婦河。現在的孝婦河已乾涸，蒲松齡生活的時代孝婦河清波蕩漾，魚肥蟹美，漁舟唱晚，非常美麗。蒲松齡親眼看到有人夜晚在孝婦河邊打魚喝酒，再聯繫落水鬼的傳說，展開想像的翅膀，便創作出了小說〈王六郎〉。

姓許的漁夫住在淄川城北邊，每天晚上帶著酒到河邊，一邊喝酒，一邊打魚。他經常以酒酹地，一邊倒酒一邊祝願：「**河中溺鬼得飲。**」自己喝酒，還想到落水鬼也應該喝酒，說明漁夫是古代傳統文化中推崇仁義的人，這是孟子提倡的「仁者愛人」的表現。而仁者愛人，必得好報，又是《聊齋》故事的法則。漁夫每天在這兒打魚，自己喝酒，也請河中落水鬼喝酒，習以為常。奇怪的是，其他人在這兒打魚沒有什麼收穫，唯獨姓許的漁夫，總是能打到滿滿的一筐，為什麼呢？這就和他請河中的落水鬼喝酒有關係。這是蒲松齡在小說情節中先埋下的一個釘子，或者叫伏筆。

有天晚上，漁夫正在河邊喝酒，來了個少年在他的周圍走來走去，漁夫招呼少年過來一起喝酒！少年痛快地答應了，兩人邊喝酒邊聊天。漁夫覺得奇怪，怎麼今天晚上什麼魚也沒打到。這時跟他喝酒的少年說：「我到下游給你趕魚！」說完「**遂飄然去了**」。我特別欣賞「飄然」這個詞，這是個用得其所、以一當十的詞，這個詞暗含少年不是普通人，誰能飄然去？普通人能像一朵雲一樣飄來飄去嗎？不可能，只有靈魂，只有鬼能飄來飄去。

過了一會兒，少年回來了，告訴漁夫：「**魚大至矣！**」來了很多魚，趕快打！漁夫「**果聞唼呷有聲**」，漁夫聽到河裡很多魚兒吞食食物的聲音，他趕緊撒網，網到好幾條一尺多長的大魚。漁夫感謝和他喝酒的少年，要送條魚給他，少年不接受，說：「總是喝你的好酒，我做這麼一點小事，你還用報答我呀，你如果不嫌棄，我就經常給你趕魚吧。」

漁夫感到很奇怪：「咱們兩個剛剛在一起喝過一次酒，你為什麼說你屢次喝我的酒呢？」這也是蒲松齡在小說情節上再次埋下的伏筆。

漁夫說：「你願意來跟我喝酒，我很高興，但是讓你幫忙打魚，我覺得欠你的情太多了。」漁夫又問少年的姓和字。這是中國古代人際交往的習慣，人和人之間互相稱呼，不叫名，而是稱呼字，以表示尊重。中國古代男子按照《禮記》所說，二十歲加冠，加冠時會根據自己名的含義取相應的字。例如，蒲松齡，字留仙，和他的愛好相符合，擅寫鬼怪方面的故事。他的號「柳泉居士」，是說他住在柳泉旁邊，沒有出家卻信奉佛教。蒲松齡的字和號都已帶有寫神鬼小說的特點。漁夫問了後，少年回答：「我姓王，沒有字，你以後見到我可以叫我王六郎。」少年為什麼沒有字？因為他不到二十歲就淹死了，還沒起字。說完兩人便分手了。第二天，漁夫把打到的魚賣了，多買了一些酒，晚上到河邊，王六郎已先來了，兩人快樂地邊聊天，邊喝酒。喝了幾杯，王六郎去給漁夫趕魚，於是漁夫又打了很多魚。

這樣過了半年，王六郎忽然告訴漁夫：「我認識你這樣一個俊秀的年輕人，我們的交情好像是親兄弟一樣，不過我們現在就要分別了。」原文是「**拜識清揚，情逾骨肉，然相別有日**」。「清揚」形容一個人眼睛明亮、眉毛俊秀、額角豐滿、面容體面帥氣。王六郎說這話時語調非常悲傷。漁夫問怎麼回事，王六郎「**欲言而止者再**」，幾次想開口又趕快停住。王六郎因為自己是鬼，不敢直接對朋友挑明，他沒想到朋友卻是個一切想得開、心胸開闊的達觀之人。

六郎說：「咱們交情這麼好，現在要分別，我就實話告訴你吧。我是鬼，生前太喜歡喝酒，喝醉了淹死在了這條河裡，我已在這條河裡待了好幾年了。你打魚總是比別人打得多，都是我在暗暗給你趕魚啊，為的是報答你請落水鬼喝酒的恩情。明天我做落水鬼的孽緣就滿了，有人會來代替我，我要去投生了。我們在一起相聚的機會只有今天晚上了，我不能不感到傷心。」

漁夫一開始聽說和自己交往這麼密切的少年，竟然是落水鬼，有點害怕，又有點震驚，但是兩人來往已半年了，親如兄弟，他也就不再覺得恐怖了。一想到要分手，他很傷心，端著酒杯說：「六郎，喝了這一杯！不要傷心！我們兩個是好朋友，分別當然應該是悲傷的，但是你的孽緣滿了，要托生為人了，我應該祝賀你啊，再悲傷就不對啦！」兩個人痛痛快快暢飲。落水鬼找替身，是古代傳說約定俗成的觀念，落水鬼必須有人代替做鬼，才能輪迴托生為人。漁夫好奇地問王六郎：「代替你做落水鬼的是什麼人？」六郎回答：「你明天在河畔看著，中午有個女子過河，那就是代替我做落水鬼的。」

果然，第二天中午，有個少婦抱個嬰兒到河邊，少婦掉到河裡，小孩丟在岸上。蒲松齡用六個字描寫孩子的神態動作，「揚手擲足而啼」。蒲松齡這個大作家太了不得了，這六個字，現代作家至少得用十二個字才能大體上把孩子的形態形容出來：「仰面朝天，手腳亂蹬，哇哇大哭」。可見蒲松齡對生活的觀察細緻周到。他觀察小孩什麼年齡會有什麼

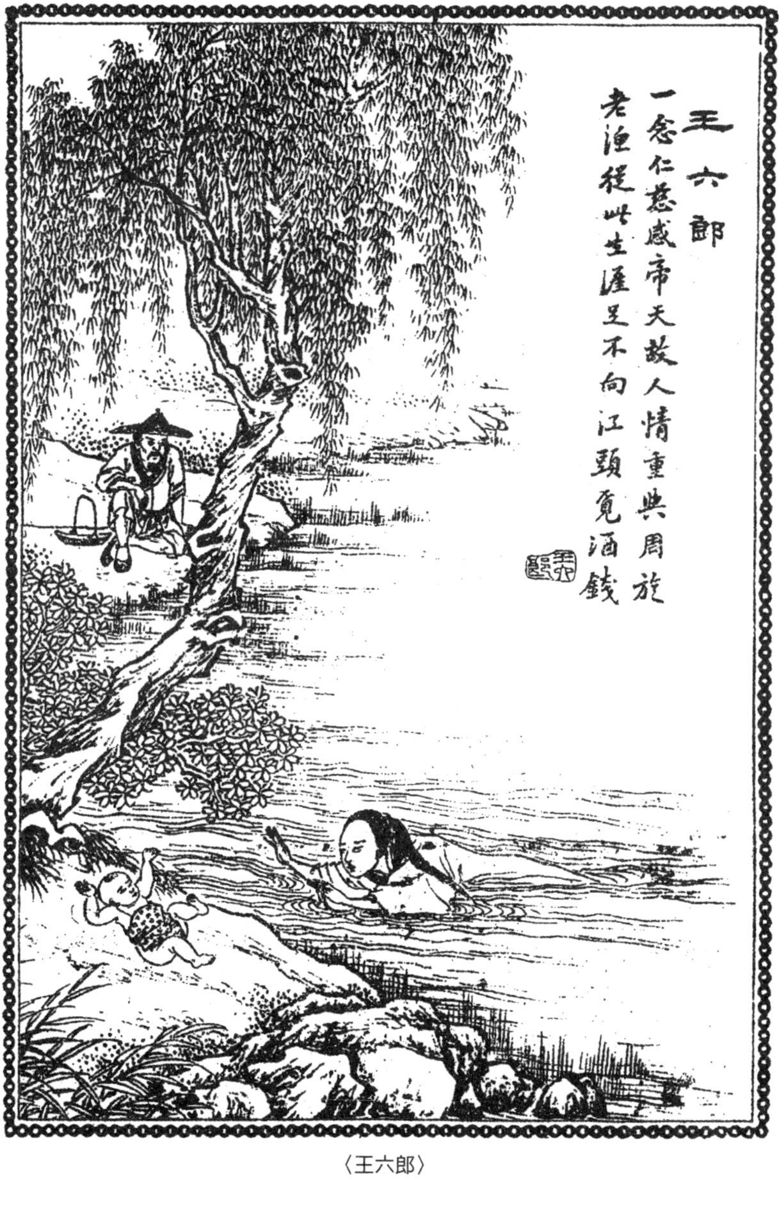
王六郎
一念仁慈感帝天故人情重與周旋
老漁從此生涯足不向江頭覓酒錢

〈王六郎〉

動作，觀察得非常細，準確地用到小說描寫裡邊。小孩出生後，大概四個月會翻身，七、八個月會爬，一歲左右會走。四個月以前的嬰兒，既不會翻身，也不會爬。落水少婦丟下的孩子在岸上只能仰面朝天、手腳亂蹬、哇哇大哭，既不會爬，更不會自己游走，所以「揚手擲足而啼」六個字，說明孩子是不到四個月的嬰兒。

這個最弱小無助的生命卻有強大力量，它觸動了不到二十歲就落水而死的王六郎心靈中最柔軟、最善良的那個角落。這個少婦如果死了，這麼小的嬰兒離了母親肯定活不下去。王六郎覺得為了自己一個人托生，要母子二人的性命來替代，實在不忍心。他毅然放棄叫女子代自己做落水鬼的機會，幫助少婦回到孩子身邊。少婦在河裡沉下去浮上來，沉下去浮上來，她在掙扎，可見她有求生願望，但是冥冥中，她不能上岸，她得代替王六郎做落水鬼。

可不一會兒，漁夫卻驚訝地發現，少婦水淋淋攀上了岸，坐到地上，稍微休息一會兒，抱著孩子走了。漁夫看到少婦落水時，很不忍心，想過去救她，但是他想到這是命中注定代替六郎的，就沒有去救。等婦人上了岸，漁夫懷疑六郎說的話不靈驗。到了晚上，他仍然在原來的地方打魚，王六郎來了說：「咱們可以不再分別了。」漁夫問怎麼回事。王六郎說：「那個婦人已來代替我做落水鬼了，但我可憐她的孩子，為了我一個人要兩個人丟掉性命，我不忍心。這樣一來，就不知道什麼時候還有人再來代替我了，也可能是因為咱們兩人緣分沒盡吧。」漁夫感嘆：「六郎的仁義之心可以通上天。」

漁夫的話說得非常對，這也是中國古代的傳統觀念，仁者愛人，上天會報答。王六郎獲得擺脫落水鬼身分的機會，他卻主動放棄，而繼續做落水鬼，這是非常不簡單的決定，是高尚的捨己為人。因為王六郎要托生為人不再做落水鬼，很可能投胎到富貴人家做達官貴人，但他出於人道主義，寧可自己繼續做鬼，也不傷害這對母子。這一點比起他和漁夫之間的朋友之情，更加令讀者感動。王六郎對漁夫說：「**代弟一人，遂殘二命，故捨之。**」這幾句話算得上《聊齋》中誨人勸世的金句。

過了幾天，王六郎又來告別。漁夫問是不是又有人替代他了。王六郎說：「不是，上一次，我的惻隱之心被上天知道了，現在任命我到招遠縣做鄔鎮的土地神，過幾天就要上任，希望你能去看我，不要怕路遠。」漁夫很高興，說：「六郎啊，你因為正直做了神，又不忘我這個故交，我很欣慰，但是我們以後人神相隔，即使我不怕路遠，又怎麼能見到你？」王六郎說：「你只管去，不要顧慮。」他再三叮囑漁夫，一定要去！漁夫回家就整理行裝，要往招遠去。他的妻子笑說：「從淄川到招遠，有好幾百里地呢，就是真有個鄔鎮，你能和泥塑的土地爺說話嗎？」漁夫不聽，竟然真就到了招遠。他怎麼去？幾百里地，一個貧窮漁夫，不可能有車馬，很可能就是步行去的。這說明漁夫恪守朋友之間重承諾的傳統道德。他到了鄔鎮，到旅店休息，放下行李就問老闆土地廟在哪兒。旅店主人驚奇地說：「客人，你姓許嗎？」漁夫說：「是，你怎麼知道？」旅店主人又問：「你是不是從淄川來的？」漁夫說：「是，你怎麼知道？」旅店主人不回答，馬上跑出去。一會兒工夫，男人抱了孩子，年輕媳婦、姑娘都跑來了。人群把漁夫圍在中間，像是一堵牆。蒲松齡用八個字描寫這個場面，「**雜沓而來，環如牆堵**」，多麼簡練，多麼形象啊。

漁夫很震驚。大家告訴他：「幾天前的夜裡，我們的土地神告訴我們：『我的淄川的一個姓許的朋友要來，你們要資助他些盤纏。』我們等您等了很久啦！」漁夫覺得這事太奇怪了，他帶著酒到土地廟祭奠，對土地神說：「跟你分手之後，我一直在想念你，睡覺都忘不了。我現在跑這麼遠來完成我們之間的約定，感謝你托夢給這個地方的人，要他們資助我，我非常感激。只是我很慚愧，沒帶什麼貴重禮物給你，僅有薄酒一杯。如果你不嫌棄，請你就好像咱們還在河邊那樣，盡情喝吧。」祭奠完之後，漁夫看到神座後面刮起了一陣風，旋轉多時，才離開了。多麼奇妙，大作家蒲松齡這是創造了一股帶著感情色彩的風，描寫人和神之間感情的風。

當天晚上，漁夫夢見王六郎穿得整整齊齊的來了，土地爺的打扮和落水鬼完全不一樣了。王六郎說：「有勞你這麼遠來探望我，我高興得眼淚都流下來了，但是我現在做個小官，不便出來和你會面了。現在咱們雖然離得很近，但好像隔著千山萬水。這個地方的老百姓會資助你的。這就算是我對老朋友的一點心意吧。你定下回去的日子後，我再來送你。漁夫在鄔鎮住了幾天後，打算回淄川了，鄔鎮老百姓熱情挽留，早上這家請吃飯，晚上那家請喝酒，家家戶戶爭著給他送行，送禮物。他走的時候，不到一個早晨，鄔鎮人送的禮物裝滿了一個大口袋。鎮上的老人小孩都跑來給他送行。

他剛剛出村，突然看到平地上刮起一陣旋風。這陣旋風伴隨著漁夫一直走了十幾里地，漁夫知道這陣風就是六郎。他向風拜謝，說：「六郎珍重，你心地仁愛，自能造福一方，我就不再囑咐你了。」這陣旋風在漁夫身邊盤旋了好久才離開。鄔鎮的人都看到了風和人之間依依惜別的感人情景，感嘆得很。漁夫回家後，因為有了鄔鎮百姓送的禮物，他的日子過得比較富裕，不再打魚了。後來他看到鄔鎮有人來，他就問土地爺怎麼樣啊。鄔鎮的人都說，有求必應，非常靈驗啊。

蒲松齡寫完這個故事後，又寫了段「異史氏曰」。蒲松齡這個小說家和一般小說家不太一樣，西方文藝理論家有個觀點：小說的傾向不要直接說出來。小說想說明什麼道理，小說家自己不要說出來，要透過形象來表現。但是蒲松齡喜歡把自己的愛憎和傾向直接說出來。這一點和西方小說及現代小說很不一樣。他在「異史氏曰」說：「一個人做了官，仍然不忘貧賤之交，這就是王六郎能成神的緣故。咱們看看今天那些坐在豪車裡面的達官貴人，他還理睬當年和他一塊兒戴著草帽的窮朋友嗎？我們家鄉有個沒做官的人，知道自己從小要好的朋友當了官，收入豐厚，他想去投奔，以為一定能得到照顧。他拿出僅有的錢財置辦行裝，千里跋涉到了朋友那裡，結果卻大失所望。最後他花光自己所有的錢，賣掉了坐騎，才能回家。他的一個同族弟弟很幽默，編了個『月令』嘲笑他，說：『這個月，哥哥看望當官的弟弟回來，原來的排場都沒了，貂皮帽子不戴了。華麗的傘蓋沒有了，原來騎去的駿馬換成驢，再也不穿著靴子到處跑了。』」

「月令」原文也精粹有趣：「**是月也，哥哥至，貂帽解，傘蓋不張，馬化為驢，靴始**

收聲。」「月令」是《禮記》的篇名，記述農曆十二個月的節令和有關事物。這個弟弟模仿月令的形式，用調侃的筆墨諷刺世態，在當時非常有名。清初大文學家王士禛評點《聊齋》給〈王六郎〉加評語時說：「月令乃東郡耿隱之事。」王士禛的《香祖筆記》也記載過耿隱之的事情。

〈王六郎〉謳歌仁義和友情，描寫普通的漁夫和落水鬼王六郎的動人友情。六郎做鬼，感激漁夫的祭奠給漁夫趕魚，漁夫不因為六郎是鬼產生懼怕之心，一人一鬼真誠相待。六郎不肯為自己托生而以兩條人命代替，這高尚的品德，感動了上天，他被提拔，做了陰司的官，身分變了，但和老朋友的友情不變，一人一神，繼續平等相處。漁夫仍然以老大哥的身分告誡已經做了土地神的六郎要仁政愛民，六郎所管轄的老百姓愛屋及烏才會幫助漁夫。蒲松齡借這個故事，歌頌了人和人之間不計功利的真誠友誼。

26 祝翁
泉路茫茫去來由爾

恩愛夫妻想一起死，沒採取任何服毒、上吊等激烈手段，兩人安安靜靜躺在床上，同一天就離世了。怪不怪？近些年，中國和外國都有報導，耄耋之年的夫妻，共同生活半個多世紀，相依為命，一個早上死了，另一個中午也悲痛而亡。

蒲松齡記載的祝翁，五十多歲，放到現代看，不過是個中年人。他生病死了，又忽然活過來，叫妻子跟他走，妻子換上禮服，跟他一起躺到床上，枕著一個枕頭，在子女的環繞下，兩人一起死了。茫茫黃泉路，祝翁想去就去，想回就回。蒲松齡不是喜歡寫花妖狐魅？當代評論家不是說他擅長寫吏治黑暗、讀書人命運、描繪愛情的百花園？他怎麼會對一個農村老頭的死產生興趣？他想關注什麼社會問題？想抒發怎樣的道德教益？

祝老頭病死了，家人進屋子穿孝服，忽然聽到祝老頭大聲喊人。子女趕快跑到停放他遺體的床前，以為父親復活了，都很高興，上前慰問。祝老頭對子女連理都不理，只對妻子說：「我已經走到黃泉路，心裡很清楚沒有回頭路了，走了幾里地，忽然想到，我死了，把你這副老骨頭撂在兒女手裡，是飢，是飽，是寒，是熱，都得他們說了算，你這樣

〈祝翁〉

活著還有啥意思？所以我又回來叫你，咱們一塊兒走吧！」

子女認為父親剛甦醒，神志不清，沒把他的話當回事。祝老頭又認真說了一遍，堅持要帶老伴兒一起走。祝老太太敷衍老頭，說：「這辦法很好，但是你剛剛活過來，我也活得好好的，怎麼能說死就死？」祝翁揮揮手說：「這有什麼難的？趕快把家裡的事處理一下！」祝老太太不去，祝老頭就一直催她快去，祝老太太出去待了一會兒，回來騙老頭說：「家裡的事我都處理好了。」祝老頭說：「趕快換上你的裝裹衣服！」祝老太太不忍心叫老伴兒不高興，便換上給自己準備的壽衣壽裙。兒子、媳婦、女兒、女婿看著老倆口像過家家一樣鬧騰，都當笑話看，偷著樂。祝老頭把枕頭讓出一半地方，拍了拍，命令祝老太太：「你躺這兒！」這會兒祝老太太不好意思了，說：「孩子們都在跟前，兩個老傢伙雙雙並臥，成何體統？」祝老頭說：「老倆口死到一塊兒，有什麼可笑的？」子女見父親著急，都勸母親照父親的要求辦，老太太只好一邊笑，一邊跟老頭枕著一個枕頭躺下，子女們又笑了起來。沒想到怪事發生了。

一會兒工夫，祝老太太笑容突然消失了，兩眼緊閉，很長時間沒有聲音，好像睡熟了。子女們好奇地湊到她身邊看，發現母親的身子涼了，試試鼻息，也沒氣了！再看看父親，也是身子冰涼，沒有呼吸！子女驚恐異常：爹和娘果然一起死了！《聊齋》原文非常精練：

俄視媼笑容忽斂，又漸而兩眸俱合，久之無聲，儼如睡去。眾始近視，則膚已冰而鼻無息矣。視翁亦然，始共驚怛。

驚怛的意思是驚奇、害怕、悲傷。

〈祝翁〉引起清代《聊齋》點評家的熱切關注。馮鎮巒說，這則逸聞令人淚下，暮年人如果遇不到孝子順婦，沒有不遭遇這類悲痛的。另一位點評家但明倫補充了一件真事：有位老人死了，把妻子留給兒子。兒子們分了家，各過各的，一天一天計算日子分頭提供母親飯食。天冷了，母親該添什麼衣服？兒子們互相推脫，誰也不管。母親想多要一點兒吃的、用的、穿的，兒子們都假裝沒聽見。這樣活著實在一點兒意思都沒有。像祝翁這樣叫上老伴兒一起死，真是看透世事，痛快！

〈祝翁〉這件不可思議的奇聞，觸及了人生最隱秘的一個角落。恩愛夫妻恨不能同年同月同日死！為什麼？僅僅為了恩愛？主要還是看兒女是否孝順。一副老皮骨掉到不孝兒女手中，寒不得衣，飢不得食，噓寒問暖指望哪個？生活慘淡加上精神淒涼，有苦向哪個說？面對不孝兒女，寧死勿生，是人生殘酷的事實。看透人生，說死就死，死得乾淨利落，死得無牽無掛，死得瀟灑飄逸，死得其所，死得其時，是農村老翁真的如此睿智？這是蒲松齡借以諷世！令人深思。

蒲松齡一直考慮如何養老的社會問題。〈祝翁〉是康熙二十一年（一六八二），蒲松齡四十三歲時的作品，近三十年後，到康熙五十年（一七一一），七十二歲的蒲松齡寫了首長詩《老翁行》，描述一位八十老翁，子孫只知道養老婆孩兒，不知道養老人，輪流管飯還爭執大月小月。（「知養妻孥不養老，分養猶爭月盡小。」）老頭老太太來這家，這家不接，到那家，那家不管。（「翁媼蹣跚來此家，此家不納仍喧譁。及到彼家復如此，嗷嗷餓眼生空花。」）康熙五十一年（一七一二），七十二歲的蒲松齡用淄川方言寫成俚曲《牆頭記》，把老有所養的話題發揮得淋漓盡致。

張老頭靠經商致富，兩個兒子長大後，張老頭跟他們分家，自己留下五十畝養老田。兒子大怪、二怪哄著父親把養老田也分給他們，承諾輪流供養老父。兩個兒子管老子管得飢寒交迫，「半年來絲絲兩氣，只飢得老肚生煙！」「六月還穿破棉襖，臘月還是舊布衫」。兩個兒子還要爭大月小月，誰也不想多管老爹一天飯。月底兩個兒子交接，一個兒子對老爹閉門不收，另一個來送老爹的兒子把老爹送上牆頭！「送上牆頭」也因此成了山東流行的俗話，開玩笑的巧妙罵人話。

《牆頭記》裡被兒子送上牆頭的張老頭為人老實，一點兒轍想不出來。他的朋友王銀匠想出個高招：假裝上門找張老頭討鑄銀錁子的火錢。銀錁子就是把大塊銀子化了鑄成的小元寶。王銀匠假裝張老頭欠了他鑄銀錁子的火錢，這就意味著張老頭藏著大錠大錠的銀子。

兩個不孝之子為了得到這些銀子，爭相對父親獻媚、供養，爭著給張老頭穿綾羅綢緞，吃雞鴨魚肉，張老頭得以安度晚年。張老頭死後，王銀匠又哄騙大怪和二怪風風光光發喪。辦完喪事，大怪和二怪來找王銀匠問：「俺爹的銀子放哪兒？」王銀匠說：「你們找你爹的銀子？你要桃仁子還是杏仁子？我是哄殺人不償命！我又不曾叫你們孝順我，你們孝敬的是你們本來就該孝敬的親爹！」兩個忤逆之子把王銀匠告上縣衙，結果張家兄弟及妻子一起被縣官打了一頓板子！

《牆頭記》幾百年盛演不衰，是山東梆子、五音戲、呂劇等好幾個劇種的保留劇目。我們從〈祝翁〉能看出來，蒲松齡對「老有所養」的考慮，早在三十年前就已開始。〈祝翁〉雖短，但它的哲理意蘊絕不比篇幅很長的俚曲《牆頭記》差。

已經死了的老頭，不放心老伴兒，回來叫她一起死。一對老夫妻，在兒子、媳婦、女兒、女婿環繞之下，說死就死，這不是天方夜譚嗎？蒲松齡在篇末說：「**翁其夙有畸行與？泉路茫茫，去來由爾，奇矣！**」難道祝翁平時就有不同尋常的美德，做過一些善事，所以他才能夠在人間和閻王殿隨意往來？太奇怪了。根據蒲松齡「聞則命筆」的習慣，〈祝翁〉這篇幾百字的短文基本可考定於康熙二十一年（一六八二）蒲松齡四十三歲時在畢家所寫。蒲松齡尊稱他的東家為畢際有刺史，畢際有的父親畢自嚴，人稱「白陽尚書」。蒲松齡開始在畢府做家庭教師時，尚書夫人還在，老太太特別喜歡聽鬼怪故事。講祝翁故事的人就是畢府的女傭，祝翁的兄弟媳婦。奇怪的逸事卻有準確的時間、地點、講述人，這是蒲松齡經常採用的障眼法。

27 公孫夏

賣官鬻爵的警世圖畫

〈公孫夏〉是個陰司買官市儈受到關羽懲罰的幻想故事。小說真正的主人公是沒名沒姓的市儈「某生」，蒲松齡連個姓都不給他，可見對他有多蔑視。公孫夏只是有重要思想意義的過場人物。為什麼他成了篇名？說明蒲松齡對賣官鬻爵這個重要社會現象極其重視。

科舉制度雖已腐朽，畢竟還是相對公平的選拔人才的制度，在蒲松齡生活的康熙盛世，出現捐納、買官現象的原因，最初是戰爭需要錢，朝廷採取的暫時性辦法，後來越發不可收。有權的人可以賣官鬻爵，有錢的人可以買官做，花錢越多，買到的官越大，把買官當投資，當官後再撈錢。蒲松齡科舉拚搏幾十年，直到七十二歲才成為貢生，成了「候補儒學訓導」，一直候補到逝世。因此，他對買官賣官深惡痛絕。

保定有個國子監生正打算進京用錢買個縣官做時病了。一天，書僮報告有客人來訪。客人衣裝華貴，像有身分的人，某生恭敬地向他行禮，請他進門，詢問客人從哪裡來。客人回答：「我叫公孫夏，是十一皇子的座上客。聽說你整理行李想去買個縣官，既然有當官的志向，當太守豈不更好？」某生謝過客人好意，說：「我的錢不多，不敢奢望那麼大的官。」公孫夏說可以先交一半的錢，等到任後弄到錢他再來收另一半。某生高興地問公孫夏有什麼買官的好辦法，客人回答：「總督、巡撫都跟我有交情，你先弄五千吊錢來，真定府缺個太守，馬上就可以買到。」某生很奇怪，真定跟保定在同一個省，按照朝廷規定，不可以在本省做官。客人笑著說：「你太迂腐了！只要有錢，誰還管你是外省還是本省？」某生還是拿不定主意，懷疑這事辦不成。客人說：「不必疑惑。實言相告，這是陰司城隍的官職，你壽數已盡，已在死簿登記了，趕快抓緊時間辦，還可以取得陰司的富貴。我三天後再來找你。」說完便出門跨上馬走了。

這段描寫寫出賣官鬻爵的幾個關鍵點：第一，賣官的公孫夏，是十一皇子的座上客，說明賣官有皇室參與；第二，公孫夏宣布和總督、巡撫都是朋友，什麼朋友？不斷向他賣官的朋友，官越大，賣官得錢的機會越多；第三，買官可以先交一半的錢，到任後刮了地皮再交欠的另一半，諷刺到了骨子裡；第四，公孫夏說：「**但有孔方在，何問吳、越桑梓耶！**」《聊齋》名言！封建吏法嚴格規定，不可以在本省做官，公孫夏用金錢把這個規則破了，只要有錢，誰還管你是河北本省的，還是吳、越那些遠地方來的。只要有錢，在哪兒都能做官。銅臭世界，陰霾地獄。

公孫夏走了，其實是某生暫時從陰司回到人間。他馬上和妻子訣別，叫家人拿出藏銀，買了上萬串紙錢，把整個郡的紙錢都買光了，把紙錢和草人、紙馬一起堆積庭中，日

〈公孫夏〉

夜焚燒，灰高如山。三天後，公孫夏來了，某生在陽世燒的紙錢、草人、紙馬已變成陰司的錢和隨從馬匹。他把錢交給公孫夏，公孫夏立即領他去見主管貴官。貴官端坐大殿上，某生上前跪倒行禮。貴官略微問了幾句姓名，說了些「做官要清廉謹慎」之類的話，然後取了真定太守的委任書遞給他。賣官的貪汙撈錢，買官的到任後加倍盤剝百姓，哪兒有什麼清廉，哪兒有什麼謹慎？有錢買得鬼送官。鬼臉鬼花招欺人欺世，還得滑稽地走過場，勉勵清廉謹慎。真是可笑。

某生行完禮，出了官署。他想：我不過是個國子監生，地位卑賤，如果不在車馬服飾上大大炫耀一番，不足以震懾下屬。於是，他又買駿馬高車，派鬼卒用彩轎到陽世把心愛的小妾接來。這些事辦完，真定府接他的儀仗隊也已經來了。從保定到真定要走百里路，浩浩蕩蕩的車馬在路上耀武揚威，他十分得意。忽然在前邊開道的先導收起旗子，停下鼓樂，怎麼回事？某生驚疑間，看到騎馬的人紛紛下馬，驚恐地伏在道邊，人縮小成一尺左右，馬縮小得像貓。馬夫驚駭地說：「關帝來了！」某生害怕了，也下車伏到道邊。遠遠看到關帝帶著四、五個隨從，緩緩騎馬過來。關帝長著一大把絡腮鬍，不像世上畫的長髯飄胸的樣子，但神采威猛，眼睛很長，幾乎到了耳朵邊。《聊齋》重新為關羽畫像。絡腮鬍像毛張飛，眼睛特別大，觀察世界更清楚。

關帝在馬上問：「這是個什麼官？」隨從答：「真定太守。」關帝說：「**區區一郡，何直得如此張皇！**」某生一聽到這話，嚇得毛骨悚然，身子猛然縮小，自己看看，像個

六、七歲的孩子。關帝出現，壞人的人馬一下子縮小，是寫冥世氣氛，也是誇張正人君子對邪惡的震懾。妙！

關帝叫還沒上任的真定太守起來，跟在馬後邊走。道旁有座殿宇，關帝進去，朝南面坐下，命令隨從給這個人紙筆，叫他寫籍貫姓名。某生寫完，關帝一看，大怒：「**字訛誤不成形象！此市儈耳，何足以任民社！**」這個要當太守的，字都寫不好，就是個市儈，怎麼能為民父母！關帝叫人再查查他的德行紀錄！旁邊有人跪下向關帝報告，不知說了些什麼。關帝嚴厲地呵斥：「想當官的罪小，買賣官爵罪重！」不一會兒，有金甲神拿著鎖鏈過來，兩個人捉住某生，剝掉他的官服，打了他五十大板，把屁股上的肉都打爛了，然後關帝下令，將他轟出門去！某生四顧看看，車沒了，馬沒了，隨從也不見了，屁股疼得不能走路，只好趴在草叢間，仔細看了看，離家尚不甚遠。幸好身體輕得像一片樹葉，一晝夜就到家了。

某生突然像夢醒一樣，在床上呻吟。家人都問，他只說屁股痛。原來他已經死了七天了。他問愛妾阿憐怎麼不來？原來那一天阿憐正跟人聊天，忽然說：「他當上真定太守，派人來接我了。」剛梳妝打扮好就死了，不過是隔夜的事。家人覺得奇怪。某生悔恨得捶胸叫苦，叫家人先把阿憐停屍勿葬，希望她能復活，幾天後還是沒動靜，只好把她埋了。某生的病漸漸好了，但身上的傷太重，半年才能起床。他經常說：「買官把家裡的錢都花光了，到地下遭受酷刑，這還可以忍耐，但不知愛妾被弄哪兒去了，漫漫長夜可怎麼過啊。」奇怪，某生已經死了，在陰司買官，被關帝痛打一頓，居然回到陽世了。豈不是因禍得福？蒲松齡故意讓他到陰司轉一圈來說事。異史氏曰：「唉！市儈小人本來就沒資格做官，陰司既然有賣官鬻爵的，恐怕關帝的馬跡也難達到，那些作威作福的人真是誅不勝誅啊！」

蒲松齡一直期望海晏河清，官清吏明，他在「異史氏曰」後邊附了一段真人真事：他的同鄉郭華野先生辦過跟關帝類似的事，也算是人中之神。

郭先生清廉耿直，頗受皇帝重視，皇帝派他做湖廣總督。他的行李非常簡陋，只有四、五個穿著破舊的隨從，路上的人都不知道他是貴官。恰好有新縣令赴任，和郭先生相遇。縣令帶著二十幾輛駝車，前邊幾十個人騎馬開道，隨從百餘人。郭先生不知他是什麼官，一會兒走在他前邊，一會兒走在他後邊，還時不時讓自己的人夾雜到他的隊伍裡探察。開道的人很生氣，訓斥郭先生的隨從，郭先生也不管不問。到了一個大鎮上，郭先生跟那伙人都停下休息，他派人悄悄調查，知道是一個國子監生花錢買個縣令要到湖南上任。郭先生派人把縣令叫來。縣令聽說有人傳他，十分驚疑，一問是什麼人傳？湖廣總督！立時嚇得毛骨悚然，無地自容，穿上官服，手腳並用，爬到郭先生跟前。先生問：「你就是某縣的縣令？」「是。」「這麼小的一個縣，怎麼能養得起你這麼多隨從？你到任，一方百姓定要遭殃！不能讓你去禍害百姓，你馬上回家吧，不用再往前走了。」縣令叩首說：「下官還有任命書呢。」郭先生叫他把任命書交上來，查驗以後說：「這也是小事，我替你交回去就是了。」縣令跪倒叩頭，出去了，他回家的路上不知道是什麼心情，而郭先生繼續輕裝上路。世界上還有官員沒上任就被考核罷官的，實在是前所未聞的創舉。郭先生是奇人，才會做出這樣大快人心的事。

賣官鬻爵是黑暗吏治的重要方面，《聊齋》刺貪刺虐，入骨三分，對這一黑暗現象的描寫奇而又奇，深而又深。「但有孔方在，何問吳、越桑梓耶」，多麼驚心動魄的語言！只要金錢開路，連向來標榜的不要桑梓做官的規定都可以不遵守。孔方兄成了官場的萬靈通行證！封建吏治已經黑暗到不可救藥的程度！

關雲長的出現，寄託了作者的理想，也是幻想。關雲長和張飛是三國時的武將，是《三國演義》的文學形象，卻多次被請到《聊齋》裡清理吏治和文壇，這也是沒有辦法的辦法，或者說根本不可能兌現的辦法。

〈公孫夏〉描賣官醜劇，狀小人得志，畫正神威儀，寫清官懿行，形象逼真，細節生動。正文寫的是冥世，實際是陽間倒影；「異史氏曰」寫鳳毛麟角般的清官，其實是小說的原型。郭華野是山東即墨人，著名清官。對比「異史氏曰」對真人真事的描寫和正文，可以看出從生活原型到小說創作的變異，看出小說家的天才巧思。郭華野任湖廣總督是康熙三十八年（一六九九）的事，離《聊齋》初步成書已經二十年，蒲松齡也年近花甲，〈公孫夏〉是聊齋先生經過漫長歲月後，對人生、對社會、對官場的更清醒的認識，是在小說創作上積累了更多經驗後的作品，也是其思想性和藝術性俱佳的代表作。

28 田子成

鬼父孝子喜相逢

〈田子成〉和〈汪士秀〉一樣，寫分別幾十年的父子相逢，〈汪士秀〉父子相逢靠的是汪家傳統足球技法流星拐。〈田子成〉父子相逢靠的是父子兩人的名字還有鬼酒令。算不上《聊齋》一流名篇的〈田子成〉很大程度上能說明《聊齋》對《紅樓夢》的創作在人物命名和酒令方面起到開先河的作用。

「**江寧田子成過洞庭覆舟而沒。子良耜，明季進士，時在抱中。妻杜氏，聞訃，仰藥而死。良耜受庶祖母撫育，得以成立。**」開頭四十幾個字，包含多層意思。《聊齋》小說經常會交代「某生，某某地人」，有什麼個性，不會同時交代父子兩人的名字，但〈田子成〉明確交代，因為必須交代，這是小說的樞紐。

《聊齋》命名有講究，「耜」是掘地的工具，良耜，是掘地良具，所以他能把父親的遺骨從千里外挖出帶回家跟母親合葬。父親靠兒子才能歸葬故鄉，所以父親名字叫「子成」，是兒子完成他的遺願。接著，小說寫田子成妻子杜氏聽到丈夫凶信，喝毒藥死了。田良耜靠庶祖母撫育，長大成人，考上進士，第一次出來做官就到了湖北。一年後他奉上級命令到湖南出差，到洞庭湖哭了一場就返回去報告上級，自己能力不夠，完不成上級交給的任務，情願被降級使用。上級把他降成漢陽縣丞，他更不願意了，堅決不幹，上級強行督促他上任，他只好去了，但他不好好上班，只在江湖間遊玩。他為什麼有這麼出格的行為？因為他爹在洞庭湖淹死，他想遠離這塊傷心地，哪怕降職都可以，上級偏偏給他降了職，仍叫他在離洞庭湖很近的地方上班，他當然不高興了，所以故意玩忽職守。

小說關鍵的場面，也是關乎人物命運的場面馬上就要出現了。

有天晚上，他把船停在江岸，聽到抑揚動聽的洞簫聲。他乘月色順著聲音走了半里多，見曠野中茅屋數間，燈火熒熒。他靠近窗邊悄悄觀察，看到三個人對坐喝酒，「**上座一秀才，年三十許；下座一叟；側座吹簫者，年最少。**」小伙子吹完了簫，老頭擊節讚賞，那個三十多歲的秀才卻面壁吟詩，對簫聲置若罔聞。老頭曰：「盧十兄肯定有佳句，請吟誦出來欣賞。」秀才吟的七絕是人生悲劇的總結：「**滿江風月冷淒淒，瘦草零花化作泥。千里雲山飛不到，夢魂夜夜竹橋西。**」吟聲悲愴。老頭笑著說：「盧十兄故態作矣！」什麼意思？你怎麼總懷念千里外的故鄉，懷念死在故鄉埋在竹橋西的愛妻？老頭端一大杯酒給秀才，說：「老夫不能和詩，就唱首歌助興吧。」老頭唱了一首《蘭陵美酒》，唱完，在座的人都笑了。

這段描寫裡邊暗藏著什麼玄機？這是些什麼人？他們三個都是鬼魂，上座的秀才就是田良耜在洞庭湖淹死的父親田子成，田子成死後，他的妻子杜氏自殺，葬在竹橋西。所以他的詩句懷念故鄉，懷念妻子。

年紀很輕的吹簫人是他的親戚，叫杜野侯，十九歲淹死；那個老頭，小說沒交代，看來是田子成在陰世交的朋友。那麼，為什麼田良耜已做了進士，當了官，他爹田子成才三十幾歲？這是因為中國古代傳統觀念，人死了鬼魂就永遠不再長大。宦娘死了一百年，連瑣死了二十年，如果她們在陰間也長年齡，她們出來和書生見面，就是兩個白髮老太了，怎麼可能呢？蒲松齡在這裡埋下兩個小說構思的釘子，一個釘子是三十多歲的秀才，田良耜怎麼也不會認為是自己的父親；另一個釘子是，秀才現在不叫田子成，而是叫盧十兄，其中大有文章可做。

這時，那個少年起來要出門看月亮，發現了田良耜，便把他領進房間，請他入座喝酒，田良耜發現酒都是冰的，不肯喝，少年起來用蘆葦燒火燙壺再喝。田良耜叫隨從出去買酒，老頭制止，詢問他的家世。田良耜說了。老頭表示尊敬，說：「您是我們的父母官啊，我姓江，是本地人。這位小伙子是江西杜野侯。這位盧十兄，與您是同鄉。」按說盧十兄和田良耜是老鄉，盧十兄卻「**殊偃蹇不甚為禮**」。這個似乎很不合乎人情的細節卻符合人物關係的定位，盧十兄就是田子成，父親哪有對兒子行禮的道理？田良耜問盧十兄：「你的家住在什麼地方？你這麼有才能，我怎麼早沒聽說過你？」盧十兄回答：「我出來很久了，人們都不認識我了，真是可嘆啊！」其實是他死了許久了，所以「**言之哀楚**」。

老頭搖手制止他們說：「好朋友相逢，不說酒令，倒絮絮聒聒說這些，不愛聽！」老

〈田子成〉

頭為什麼制止？是蒲松齡叫他制止的，如果他不制止，田子成對兒子說出「我就是你父親，把我的遺骸帶回家去」，這小說還怎麼往下編呢？

老頭出酒令了：「咱們行的令是一個人擲三次骰子，以兩個擲得的點數之和和另一個骰子點數相等為標準，還必須說一個和點數相合的典故。」老頭先擲得幺二三，唱道：「三加幺二點相同，雞黍三年約范公：朋友喜相逢。」老頭擲得的是一、二、三；一和二相加是三，三的典故是范式和張邵三年後朋友約會的故事。

接著，年輕人擲得雙二單四，說：「四加雙二點相同，四人聚義古城中：兄弟喜相逢。」兩個二相加等於四，典故是桃園結義的三個人加上趙雲古城相會的典故。

盧十兄擲得雙幺單二，說：「二加雙幺點相同，呂向兩手抱老翁：父子喜相逢。」兩個一加一起是二，呂向抱老翁是《新唐書．呂向傳》裡的典故。唐代狀元呂向幼時，父親外出不歸，呂向寄居外祖家。他做翰林後，有一天上朝歸來，路遇一老人，突然心動，一問，竟然是其父，二人熱淚盈眶，擁抱在一起。

良耜擲，點數與盧十兄相同，他說道：「二加雙幺點相同，茅容二簋款林宗，主客喜相逢。」這裡邊用的典故是《後漢書》茅容用草蔬招待郭林宗的故事。茅容留郭林宗住在家中，殺雞後奉母親用，而自己和客人用粗菜。林宗認為茅容賢孝，大加讚揚。良耜用這個典故是表示我們這些人相逢，是意氣相投的新朋友。

這段酒令是什麼意思？其實，老翁、少年、田良耜的酒令都是陪襯，真正有含義的是盧十兄的典故，而關鍵是父子喜相逢。

良耜起身告辭。盧十兄這才站起來說：「同鄉之誼，還沒好好談一談，這麼快就要分別？我還有事想問你，請你再留一會兒。」良耜復坐，問：「你要問我什麼事？」盧十兄說：「我有個老朋友，淹死在洞庭湖，和你是同族。」良耜曰：「是先君。你怎麼跟我父親相識？」盧十兄回答：「我們小時就是好朋友，他去世的那天，只有我看到了，我把他埋葬在江邊了。」良耜邊哭邊下拜，求他告訴自己父親的墓地在什麼地方。盧十兄說：「明日你還來這裡，我指點給你。他的墓很容易分辨，離這個地方幾步遠，有座墳上有一叢蘆葦，數一數是十根的就對了。」「**叢蘆十莖**」，不就是盧十兄？能夠考上進士的田良耜竟然沒想到，盧十兄就是他爹。他灑淚與眾人拱手告別。

回到船上，田良耜一夜睡不著，忽然想到盧十兄神情話語好像都另有原因，他不能等待天明了。天色矇矇亮，他就跑到昨天的地方了，可哪兒有什麼茅舍，他大為吃驚。他按照盧十兄說的走了幾步找墳墓，果然有座墳墓上有叢蘆葦，數一數，十根。他恍然大悟，盧十兄之稱皆寓言，原來他遇到父親的鬼魂了。

細問當地人，原來二十年前，有一位高翁富而好善，溺水的人他都派人打撈出來埋到這裡，所以這裡有好幾座墳墓。田良耜挖開墳墓，把父親的遺骸取出來，官也不做了。他回家把這件事告訴祖母，祖母說，那個自稱盧十兄的人模樣完全和他父親一個樣兒。

〈田子成〉這個兒子與父親鬼魂相遇的故事是在朦朧的月下，抑揚可聽的洞簫聲中，在熒熒燈火的茅屋數椽中展開。淒冷的環境，優雅的簫聲，沉溺的鬼魂，融合無間，幽美閒雅。作為短篇小說藝術大師，蒲松齡對小說藝術形式的開拓多有貢獻。小說如何寫得精美，做得精巧？如何寫他人之未寫？如何出人意外而入人意中？挖空心思才可以。

在〈田子成〉中，值得注意的是小說的「操作」技巧：其一是酒令；其二是人物命名；其三是字謎。酒令左右情節的發展：田良耜與父親的鬼魂一起飲酒，父親的鬼魂用酒令「父子喜相逢」暗示父子關係。人物命名操縱小說情節：子名良耜，意思是好鋤頭，故掘父骨歸葬，父親靠了兒子才能魂歸故鄉，所以此人名「田子成」。田子成又以「盧十兒」的假名出現，意在提醒兒子：他的墓上有叢蘆十莖，用字謎法將人物名字和景物聯繫起來。這些手法，即在小說中使用酒令、用人物命名操縱故事，在《紅樓夢》中得到進一步的發展。酒令為小說主題服務，其他人的酒令都是為盧十兒的酒令鋪墊；《紅樓夢》中史太君兩宴大觀園，其他人的酒令都是林黛玉「良辰美景奈何天」酒令的鋪墊，二者如出一轍。

29 劉夫人
鬼嫗企業家

〈劉夫人〉是人鬼合作經商創業的故事，人鬼同心，其利斷金。蒲松齡給傳統鬼故事增添了近代文明色彩，甚至寫出現代商業社會近似投資控股的經營模式。是不是太超前？跟一般純潔文弱的鬼少女與陽世間青年書生戀愛的故事不同，〈劉夫人〉成功創造了歷經滄桑、成熟老練、智謀過人的「女鬼強人」形象。

封建社會時期，女性是「第二性」，在家庭中處於次要地位，支撐家庭的是男性。劉夫人是鬼，卻擔負起人世間男子才能擔當的責任，她運用超強的智力和能力幫助不爭氣的後代興旺家業。既然孫子們都像貓頭鷹和劣馬一樣，或沒能力，或品質很差，劉夫人如何幫他們發財致富，至少給他們提供生存條件？老女鬼慧眼識人，她選擇了一個忠實可靠的凡間書生，把自己的錢交給這個書生創業。他們之間「**所憑者在福命，所信者在腹心**」，靠的是福氣和命運，依託心腹之人。這兩句話是人際交往的至理名言。雖然是鬼故事，卻蘊藏著許多世間的重要哲理。

這個人鬼故事比較長，我們把它分成幾個環節看。

第一個環節：人鬼合作經商的開始。小說男主角姓廉，這個姓是按他的品性給的，就像葉生姓樹葉的葉，其實是冤孽的孽。廉生是彰德人，屬河南安陽。有一天，廉生迷了路，到一戶人家借宿，接待他的是四十多歲有大家風度的劉夫人。一見面，劉夫人就直呼其姓說廉公子到了。這說明夫人有特異功能，預知廉生會來，更確切地說，她是鬼，引導廉生來。

她為什麼要引導廉生到自己的宅院（其實是墳墓）來？因為她要和他合作創業。她在酒席上說，丈夫早死，她獨自待在荒郊野嶺（其實她也早就死了，待在墳墓裡）。她雖然有兩個親孫子，但不是敗家子就是無用之才，所以她希望廉生代她經商，分點餘利。她告訴廉生的兩句話很重要，一句是你秉性忠厚可靠，我才跟你見面。雖然你現在跟我沒有什麼瓜葛，卻也是三生骨肉。這裡暗藏著一個未來的情節，廉生會成為她的外孫女婿。另一句話是，你學著做買賣，勝過你讀書讀不出效果。

劉夫人說：「**薄藏數金，欲倩公子持泛江湖，分其贏餘，亦勝案頭螢枯死也。**」我有點藏銀，想請公子拿去做買賣，我分點利息，你也勝過讀書得不到功名最後鬱鬱而死。劉夫人的話「**案頭螢枯死**」引用杜甫詩的典故：「窮巷悄然車馬絕，案頭乾死讀書螢。」接著，劉夫人交給廉生八百兩銀子，要他找個姓伍的誠實可靠僕人，幫助他經商，她讓家人備馬，送廉生出去，約定臘月底在此恭候，為廉生洗塵。這一段有什麼重要信息？第一，可憐天下祖母心，已死了的劉夫人，為了幫助孫子能活下去，與活人合作經商。第二，廉

〈劉夫人〉

生將來會和劉夫人成為三生骨肉的近親。第三，劉夫人送的馬是鬼馬，將來會有故事。

第二個環節：劉夫人運籌帷幄，廉生經商致富。廉生本是讀書人，不會經商，他按劉夫人的提示，找姓伍的做幫手，歲末賺了三倍利息。因為主要靠姓伍的經商，廉生便想多給伍某錢，把錢分攤在日常開支上記賬。年底，他拿著賬本向劉夫人彙報，劉夫人不看他的賬本，卻告訴廉生，所有開支，包括多給伍某的錢，她都有記錄。神奇不神奇？這自然是鬼的法術。

純樸的廉生仍沒發現劉夫人身分特殊，跟凡人不一樣。劉夫人叫廉生遠行經商，告訴他，此行可以獲萬兩銀子利息，而且得到「西施」做賢內助。廉生果然經商得重利，還當上鹽商，漸漸把經商的事交給伍某，自己以讀書自娛。更神奇的是，恰好訛傳朝廷要從民間選美女分送守衛邊疆的將領，民間有女兒的人家紛紛匆忙把女兒送出去嫁人。

廉生在湖南桃源縣偶然住到朋友薛生家，有個姓慕的送來妹妹給薛生做妻子，到了卻發現薛生剛和某大姓人家的女兒結了婚，沒法把妹妹嫁給薛生了。慕家女子是個佳妙無雙的美女。聊起來之後，廉生知道慕生原來也是彰德人，母親娘家原是世族，外祖父叫劉暉若，外祖家有兩個孫子。廉生知道彰德郡北有個叫劉荊卿的是讀書人，不知道是不是他外祖的孫子。慕生對廉生說，他打算把父母的棺材歸葬故鄉，因為沒錢，沒辦成。廉生爽快地表示，他可以幫助移葬。這段人物關係線索清楚：慕生就是劉夫人的親外孫，他送來的妹妹是劉夫人的親外孫女，他們的母親是劉夫人的親生女兒，而廉生知道的劉荊卿正是劉夫人說的不成器的孫子之一。這樣一來，廉生就成了劉夫人的外孫女婿，三生骨肉。

廉生和慕家兄妹載著岳父母的遺骸回彰德安葬，帶著經商得到的錢去見劉夫人，劉夫人迎接他說：「**陶朱公載得西子來矣，前日為客，今日吾甥婿也。**」廉生服其先知，問：「您跟我岳母什麼關係？」劉夫人告訴他別問，以後自然就會知道，然後，把獲得的利息分成五份，給廉生三份，自己取兩份。

她告訴廉生，我留銀子沒用。我分這五分之二的銀子是給我的孫子用。接著，她囑託廉生：「**吾家零落，宅中喬木，被人伐作薪；孫子去此頗遠，門戶蕭條，煩公子一營辦之。**」我家敗落，院子裡的大樹被人伐作燒柴，孫子離這兒很遠，門戶蕭條，麻煩公子給收拾一下。廉生堅持只收一半的銀子，劉夫人硬塞給他，送他出門。廉生回頭一看，哪兒有什麼房屋？原來是個破敗的墳墓。他知道了自己遇到的劉夫人，就是妻子外祖母的鬼魂，外祖母托他經商幫助嫡孫。廉生贖回劉家一頃墓田，種上很多樹，把劉夫人的墳墓修建得非常壯觀。

劉夫人是鬼，卻擔負起人世間男子才能擔負的責任，她運用超強的能力幫助「**非鴟鴞即駑駘**」的後代興旺家業。她未卜先知，洞察一切，料事如神，這是鬼的特點。她深諳人情物理，善於識別人才、使用人才，寬以待人，擅長管理，這是人的特點。鬼性激發，人性張揚，《聊齋》點評家謂之「世情惓惓，鬼亦猶人」。

劉夫人像在大帳裡搖羽毛扇的諸葛亮，指點著廉生商海衝浪，一浪高過一浪。男主角廉生其實是聽從劉夫人指揮的台前表演者，他以「廉」為姓，蒲松齡顯然想頌揚人與人交往中廉隅自守、潔身自好的品格，正所謂「鬼借人謀，人資鬼力，雖云福命，亦由至性純篤所致耳[17]」。蒲松齡還借劉夫人的嘴說明做一個成功的商人，「勝案頭螢枯死」，這是蒲松齡人生蹉跌得出的經驗，也跟他父親的經歷有關。劉夫人這個形象的出現，廉生和劉夫人合作，棄儒經商取得巨額財富的故事，已經有了近代文明、近代商業經營思維的特點，劉夫人像董事長，廉生像總經理，伍管家像總經理助理。他們聯手在商業大潮中劈波斬浪，取得財富，實現人生價值，再按照出資方和運營方的合理比例來分紅，這在當時看來是一種新穎的思維方式，也順便給《聊齋》人物畫卷增添了一位雖然早就死了，卻關心後代兒孫的「可憐天下祖母心」的女鬼形象，同時，刻畫出一位擅長識別人才、運籌帷幄的女強人的形象。

第三個環節：劉夫人後輩受益於鬼祖母。按說，寫到這個地方，人物塑造成功，小說可以算成功了。但《聊齋》短篇小說的精雕細琢還沒完成。蒲松齡寫小說，結構像細密的網，無一處無來歷，無一處無照應，上接下聯，綱舉目張。劉夫人一開始就告訴廉生孫子不成器，「非鴟鴞即駑駘」。這兩個孫子哪個是鴟鴞——貓頭鷹般的惡鳥，品質惡劣；哪個是駑駘——無能的劣馬，小說還得交代。

17 清代《聊齋志異》點評家但明倫評。

劉夫人的兩個孫子，長孫劉荊卿，是一個沒多大能力但還算老實的讀書人，算駑駘，既負不了重，也走不了遠路的劣馬；次孫劉玉卿賭博無賴，算鴟鴞惡鳥。兄弟二人因為廉生修自家祖墳來感謝他，廉生送給他們不少錢。為人忠厚老實的廉生，漸漸跟兄弟二人談起經商的事。

玉卿知道祖母跟廉生分錢的事，推測祖母墳墓裡肯定有不少銀子，就跟賭徒合伙盜祖母的墓，不肖子孫打開棺材露出祖母遺骨，結果沒發現銀子。廉生知道妻子外祖母的墓被盜，跟荊卿一起去看。二人進入墓中，看到劉夫人分的兩份銀子白晃晃堆在那裡，那可是幾千兩銀子，但玉卿卻一點兒也看不到。荊卿想和廉生二一添作五，廉生說：「這是夫人留給你的。」

荊卿把銀子運回家，再向官府告發盜墓的事，官府追查結果是玉卿主使，判他極刑，荊卿代他求情才免了死刑。廉生和荊卿聯合修墓修得更壯觀，而玉卿繼續賭博，廉生和荊卿經常資助他，仍不夠他揮霍。有天晚上，強盜進廉生家勒索，要廉生把銀子交出來。廉生藏的銀子都是一千五百兩一錠，強盜取了兩錠，用廉生家的馬運走，叫廉生把他們送出村。村人鼓譟捉賊，強盜跑了，銀子丟在路邊，馬已倒地變成灰燼，原來這馬是鬼馬。追查的結果是，強盜一伙又是玉卿主使。玉卿是怎麼露餡的呢？卻是因為他的一念之善。強盜進廉生家後，有個強盜想強暴廉生的妻子，被另一個戴面具的強盜氣憤地大聲制止，廉生聽聲音像是玉卿，而玉卿是在保護親表妹不受汙辱。追捕的結果是玉卿被抓，死在監獄，後來廉生還經常救助玉卿的妻兒。

小說最後的情節把鬼祖母、鬼外祖母的謎底一一揭開，把前因後果、劉夫人的良苦用心全部揭曉。劉夫人創業掙下的金錢透過廉生交給長孫荊卿，他雖然駑駘無用，尚可守門戶，這也和開頭劉夫人的話相呼應，兩個孫子「**非鴟鴞即駑駘**」。兩個孫子皆貧，一個是駑駘沒有能力，一個是鴟鴞賭博無賴。開頭劉夫人讓僕人把馬留在廉生處，這是伏筆，馬是陰世來的，最後起的作用是以鬼馬身分保護劉夫人留給廉生的銀子。

小說草蛇灰線，伏線千里，細針密縷，前後呼應，一絲不亂，一絲不差。最後蒲松齡發表幾句評論：「**嗚呼，『貪』字之點畫形象，甚近乎『貧』，如玉卿者，可以鑑矣！**」蒲松齡想說的是這樣一個道理：廉能致富，貪必致貧。

30 閻羅薨
閻王也有死時候

「薨」是死亡的別稱。從周代開始，中國人對死亡的稱呼就有尊卑之分，天子死叫崩，諸侯死叫薨，大夫死叫卒，士死叫不祿，庶人死叫死。到了唐代，三品以上大官死叫薨。閻羅薨就是閻羅王死了。閻羅王本來不就是級別最高的鬼嗎？他怎麼又死了？

原來《聊齋》有許多兼職閻羅，他們平時是大活人，有時做兼職閻羅。這個兼職閻羅之所以真的死了，是因為他違反了陰世王法，想在審案時稍微講點兒人情，而陰曹非比陽世，「**可以上下其手**」，結果兼職閻羅受到嚴厲懲罰，真死了。其實這位兼職閻羅並沒有大的貪腐行為，只是因為辦案時攜帶陽世人觀察審案，對被審查者心存照顧之心而已。看來這個講法治的陰司，是蒲松齡心目中理想的世界。

某省巡撫的父親做過南方的總督，已死很長時間。有一天，巡撫突然夢到父親來，神色淒慘地說：「我一生做官並沒犯多少錯誤，只有一次，我治下一個總兵帶著五百名兵士，本不該調動，我調動了，結果他們遇到海盜，全軍覆沒。現在，他們告到閻王那兒，閻羅殿的刑罰殘酷毒辣，實在可怕。審判我案件的閻羅不是別人，明天『經歷』魏某要押解糧食到此，你求求他。不要忘了。」

經歷是什麼官？是朝廷或各省掌管文書的官，在中央任職級別大概是正六品，在地方任職則是正八品。這級別比起巡撫絕對是下級之下級了。

巡撫醒後想，有這等怪事？朝廷的「經歷」官員是陰司的閻羅？可能嗎？我不是做怪夢吧？再睡下，夢到父親又來了，還教訓他：「世上還有你這樣的兒子嗎？生身之父遭受磨難，你竟不用心，還當是做妖夢想置之不理？」巡撫覺得奇怪極了。

第二天，巡撫留心審閱過往文件，發現果然有位魏經歷，轉運糧草剛剛到來。他立即派人將他找來，讓兩個侍從把魏經歷按到位子上，自己用朝見皇帝的大禮參拜。拜完之後，他跪在地上，淚流滿面，把為什麼求魏經歷一一說來。魏經歷開頭不承認兼職做陰司閻羅，巡撫跪在地上就是不起來，哭得稀哩嘩啦的。魏經歷只好說：「是有這麼回事，只是陰司法嚴厲，不像人世間這樣糊塗昏昧，可以上下其手，只怕我幫不上您的忙。」

「**陰曹之法非若陽世懵懵，可以上下其手，即恐不能為力**」是小說的文眼。懵懵，糊塗昏暗；上下其手，勾結作弊。巡撫苦苦哀求，魏經歷不得已，只好答應了。巡撫又請求從速辦理。魏經歷考慮找不到安靜的地方，巡撫請求打掃乾淨館驛給他使用，魏經歷同意了，巡撫這才站起來。他又請求讓他藏在暗處偷偷看審案，魏經歷不同意。巡撫再三強求，魏經歷只得答應，但囑咐：「千萬不要出聲。陰司刑罰雖然很慘，其實和人世不同，

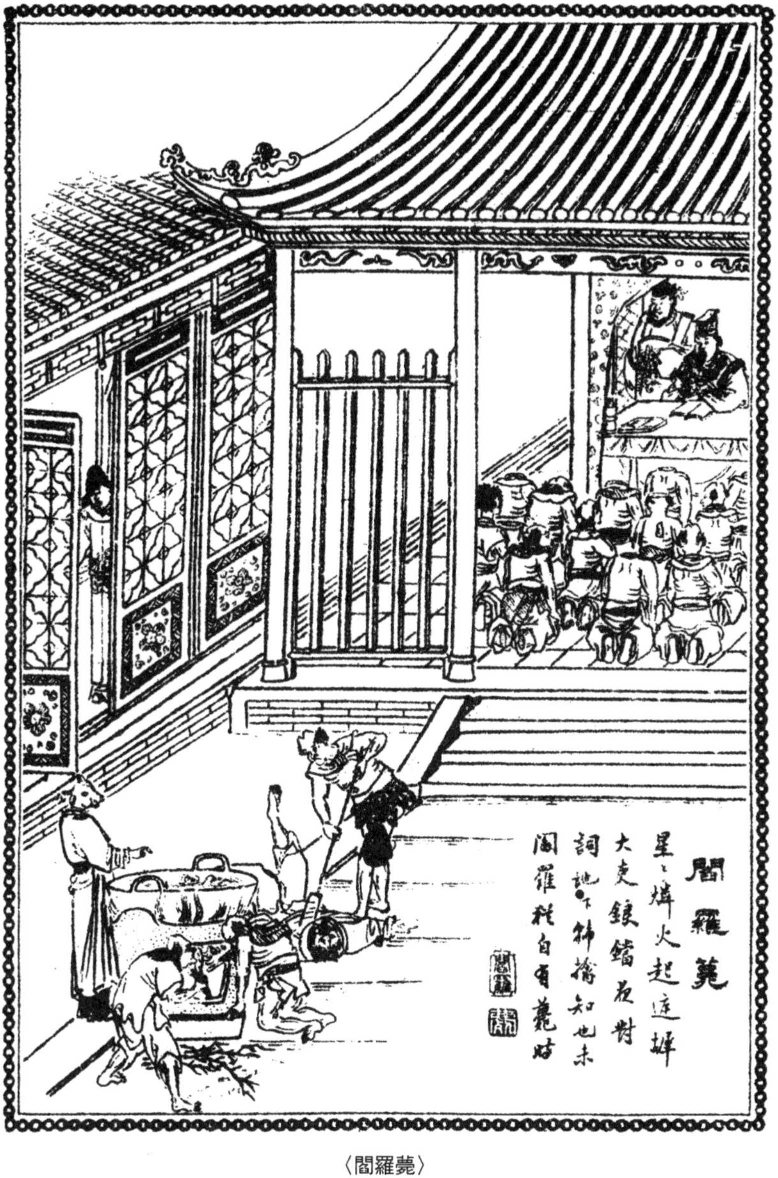

〈閻羅薨〉

看著人好像死了，其實並不是真死。如果你看到令尊受到的刑罰，不要大驚小怪。」巡撫答應了。

到了夜裡，巡撫潛伏在館驛旁邊，看到台階下的囚犯，斷頭的、斷胳臂的，紛紛攘攘數不清。台階上擺著油鍋，下邊燒著柴火。一會兒，魏經歷穿著閻王官服出來，升堂問案，氣象威猛，一點兒不像平時做押糧官的樣子。台階下許多鬼都跪下來鳴冤叫苦，求閻王追查總督的責任，嚴懲他的失職之罪！魏經歷說：「你們死在海盜手裡，冤各有頭，債各有主，為什麼要妄告你們的官長？」顯然是替巡撫的父親說話。眾鬼大聲喧譁：「我們本來不應該被調遣，因為總督亂發調令，我們才遭到殺害，我們做冤鬼是誰造成的，不是明擺著？」魏經歷千方百計為總督解脫責任，五百個鬼齊聲哭喊冤枉，聲如鼎沸。魏經歷只好把小鬼叫過來說：「把總督丟到油鍋裡，稍微炸他一炸，也算理所應當。」看他的意思，想借把總督下油鍋來平息民憤。魏經歷，也就是兼職閻羅的話說完，馬上就有牛頭馬面把巡撫的父親用鋒利的鋼叉叉著，丟到油鍋裡。巡撫看到父親被下了油鍋，悲痛欲絕，不覺大叫一聲。隨著他的喊聲，庭院裡所有聲音都消失了，鬼和閻王都不見了。巡撫感嘆惋惜，怏怏不樂地回到官府。第二天早上，巡撫想看看魏經歷怎麼樣，卻發現，他已經死在館驛裡了。

〈閻羅薨〉的故事想說明什麼？一個去世很久的總督，平時並沒有殘害百姓、貪汙枉法，只是因誤調軍隊，既不是出於私利，也不是故意殺人，已死了很久，若干年後還要受陰司嚴懲。他的兒子，一省最高的官員巡撫求做兼職閻羅的小官幫忙，兼職閻羅也沒有貪贓枉法，沒接受巡撫一文錢，沒接受請吃，僅僅礙於巡撫的情面，想給巡撫的父親解脫。即使一心想幫他，仍然不得不走過場把總督下油鍋，因帶了被審者的親屬觀看審案，親屬大叫一聲，兼職閻羅竟受到如此嚴重的懲罰，把命也丟了。蒲松齡是不是想樹立個清正廉明、絕不徇私的陰司作為與陽世的對比？那麼，陽世草菅人命的官員，視兵士生命為兒戲的將帥，又該受到怎樣的懲處？在動不動就上下其手的黑暗時世，他們的罪行又該歸哪個衙門管？

古代傳說，原來在陽世剛正無畏的人，死了之後可以做閻羅，例如范仲淹、寇準、包拯，而包拯更是可以日斷人間，夜斷陰司。有《聊齋》研究者考證，〈閻羅薨〉的故事有原型，那就是褚人獲的《堅瓠集．拗相公見鬼》。

故事的大意是，王安石死前一年，白天看到一個已經死了好久的部下上堂來拜，王安石驚訝地問他來做什麼，對方回答：「奉陰司差遣來審查您兒子王雱的案情。」王安石的兒子王雱也是進士，早就死了。王安石問：「雱在什麼地方？」部下說：「你在某天夜裡趴在殿堂下邊觀察，可以叫一個侍從跟著你，千萬不要驚呼。」王安石按照部下的要求等在那裡，看到舊日部下紫袍冠帶坐到堂上，幾個獄卒用刑枷枷著一個人過來。那個人戴著手銬腳鐐，兩腳流血，呻吟不已，慘不忍睹。王安石一看，正是兒子王雱。王雱苦苦哀求望盡早結案。審案的人厲聲呵斥他，王安石父子連心，失聲而哭。他一哭，審案的、押犯人的，還有兒子王雱都不見了。第二年，王安石就死了。《聊齋》的〈閻羅薨〉跟王安石這個故事很相似，可能蒲松齡參考過這個故事，而蒲松齡看到的大概是王安石之子故事更早的版本了。

【有意思的聊齋】

當代大師馬瑞芳品讀聊齋志異__鬼卷

作　　者　馬瑞芳
美術設計　莊謹銘
校　　對　魏秋綢
內頁排版　高巧怡
行銷企劃　蕭浩仰、江紫涓
行銷統籌　駱漢琦
業務發行　邱紹溢
營運顧問　郭其彬
責任編輯　林芳吟
總　編　輯　李亞南

出　　版　漫遊者文化事業股份有限公司
地　　址　台北市103大同區重慶北路二段88號2樓之6
電　　話　(02) 2715-2022
傳　　真　(02) 2715-2021
服務信箱　service@azothbooks.com
網路書店　www.azothbooks.com
臉　　書　www.facebook.com/azothbooks.read

發　　行　大雁出版基地
地　　址　新北市231新店區北新路三段207-3號5樓
電　　話　(02) 8913-1005
訂單傳真　(02) 8913-1056

初版一刷　2025年6月
定　　價　台幣400元

ISBN　978-626-409-106-0

國家圖書館出版品預行編目 (CIP) 資料

當代大師馬瑞芳品讀聊齋志異 . 鬼卷 / 馬瑞芳著 . -- 初版 . -- 臺北市 : 漫遊者文化事業股份有限公司出版 ; 新北市 : 大雁出版基地發行 , 2025.06
面 ;　公分 . -- (有意思的聊齋)
原簡體版題名 : 马瑞芳品读聊斋志异 . 鬼卷
ISBN 978-626-409-106-0(平裝)
1.CST: 聊齋誌異 2.CST: 研究考訂
857.27　　114005990

清工筆彩繪插圖《聊齋圖說》之〈宦娘〉(一)

清工筆彩繪插圖《聊齋圖說》之〈宦娘〉（二）

清工筆彩繪插圖《聊齋圖說》之〈水莽草〉（一）

清工筆彩繪插圖《聊齋圖說》之〈水莽草〉（二）

清工筆彩繪插圖《聊齋圖說》之〈席方平〉（一）

清工筆彩繪插圖《聊齋圖說》之〈席方平〉(二)